KB074943

현업 선배들의 꿀팁

서비스직으로 먹고살기

이보옥 지음

3장

새로운 도전, 카지노 딜러 134

수많은 인생만큼 다양한 길이 있다

나는 앞만 보는 경주마처럼 인생을 달려왔다. 그렇게 매번 앞만 보고 달리다가 넘어지고 나서야 한 번씩 주변을 바라볼 수 있었다. 그 덕분에 항공 승무원의 꿈을 키워온 학창시절, 이후 호텔리어 시절을 거쳐 지금의 외국인 카지노 딜러로 일하기까지 서비스업 분야의 여러 직종을 직간접으로 두루 경험할 수 있었다.

나를 잘 모르는 사람은 그런 내 인생을 보고 남들이 원하는 학교와 직장에 모두 합격하는 순탄한 인생을 살았다고 생각할지도 모른다. 승무원을 꿈꾸는 많은 여고생들이 원하는 대학에 다녔고, 유명 항공사 승무원의 문턱에서 경로를 바꿔 국내 최고 호텔에서 호텔리어로 일했으며, 다시 경로를 바꾸어 우리나라에서 가장 역사가 깊고 유명한 외국인 카지노에서 딜러로 근무해왔기 때문이다.

하지만 그 속에는 많은 고난과 좌절의 순간들이 있었다. 우선 항공 승무원의 꿈을 안고 학창 시절 내내 노력했으나, 팔의 흉터 때문에 불합격이라는 좌절을 겪어야만 했다. 그 당시 오로지 승무원이란 목표만을 향해 달려왔던 터라, 불합격 통보는 마치 내게 사형 선고와 같았다. 그러나 한편으로는 그때의 불합격 덕분에 미처 보지 못했던 유망한 다른 서비스 직종들에도 눈뜰 수 있었다. 마음을 추스르고 노력한 결과, 특1급 호텔에 호텔리어로 입사할 수 있었고, 그 곳에서 호텔리어가 얼마나 멋진 직업인지 경험하며 정진했다. 하지만 어느 날, 다시 호텔리어의 꿈마저 접게 만드는 사고가 터지고 말았다. 불의의 사고로 어깨를 다쳐 휴직을 하게 됐고, 결국 회사를 그만둘 수밖에 없었다.

지금 와서 돌이켜보면 이러한 난관들이 결국 서비스 직종에서 인생의 좌표를 찾아가는 과정이 아니었나 싶다. 이런 좌절의 경험이 없었더라면 지금의 카지노 딜러라는 직업의 매력 역시 영영 알지 못한 채 살았을 테니 말이다.

'한 우물을 파라'는 격언이 있다. 여기저기 기웃대지 말고 자신이 원하는 목표를 세우고 정진하라는 의미이다. 하지만 우물을 파다가 도저히 극복할 수 없는 거대 암반층이 나오면 어떻게 해야 할까? 그대로 포기해야만 할까? 그렇지 않다. 거대한 바위 앞에서 좌절하거나 쓸데없이 미련을 두지 말고, 옆으로 난 다른 길을 찾으면 된다. 인생에는 수많은 샛길이 있고, 또 새로운 기회들이 우리를 기다리고 있다. 제한된 정보와 선입견 때문에 다른 가능성을 제대로 보지 못하고 인생을 낭비해선 안 된다. 그렇기 때문에 나는 이 책을 통해 지금 일하고 있는 카지노 딜러는 물론이고, 호텔리어로 근무했던 경험, 그리고 항공 승무원을 준비하는 과정에서 겪었던 많은 경험들을 최대한 솔직하게 전하고자 한다.

예전의 내가 그랬듯이, 여전히 많은 후배들이 제한된 정보와 잘못된 직업 교육 때문에 보다 많은 가능성을 보지 못하고 있다. 가까운 지인 중에 롤모델이 없으면 자신이 원하는 직업에 관한 궁금증을 현실적으로 물어보고 답을 받기도 쉽지 않을 것이다.

이 책에서는 37년 전통의 인하공전 항공운항학과 생활, 팔에 흉터 때문에 떨어진 항공사 최종 면접의 경험, 국내 최고급 호텔로 꼽히는 호텔 신라에서의 호텔리어 생활, 높은 경쟁률을 뚫고 외국인 전용 카지노 딜러가 되기까지 면접 과정과 경험담을 솔직히 적었다.

1장부터 3장까지는 내가 경험했던 시간 순서대로 직군별 관련 경험담을 담았으며, 보다 많은 선배들의 노하우와 경험을 전하고자 각 장의 말미에 현직 승무원, 호텔리어, 카지노 딜러들의 인터뷰도 함께 실었다. 그리고 4장과 5장에서는 면접을 준비하는 팁 등의 실전 노하우를 담았다.

호텔리어, 카지노 딜러, 항공 승무원 같은 서비스직에 몸담고자 하는 많은 학생 및 취업 준비생은 이 책을 통해 각 분야의 여러 정보와 선배의 경험을 듣고 도움을 얻으실 수 있으리라 생각한다. 또한, 지금껏 제한된 시야로 앞만 보고 달려가다 좌절을 맛본 분들도 방황하지 않고 더 넓은 시야를 갖고 꿈을 이뤄 가는 데 도움이 되길 기원한다.

항공 승무원의 꿈

목표를 세우고 나면 사람들은 마치 경주마처럼 곁눈 가리개를 뒤집어쓴다.
눈앞에 보이지 않는, 발길에 차이지 않는 기회는 모두 놓치고 마는 것이다.
그리고 주변의 샛길들은 전혀 보지 않는다.

잭 트라우트 「호스센스」

내 인생 첫 면접, 인하공전 항공운항과

대한항공이 지금의 유니폼을 새로 발표한 해는 2005년, 내가 딱
고3 때였다. 그동안 항공사 광고하면 떠오르는 이미지는 다소곳한
미소로 손님을 응대하는 승무원이었지만, 그 당시 대한항공의 CF
에서는 유니폼을 입고 당당하게 걷는 세련된 여승무원의 모습을
선보였다. 청자색과 베이지색의 유니폼 역시 기존의 어두운색 위
주로 입었던 서비스직 유니폼에서는 혁명에 가까웠다. 세련된 유
니폼을 입고 고객에게 서비스하며, 또 세계여행도 다닐 수 있다
니……. 전국의 많은 여고생들은 승무원을 꿈의 직업으로 꼽으며

열광했고, 당시 고등학생이었던 나 역시 그중의 하나였다.

고 3이라 독서실 다니면서 열심히 공부하던 딸이 갑자기 승무원 학과를 가고 싶다니, 집안은 발칵 뒤집혔다. 당시 부모님은 선생님이 제일이라고 생각하는 분들이어서 내가 교대에 진학하기를 바라셨다. 그런 부모님을 끈질기게 설득하고 있었는데, 마침 항상 정시모집만 진행하던 인하공전 항공운항과에 2005년 처음으로 수시전형이 생겼다는 기사를 보게 되었다. 그 해는 내게 정말 운명의 해인 듯싶었다.

고3 수험생이던 당시, 앉아서 공부만 하던 생활로 인해 내 몸무게는 인생 역대 최고치를 찍고 있었다. 그런 모습을 하고 있으면서도 모르면 용감하다고 부모님께 수시면접만 보고 떨어지면 깨끗하게 포기하겠다고 말씀드렸다. 그렇게 설득된 부모님과 아울렛에 가서 66사이즈의 기본 검정 정장을 10만 원 주고 사게 되었다. 그리고 시간이 흘러 면접 당일, 새벽에 일어나자마자 제일 먼저 당시 대학생이던 언니를 깨워 화장 좀 해달라고 부탁했다. 언니도 공부만 해서 멋 부릴 줄 모르는 여대생이라 서툴기는 매한가지였다. 적당히 비비크림에 아이섀도를 바르고 또 스프레이를 마구 뿌려 고정한 올백 머리를 했는데, 지금 생각하면 참 민망한 모습이었을 것이다. 누가 봐도 '저는 고등학생입니다'라고 써 붙인 것 같은 서툰 화장과 머리 스타일을 하고서, 부모님과 함께 면접장으로 향했다.

당시 예비 승무원 카페에서 돌던, 자주 나오는 면접 질문 20여개를 적어서 인천으로 올라가는 차 안에서 계속 외웠다. 자기소개, 지원동기, 성격의 장점/단점, 취미/특기, 항공운항과에 입학하기 위해 노력한 일, 승무원의 장점/단점, 마지막으로 하고 싶은 말, 가고 싶은 나라 정도의 질문에 대한 답변이었다.

어차피 돌발질문을 받게 되면 다른 지원자들도 제대로 대답하지 못할 것이다. 그건 그때의 순발력으로 대처하면 된다. 대신 면접에서 자주 나오는 단골 질문들만큼은 답변을 미리 생각해서 완벽하게 보여드려야 한다고 생각했다. 가뜩이나 면접장은 긴장되고 떨려서 평소의 모습을 다 보여드릴 수 없는 곳인데 기본 질문들도 제대로 답하지 못한다면 좋은 점수를 받지 못할 것이 분명했다.

면접장에 도착해서 면접 대기실에 들어갔는데 이게 다 웬일이람? 예쁘다는 애들은 다 모아놓은 것처럼 머리도 화장도 의상도 완벽한 여학생들이 앉아있었다. 성인이라고 해도 믿을 만큼 다들 성숙한 모습이었다. 갑자기 아침에 대충한 화장에 66사이즈의 옷을 입은 내가 너무 초라하게 느껴졌다. 바쁘신 부모님께 떼써서 인천까지 면접 보러 오자고 한 것이 과연 잘한 일일까 싶고 한편으로는 너무 죄송했다. 그 당시는 수시전형이 처음 생겼던 해여서 항공운항과 정원 160명 중 단 20명만 수시전형으로 선발했다. 그런데도 면접을 보러 온 지원자가 3,000명이 넘었었다. 면접장 가득한 예쁜 친구들을 보며 나는 점점 기가 죽었다. (다행히도 지금은 학교 측에서 제공하는 흰색 반팔 티셔츠와 슬리퍼를 신고 면접을 보도

록 바뀌었다. 나처럼 의상 때문에 면접장에서 기죽을 필요는 없어졌으니 그 점은 참 다행이다)

면접장 문이 열리고, 안으로 들어가니 3명의 면접관이 앉아있었다. 질문은 공통으로 두 개를 받았는데, 짧게 자기소개를 해보라는 질문과 가고 싶은 나라였다. 둘 다 내가 오는 차 안에서 외운 면접 단골 질문들이었다. 받은 질문 두 개를 지원자들이 골고루 돌아가면서 대답하고, 개별 질문은 없었다. 내가 대답을 할 때 신경 쓴 부분이 있었다. 답변을 미리 준비할 때 3~4문장을 넘지 않도록 하는 것이었다. 물론 내 자신을 어필하고 싶고 한 번이라도 더 눈길을 받고 싶었지만 지친 면접관들을 배려해야 한다고 생각했다. 또 답변이 길어지면 같이 면접 보는 친구들의 답변할 시간을 뺏게 되기 때문에 예비 승무원을 뽑는 자리인 만큼 다른 사람을 배려하는 모습을 보여야 한다고 생각했다.

인생 첫 면접이었던 만큼 누굴 보면서 대답할지, 대답하면서 웃으라는데 어떻게 웃어야 하는지 머리가 약간 혼란스럽기도 했다. 내가 웃으면서 서 있고 누군가가 계속 나를 보면서 타이핑하는 그 순간이 무척 낯설었다. 긴장되어 심장이 터져버릴 것만 같았다. 주위를 두리번거리다가 한 남자 면접관과 눈이 마주쳤는데 날 보고 웃어 주셨다. 그 순간 나도 마음이 통하는 기분이 들어 편하게 웃음 짓고 면접을 나오게 되었다. 앞으로 내 인생에 펼쳐질 수많은 면접 중의 첫 번째 면접이 이 5분 남짓한 시간에 끝이 났다. 첫 면접의 소감은 허탈했다. 두 번의 답변만으로 나를 잘 어필했나 생각해보면 잘 했다는 확신이 없었다.

야무지게 대답하던 주변 친구들과 달리 나는 사시나무처럼 덜덜 떨기만 해서 당연히 떨어질 거라고 생각했다. 이미 상황 판단을 해서인지 마음이 정말 편안했다. '지역마다 밝고 예쁘다는 여고생들은 다 몰려 왔는데 평범한 내가?' 아무리 생각해도 난 합격할 수 없을 것만 같았다.

면접을 나와서 밖에서 기다려준 부모님께 미안하지만 잘 못 본 것 같다고 솔직하게 말씀드렸다. 부모님도 이미 면접을 보러 온 학생들 수준을 보셔서인지 좋은 경험 했다고 생각하라며 다독여 주셨다. 일하느라 바쁘신 부모님을 모시고 인천까지 가서 면접을 본 걸 생각하면 정말 죄송스러웠다. 그렇게 내 인생의 첫 도전은 끝이 났다.

지금은 인하공전이 수시 1차, 2차로 나눠 신입생을 모집하고 있어서 수시 전형에 합격하면 수능을 보지 않아도 된다고 한다. 하지만 내가 면접 보던 당시에는 수시 면접을 10월에 보았는데 결과 발표는 수능이 끝난 이후로 예정되었었다. 그래서 면접이 끝난 후 발표일까지 남은 한 달 동안 다시 수험생 신분으로 돌아와 공부에 전념해야 했다.

한 달 뒤, 수능을 보고 어느 대학 원서를 써야 하나 고민하는 나날을 보내던 중이었다. 대학 입학 설명회를 듣고 나오던 중 누군가로부터 전화가 왔다. 큰언니였다.

"너 수시 붙었대."

면접을 보던 당시에 휴대폰도 없어서 언니 핸드폰 번호를 적었는데 언니 핸드폰을 통해 합격 문자가 왔다는 것이다. 정말 기대를 하나도 하지 않았기 때문에 좋으면서도 마음 한편으로는 걱정이 가득 찼다. 아예 모를 때는 괜찮았지만 이미 수시 면접장에서 만나본 세련되고 그렇게 예쁜 애들 사이에서 내가 잘 할 수 있을까?

수많은 걱정을 뒤로 한 채, 그렇게 바라던 인하공전 항공운항학과에 입학하게 되었다. 입학하고 보니 면접날 보았던 빼어나게 예쁜 애들은 생각보다 많지 않았다. 우리끼리는 "예쁜 애들 다 어디 갔니?"라고 재잘대며, 서로 화장발이었다며 웃으면서 이야기하곤 했다. 지금 생각해보면 최종적으로 승무원을 목표로 하는 곳인 만큼 외모보다는 인성, 매너, 이미지 등을 종합해서 평가했고, 그 과정에서 외모만 빼어나게 예쁜 학생들보다는 다른 매력이 많은 친구들이 더 좋은 점수를 받았던 것 같다.

입학 후, 지금은 학교를 떠나셨지만, 당시 운항과 학과장이셨던 교수님을 만나 뵙게 되었다. 교수님은 면접장에서 나를 보고 웃어주시던 그 면접관이셨다. 교수님은 면접 날 수많은 학생들을 만났지만, 나를 여고생다우면서도 수수한 모습의 학생으로 기억하고 계셨었다. 너무 감동적이었다.

면접 때 여학생들이 뿌린 향수와 화장품 향이 강해서 남자 면접관 중 일부는 화장실에서 토를 하는 경우도 있다고 한다. 학생들 한명 한명의 향기는 분명 좋겠지만, 여러 개의 향이 섞인 면접장 에서 몇천 명을 지켜봐야 하는 면접관의 입장에서는 상당히 괴 로웠을 것으로 생각된다. 아무것도 몰라 준비가 부족했던 나였 지만 오히려 학생다운 자연스러운 모습을 좋게 봐주셔서 운 좋 게 면접에 합격할 수 있었던 것이다.

교수님께서 말씀해주신 합격의 비밀은 그 후의 면접에도 영향 을 미쳤다. 인하공전 면접 때 가장 그 나이다운 자연스러운 모습 으로 좋은 점수를 받았던 것처럼 승무원 면접에서도 전략적으로 임했다. 또한, 호텔리어 면접과 카지노 면접을 볼 때도 각각의 전략으로 대처했고 결과는 합격이었다. 결국, 당시 교수님께 들 었던 말은 평생 내가 어느 곳을 지원하든 그 회사에 맞게 도전하 는 데 도움이 되었다.

얼마 전 같은 학교 출신의 승무원을 하던 친구가 항공운항학 과를 준비하는 학생들을 대상으로 컨설팅을 시작했다는 말을 들 었다.

"너 그래서 애들한테 뭐라고 이야기하는데?"

"승무원 면접하는 것처럼 이미지랑 답변을 준비하라고 하지. 결국, 미래의 승무원을 뽑는 거잖아."

물론 그 말도 어느 정도 맞다. 그렇지만 그동안 다양한 면접에 임하며 내가 느낀 합격의 비밀을 한마디 덧붙여 알려주었다.

"너무 완벽한 모습으로 준비된 애들은 오히려 면접관이 부담스러워하실걸. 그 나잇대에 맞는 자연스러움이 있어야지."

밖에서 보는 항공운항과의 군기 문화

분명 대학생 같은데 정장에 구두를 신고 완벽한 메이크업으로 학교에 다닌다. 외부에서 그 모습을 지켜보는 사람들은 항공운항과가 어떤 곳인지 궁금할 수밖에 없다. 심지어 몇몇 학교들은 항공운항과 자체 유니폼도 있어, 학생들이 이를 착용하고 길거리를 활보하면 많은 사람들의 호기심 가득한 시선을 받게 되는 건 너무나도 당연하다. 겉으로 보기에는 대학생답지 않게 차려입고 다니는 예쁜 여대생들이 많은 학교인데, 도대체 이곳에서는 어떤 생활을 하며 뭘 배우게 될까.

기대를 안고 입학한 학교생활은 생각보다 녹록지 않았다. 지금은 학교에 기숙사가 생겨서 학부모들의 걱정을 덜 수 있겠지만, 내가 학교에 다니던 때는 자체 기숙사가 없어서 대부분의 동기들이 서울에서 통학하거나 근처에서 하숙이나 자취를 하곤 했다. 나는 당시 서울에서 대학교에 다니던 언니와 신촌에서 같이 하숙을 하면서 학교에 통학하게 되었다. 신촌에서 주안에 위치한 학교까지 편도 1시간 40분 왕복 3시간 이상의 거리를 정장에 구두를 신고 매일 지하철과 버스를 갈아타며 통학하는 건 상당히 고역이었다. 구두에 익숙하지 않은 발가락은 땅에 발을 디디는 매 순간 비명을 질렀다. 9시 첫 수업에 늦지 않고 들어가기 위해서는 매일 새벽에 일어나 학교에 갈 준비를 해야만 했다. 그렇게 정신없이 학교에 도착하면 수업을 듣기도 전에 이미 녹초가 되어 있었다.

학교에 간 첫날, 꿈꾸던 대학 생활과 항공운항과는 매우 다르다는 사실을 단번에 깨달았다. 2학년 선배님이 강의실로 찾아와 분위기를 한껏 잡으시면서, 앞으로는 '다.나.까' 말투를 쓰고 학교에서는 운동화, 모자를 착용하지 말고 구두에 정장 차림으로 단정하게 다니라고 말씀하셨다. TV에서 보던 이 군대 같은 분위기는 뭐지? 여기가 학교 맞나?

당시 언니가 두 명이나 대학 생활을 하고 있었다. 대학생 언니들을 봐오며 자유로운 캠퍼스 생활에 대한 로망도 생겼고, 어느 정도 대학생들의 생활을 안다고 생각했는데 너무 당황스러웠다.

지금 생각해보면 1년 차이는 아무것도 아니지만, 그 당시 세련된 모습의 2학년 선배와 어딘지 모르게 촌스럽던 1학년인 우리 사이에는 넘을 수 없는 벽이 있는 것처럼 느껴졌다. 선배들은 다가가기에는 너무 높고 대단해 보였다.

사실 보통 사람들은 승무원의 업무라고 하면 기내에서 승객들에게 웃으며 친절하게 서비스하는 장면을 생각하게 된다. 그러나 승무원은 기내 서비스 이외에도 승객의 안전과 직결되는 다양한 업무에 미리 훈련되어 있어야 한다. 예를 들어, 비행 중 긴급 상황에서는 직급에 따라 일사불란하게 움직여야 승객의 안전을 보장할 수 있을 것이다. 그렇기 때문에 항공운항과에서도 이를 따라 엄격한 선후배 관계가 생기게 된 것이다. 당시 갓 대학교에 입학한 우리에게는 이해할 수 없는 부분도 있었지만, 나는 오히려 이런 엄격한 선후배 문화를 거쳤기 때문에 호텔이나 카지노에서 일할 때도 선배들에게 누구보다도 밝고 예의 있게 대할 수 있었다. 결과적으로 사회생활을 잘 하는 데 큰 도움이 되었다고 생각한다.

한편으로는 엄격한 선후배 관계가 있었지만, 선배들이 항상 무섭고 어려웠던 건 아니었다. 당시 2학년 선배가 같은 번호를 가진 후배를 챙기면서 후배가 학교에 잘 적응할 수 있도록 애정을 갖고 학교생활에 대한 조언 등을 해주는 멘토링 같은 것도 있었다. 나는 23번이었다. 2학년의 23번이었던 나의 직속 선배님은 강의 첫날 나를 찾아와 학교 입학을 축하해주고 반겨주었다. 이렇게 직속 선배를 갖게 된 나는 삭막했던 학교생활에 큰 힘을 얻을 수 있었다. 항공운항과 선후배들은 졸업하고 나서도 같은 분야에서 일할 확률이 높기 때문에 직속 선배와는 끈끈한 유대관계가 있으며, 실제 사회에 나가서도 큰 힘이 되고 고민을 이야기할 수 있는 친구 같은 사이가 되기도 한다. 현재 나의 직속 선배는 승무원으로, 나는 카지노 딜러로 일하기 때문에 비록 업무 분야는 다르지만, 같은 서비스직에 있다는 이유만으로도 공감대가 형성되어 지금도 연락하며 친하게 지내고 있다.

밖에서는 항공운항과 생활이 군대 문화 같다는 말을 많이 한다. 때로는 정도가 과한 경우도 몇 있었지만, 그 외의 경우에는 학교 밖 사람들에게 단순히 이유 없는 상하관계로 보이는 것 같아 안타깝기만 하다. 내가 느끼기엔 나름의 이유가 있었고, 또 그 안에서도 선후배의 돈독함이 분명 있었다.

항공운항과에 다니던 2년은 나에게 몇 가지 습관을 만들어 주었다. 우선 항상 선배님들께 쓰던 '다,나,까' 체는 내 말투의 습관으로 남게 됐다. 첫 직장에서 일할 때 선배님의 물음에 대답할 때마다 '너는 군대 갔다 왔니?'라는 농담을 들을 정도였다. 다른 학교 출신의 입사 동기들은 선배님과 친근한 말투로 어울렸으며, 회식 자리도 부담 없이 잘 참석해서 선배들과 쉽게 친해지곤 했다. 이에 반해, 나는 선배란 어려운 존재라는 대학에서의 고정관념이 강하게 남아 선배들과 잘 어울리지 못했던 기억이 있다. 남들 다 20살 때부터 폭발적으로 증가하는 주량도 나는 학창시절 내내 선배들과 술을 먹어 본 적이 없어 변화가 없었다. 또한, 대학에서 선배님을 만나면 반드시 인사를 해야만 했던 것이 습관으로 남게 되어, 지금도 누가 지나가면 반사적으로 인사를 하게 된다. 자동으로 목과 허리를 굽히게 되는데 이 덕분에 회사에서 인사를 정말 잘하는 아이로 인식되어 좋은 평판을 얻을 수 있었다.

돌이켜 보면, 나는 대학에서 사회생활을 위한 마음가짐을 미리 배운 것 같다. 힘든 학창 시절의 일부 경험도 있었지만, 항공운항과에서 한 경험이 지금의 내가 있기까지 긍정적인 영향을 주었다고 자부하고 있으며, 사회생활의 전초 단계로서 그 역할을 똑똑히 했다고 생각한다. 따라서 나는 항공운항과 출신으로서 언제나 자부심을 갖고 있다.

〈항공운항과 재학시절 기내 서비스를 실습하던 모습〉

항공운항과에서 자라나는 예비 승무원들

항공운항과 학생으로서의 일과는 매일 굉장히 치열하고 바쁘게 흘러갔다. 2년이라는 짧은 기간 동안 예비 승무원을 교육해야 하는 전문대의 특수성 때문에 학교 수업은 월요일부터 금요일 오전 9시에서 오후 5시까지 빡빡하게 진행되었다. 학교에서 짜준 커리큘럼에 따라 같은 반 학생들 40명이 4층과 5층에 있는 항공운항과 강의실들로 몰려다니며 수업을 받았다. 고등학교를 졸업했지만, 또 다른 고등학교에 입학한 기분이었다. 그러나 한편으로는 시간표 짜느라 고민하고, 수강신청 경쟁을 위해 PC방으로 달려갈 걱정도, 공강 시간을 어떻게 보낼지 하는 걱정도 없어서 좋았다.

항공운항과는 항공사 출신의 화려한 경력을 가진 교수진으로 구성되어 있어 그분들께 예비 승무원으로 필요한 다양한 교육을 받을 수 있었다. 강의는 교양 몇 과목과 전공이론, 전공실습 등으로 구성되어 있었다. 전공과목 중에는 응급환자 대처법, 기내방송문 등 생소한 과목도 있었지만, 영어 중국어 일본어를 포함한 외국어 과목들도 있었다. 그 당시에는 국적기의 탑승객 대부분이 한국인일 텐데 왜 이런 다양한 나라의 외국어를 배워야 하나 생각하고 배우기를 어려워했다. 그러나 조금만 생각해보면 외국어 공부는 예비 승무원과 뗄 수 없는 과목이고, 승무원 이외에 다른 서비스직에서도 마찬가지일 것이다. 호텔리어로 일할 때나, 카지노 딜러로 근무하는 지금도 그때 배운 외국어 과목들의 효과를 톡톡히 보고 있다. 그

밖에도 2년간 다양한 서비스 관련 강의를 수강할 수 있어서 학생들은 졸업할 때쯤이면 어디에 나가도 부족함 없는 서비스인(人)으로 완성되어 있었다.

항공운항과에 다니면서 얻게 되는 좋은 점들도 많았지만, 개인적으로 고민거리도 있었다. 어느 순간부터 동기들과 나 자신을 자꾸 비교하게 되었다. 167cm인 내가 작게 느껴질 정도로 친구들은 키도 크고 늘씬했다. 키는 162cm만 넘으면 승무원이 되는 데 전혀 지장이 없는데도 유독 동기들의 키가 커서 같이 다니면 나를 작아 보이게 만들었다. 거기다가 집이 잘 살고 여유 있는 친구들은 예쁜 정장도 사 입고 다양한 화장법을 시도해보며 점점 더 아름답게 자신을 꾸미고 다녔다. 반면 그럴 여력이 없던 나는 고등학교 교복을 벗고 수시 면접 때 입었던 66사이즈의 검정 정장을 대학교 교복처럼 매일 입을 수밖에 없었다. 그런데 나뿐만 아니라 항공운항과에 입학한 후, 그리고 승무원 면접을 준비하다 보면 예쁜 또래들 사이에서 자신을 비교하며 점점 자신감을 잃게 되는 사람들이 의외로 적지 않다.

나는 악동뮤지션의 수현의 팬이다. 예쁘게 생긴 얼굴은 아닌데 자꾸 눈이 가고 그녀만의 매력이 느껴진다. 웃는 모습이 예뻐서 그런지 방송에 나오는 모습을 볼 때마다 정감이 간다. 그런 그녀가 인터넷 방송에서 한 말이 있는데 굉장히 인상 깊어 소개하고 싶다.

"미의 기준은 사람마다 제각각 다른 것 같아요. 어차피 각자 자기의 미의 기준이 있다면 다른 사람들 기준에 맞추지 말고 내 미의 기준을 만들어 그것에 가까이 가도록 나를 가꾸는 것이 중요해요. 제 기준의 아름다움이 있는데 거기에 제가 가까이 가면 충분히 아름다운 것 아니겠어요. 어차피 내가 사는 인생이고, 남이 살아주는 인생이 아니에요. 저는 제가 예쁘다고 생각해요. 누가 뭐래도 내가 예쁘고, 내가 만족하고, 내 기준에 예쁘면 누가 뭐래도 나는 예쁜 거예요."

예쁜 친구들 사이에서 자신을 스스로 깎아내리거나 기죽지 말고 자신만의 매력을 찾으라고 조언하고 싶다. 그 당시의 나는 친구들과 나를 비교하는 쓸데없는 걱정으로 시간 낭비, 에너지 소모를 하고 있었다. 앞서 말했지만 항공운항과 면접이 그랬듯이 승무원 면접도 제일 예쁜 사람이 합격하는 것은 아니다. 서비스인으로서 각자만의 이미지와 친절한 매너를 체득하는 것이 더 중요하다.

전공과목 중에는 예비승무원으로서의 이미지와 매너에 대한 '이미지 메이킹 & 매너' 수업이 있었다. 당시 수업을 진행하시던 교수님의 당당하고 세련된 모습은 지금 생각해봐도 항상 닮고 싶다고 생각한다. 교수님께서는 늘 하시던 말씀이 있다.

"얼굴은 선천적이지만 이미지는 후천적 학습을 통해 바뀔 수 있다. 이미지나 매너는 습관이다."

예쁜 얼굴과 좋은 이미지는 다르다. 얼굴이 예쁘지 않아도 볼수록 정이 가고 친절해 보이는 얼굴이 있다. 좋은 이미지와 자세는 습관으로 바꿀 수 있는 부분이다. 이 수업을 통해 좋은 자세와 표정,

목소리, 미소 등에 대해 교정받을 수 있었고, 친절한 이미지를 체득할 수 있었다. 특히 이미지 메이킹에 관해 교수님이 말씀하셨던 어느 학생의 일화를 하나 소개하고 싶다. 어느 날 타 학과 수업에서 한 학생이 수업에 지각했는데, 그 학생이 말한 지각 사유는 나름 교수님을 납득시켰다고 한다.

"학교에 올 준비를 하는데 머리가 단정하게 정리되지 않아 제대로 준비하고 오느라 늦었습니다. 죄송합니다."

보통 사람이 들으면 수업에 지각하면서 외모를 단장하고 왔다니, 어이가 없는 대답일 것이다. 평소 누구보다 시간 엄수를 중요시하던 교수님이라면 말할 것도 없다. 그러나 교수님은 스스로 관리하는 그 학생의 모습에 더 좋은 인상을 받았다고 한다. 타 학과 학생도 스스로 관리하면서 이미지 메이킹을 하는데, 항공운항과 학생이라면 더욱 신경 써서 자신을 관리해야 한다고 말씀하시곤 하셨다.

"혹시 승무원이세요?"

지금도 내가 다니는 곳곳에서는 나를 보며 물어보곤 한다. 심지어 다니고 있던 치과의 카운터 여직원은 그동안 내가 승무원인 줄 알고 있었다고 했다. 지난 항공운항과 학생으로서 체득한 이미지가 여전히 나에게 남아있음이 분명했다. 한편으로는 신기하기까지 했다. 서비스인으로서 이미지 메이킹 및 매너를 체득하는 것의 중요성을 다시 한번 느끼게 된다.

2년제 항공운항 학과 VS 4년제 대학

승무원을 꿈꾸는 어린 학생들은 입시를 준비하며 전문대 항공운항과를 택할지, 아니면 4년제 대학교를 졸업한 후 승무원에 지원할지 고민하게 된다. 고등학교 3학년 때 나는 오직 승무원이 되고 싶다는 일념으로 돌진했었지만, 사실 당시 내 주위에 입시와 관련해 그런 문제를 물어볼 사람도 마땅치 않았었다.

학교에 다니던 어느 날, 아버지 친구 딸이 인하공전 항공운항과에 지원하고 싶다며 나를 만나고 싶어 한다는 말을 아버지로부터 전해 들었다. 한편으론 낯설기도 하고, 다른 한편으론 내 앞가림하기도 바빴던 시절이라 거절해야겠다고 마음먹은 순간, 고3 때 주변에 도움받을 사람도, 정보도 없어 초조해했던 내 모습이 떠올랐다. 그래서 그 친구에게 연락하여 편한 시간에 한번 찾아오라고 했다. 그 친구는 그날 학교 야간자율학습이 끝나자마자 찾아와 2년 항공운항과와 4년제 대학 진학 중 어느 것을 선택해야 할지가 고민이라고 털어놓았다.

이는 평소 승무원에 호기심을 갖는 친구들 사이에서는 단골 질문 중 하나다. 어떻게 보면 당연하다. 나 역시 대학교 입학 전까지는 비행기 한번 타본 적이 없었다. 해외여행이 흔해졌다고는 하지만 대부분의 학생들은 당시의 나와 마찬가지로 비행기에 탑승해 본 경험이 거의 없을 것이다. 주변에 승무원을 하는 친척이 없다면 TV 속 드라마나 광고 속에서만 접할 수밖에 없고, 그렇기 때문에 대다

수 학생들이 승무원이라는 직업을 막연하게 생각하게 된다.

2년제 항공운항과를 나와서 승무원이 된다는 보장만 있다면, 누구든 당연히 2년제 항공운항과를 택할 것이다. 그렇지만 그렇게 보장된 탄탄대로가 어디 있겠는가. 우선 대학에 입학하기 위해 학과 내에서 시행하는 면접시험을 통과해야 한다. 그렇게 경쟁을 뚫고 힘들게 입학한 학교생활은 TV 속에서 보고 꿈꾸던 일반 대학 생활과는 전혀 다르다. 여유 없이 2년이라는 시간이 빠르게 지나가고, 어느 순간 대학 생활 내내 목표로 삼아온 승무원 시험을 보게 된다. 결과는 사람마다 다를 것이다. 내 주변에는 승무원이 된 친구도 많지만, 솔직히 항공운항과를 나왔음에도 승무원이 되지 못한 친구들도 많이 있다. 2년 동안 노력했음에도 합격하지 못한 친구들 중에는 4년제를 갈 걸 후회하는 친구들도 여럿 있었다. 실제로 학교를 졸업하고 4년제 대학교에 편입을 선택한 친구도 많이 있다.

당시 항공운항과 학생들은 2학년이 되던 해 현장실습생 면접을 봤었다. 현장실습생 면접은 항공사에서 항공운항과 학생들을 대상으로 진행하는 항공운항과 실습생 제도였다. 합격하게 되면 3개월간 직무교육을 받은 후 2달간 실습비행을 할 수 있었다. 그런데 내가 2학년이 되던 해에 현장실습생 면접전형이 갑작스럽게 바뀌게 되었다. 이에 따라, 현장실습생 합격생 수도 학교 개교 이래 역대 최저치를 기록했다. 합격률이 50%도 되지 않아 많은 학생들이 충격에 빠졌으며, 일부는 학교를 휴학하기까지 했었다. 승무원만을 꿈꾸던 많은 친구들은 허탈해하지 않을 수 없었다. 이처럼 분명 항공운항과를 졸업해도 100% 승무원이 되는 것은 아니다.

개인적인 경험을 말해 보자면, 나의 경우 부모님은 4년제 교대를 권하셨지만, 최종적으로 내 의사에 따라 항공운항학과를 선택했다. 결국, 승무원이 되지는 못했지만, 2년이라는 대학 시절 내내 강도 높게 교육받은 다양한 종류의 서비스 수업은 자연스레 나에게 스며들어, 그 후 호텔에서 일할 때뿐만 아니라 카지노 딜러로 일하는 지금까지도 큰 도움이 되고 있다. 즉, 아무것도 모르던 여학생이 항공운항과를 졸업할 때쯤 이미 어엿한 서비스인이 되어 있었던 것이다. 이는 결국 서비스직이 나의 적성과 잘 맞았기에 가능한 케이스였다. 그러나 서비스직 자체가 본인의 적성에 안 맞는 경우가 있다. 어떻게 보면 제일 안타까운 경우이다. 항공운항과에 입학해서 2년간 공부하고 서비스 아르바이트를 하면서 뒤늦게 본인이 다른 사람을 배려하고 친절하게 일하는 것이 잘 맞지 않는 소극적인 성격이라는 걸 알게 된 친구가 있다. 결국, 그 친구는 서비스직과는 전혀 상관없는 국어국문과로 편입해서 현재 사무직으로 일하고 있다.

결국, 어떤 경우이든 서비스직 자체가 자신의 적성과 맞지 않는다면, 젊은 시절의 2~4년의 소중한 시간을 낭비하게 된다. 대부분의 여학생들은 본인이 밝고 상냥하기 때문에 서비스직에 잘 맞는다고 생각하여, 승무원을 지망하지만, 막상 일해 보면 친구들 사이에서의 밝은 성격과 고객과의 관계에서 밝은 성격은 명백히 다름을 알 수 있을 것이다. 따라서 소중한 20대의 시간을 낭비하지 않기 위해서는 먼저 자신의 성격을 파악하고, 서비스직이 본인 성격에 맞는지를 진지하게 고민해보라고 조언하고 싶다.

본인에게 서비스직이 잘 맞는다는 판단이 들면, 승무원이 되기 위해 2년제 항공운항과와 4년제 대학 진학에 대해 현실적인 조언을 하고 싶다. 일단 2년제 항공운항과를 선택하면 밖의 다른 친구들보다 취직이 빨라진다. 내 첫 직장생활은 22살이었다. 보통 21, 22살에 첫 직장을 갖게 되니 그만큼 돈도 빠르게 모을 수 있다. 그리고 사회생활을 빨리 시작한 만큼 결혼 연령도 다른 친구들보다 빠른 편이다. 요새는 여성들이 대학을 졸업하고 30살이 넘어서 결혼하는 경우가 대부분인데, 내 학교 친구들은 25~27살 정도에는 반 이상이 결혼했다. 이처럼 2년제를 졸업해 빠른 사회생활을 시작하면 인생 사이클 전반에 영향을 미친다. 그리고 목표로 하는 직업을 대상으로 하는 전문대학교를 선택한 만큼 빠르게 관련 직무교육을 미리받을 수 있으며, 선후배 동기들 대다수가 같은 직업을 갖게 되는 만큼 현직에 가서도 회사 적응이 빠르다.

학교에 다니면서 얻게 되는 경험들도 무시할 수 없다. 인하공전 출신으로 승무원 최초 박사 학위를 받으신 선배님이나 당시 대한항공 새 유니폼 모델로 유명했던 승무원, 그리고 항공사 관계자분들의 특강을 직접 들을 수 있다는 건 정말 큰 혜택이었다. 요새는 인하공전 항공운항학과 말고도 여러 학교에 좋은 항공운항과가 많이 생겼다. 전국에 다양한 대학교에서 좋은 교수님들께 양질의 운항과 교육을 받을 수 있다.

물론 단점도 있다. 2년제를 졸업하면 취직 문제에서 학력이 걸림 돌이 되기도 한다. 계속 서비스직을 선택해 일한다면 큰 상관이 없지만, 적성이나 그 밖의 이유로 다른 분야의 회사에 취직하려면 4년제 타이틀이 어느 정도 힘을 발휘하는 것 같다. 이 부분은 편입을 하는 등의 노력으로 극복해야만 한다.

4년제 대학 진학을 선택한다고 해도 나쁘지 않은 선택이라고 생각한다. "승무원이란 꿈이 있는데 4년이나 시간을 다른 곳에서 보내야 하나요?"라고 반문하고 싶겠지만 오히려 4년의 시간 동안 대학 생활도 즐기고 좀 더 긴 안목으로 자신의 진로에 대해 고민해 볼 수 있게 된다. 현직으로 일하는 승무원의 합격비율을 봐도 2년제 항공운항과 학생보다 4년제 대학교를 나온 합격자 수가 더 많다.

이렇게 말하면 다음 질문은 "4년제 중에 무슨 전공을 선택해야 하나요?"일 것이다. 결론부터 말하면 전공이 큰 부분을 차지하지 않는다. 4년제 대학 진학을 선택하기로 마음먹었다면 전공 선택과 관련해서 큰 걱정은 하지 않길 바란다. 면접을 준비하며 만난 친구들은 미술학과, 연기학과, 조경학과, 식품학과, 교육학과 등 정말 다양한 전공들을 가지고 있었다. 여러 서비스직 면접을 보고 현직에 들어와서 주위 동료들을 봐도 전공이 직업과 100% 일치하는 경우는 많지 않았다. 그래도 만약 추천해 달라면 외국어 전공을 추천하고 싶다. 영어, 중국어, 일본어. 서비스직이라면 그것도 승무원이나 카지노 딜러처럼 글로벌한 시장에서 일한다면, 외국어는 필수이다. 4년의 긴 시간 동안 외국어를 전공하며, 그 과정에서 외국어를 모국어처럼 하게 된다면, 그것만으로도 본인이 큰 경쟁력을 갖게 된다. 서비스직에 취직할 때도 분명 우대되는 부분이다. 외국어 중에서도 가능하다면 특히 중국어를 선택하라고 말하고 싶다. 4년제를 나와서 서비스직에서 근무하고 싶다면 장기적으로도 중국어는 필수라고 생각한다.

나에게 질문을 하러 찾아왔던 아빠 친구 딸은 결국 다른 4년제 대학교로 진학했다. 그 친구는 생각보다 자신이 승무원에 대해 간절하지 않은 것 같다며 좀 더 진로에 대해 생각해 볼 시간이 필요할 것 같다고 이야기했다. 그 후로 그 친구의 소식은 전해 듣지는 못했다. 다만 4년제에 입학해서도 승무원이라는 직업이 하고 싶다고 느꼈다면, 그 친구는 밤늦게 나를 찾아오던 간절함으로 반드시 도전했을 것이라고 생각한다.

진로에 대한 선택은 결국 본인이 하는 것이다. 매 순간 선택을 하거나, 선택해야만 하는 상황에 놓이지만, 사실 각각의 선택보다 더 중요한 건, 인생에 있어 큰 지향점 즉, 방향을 설정하는 것일 것이다. 즉, 자신의 인생을 최선의 방향으로 개척하려고 노력하고자 하는 자세가 필요하다. 나와 함께 항공운항과에 수시로 합격했던 20명 중 다른 19명의 대학 동기들은 모두 승무원이 되었지만, 결과적으로 나 혼자 승무원이 되지 않았다. 어떻게 보면 항공운항학과를 선택한 것이 인생의 낭비로 보일 수도 있지만, 나는 항공운항과를 선택한 걸 후회하지 않는다. 서비스인으로 지금의 내가 있기까지 항공운항과에서 받았던 교육은 내 인생의 방향과 부합했기 때문이다. 오히려 수많았던 면접지원자들 중에 나를 뽑아주고, 교육받을 수 있게 기회를 준 학교와 교수님들께 너무 감사하기만 하다.

다양한 아르바이트에서 배운 서비스 자질
학창시절 이것저것 안 해 본 아르바이트가 없었다. 그중에서도 항공운항과 학생으로서 기억에 남는 아르바이트를 몇 개 소개하고 싶다. 그중 하나는 경기장 VIP 의전 아르바이트였다. 경기장 VIP 의전 일은 항공운항과 선배들로부터 대대로 이어져 오는 학과의 대표적인 일일 아르바이트였다. 물론 선배의 추천이 있어야 했지만, 나는 운 좋게 선배로부터 소개받아 아르바이트를 할 수 있었다. 구체적으로 하는 일은 축구장이나 농구장에서 VIP 다과 등을 준비하는 의전 서비스와 같은 것이었다. 경기도 구경하고, 운이 좋으면 정말 유명한 선수나 감독님들도 만나 볼 수 있는 재미도 있었다. 확실히 다른 아르바이트와는 달리, 고상하고 깔끔한 차림으로 VIP들을 상대로 의전 서비스를 한다는 점은 특별한 기분이 들었다. 당시 그곳에서 자주 뵙던 감독님이 있었는데 오시면 꼭 커피부터 찾으시곤 하셨다. 그 모습을 기억했다가 그다음 번 뵙게 되었을 때는 오시자마자 커피부터 준비해 드렸다. 감독님께서 놀라시면서 고맙다고 빙 긋 웃으시는 모습에서 뿌듯하면서도 처음 해 본 고객 맞춤 서비스에 희열을 느낄 수 있었다.

그 외에도 학교에 다니며 몇 가지 아르바이트를 했었는데, 나는 아르바이트 자리를 구하는 방식이 조금 달랐었다. 요새 학생들은 인터넷 사이트에서 아르바이트를 검색하여 마음에 드는 일을 지원하나, 나는 당돌하게 매번 일하고 싶은 가게를 직접 찾아가서 아르바이트 자리를 얻을 수 있는지 물어보고 그 자리에서 바로 일대일 면접을 보곤 했었다. 그 적극성인지 결과적으로 항상 원하는 장소에서 아르바이트를 구할 수 있었다. 그렇게 구했던 패밀리레스토랑 및 영화관 아르바이트 경험을 소개하고 싶다.

당시는 패밀리레스토랑이 열풍이었다. 나도 신촌에 한 패밀리레스토랑에 직접 찾아가 지원을 했고 입구에서 자리를 안내해주는 서버로 뽑혀 일할 수 있었다. 그 일은 무거운 식기를 들지 않아도 되고 손님이 오면 인원에 맞는 자리를 안내하면 되는, 아르바이트 중에서는 편한 일에 속했었다. 입구에 서서 다가오는 고객을 안내하는 일을 통해 고객의 상황을 파악하는 센스를 익힐 수 있었다. 예를 들면 유모차를 끌고 온 손님에게는 손님들이 많이 다니는 통로보다는 쇼파 석에, 유모차를 잘 놓을 수 있는 널찍한 주변 공간이 있는 곳으로 안내했다. 연인들이 들어오면 뷰가 좋은 창가 석을 우선적으로 안내해주면 만족하는 모습을 볼 수 있었다. 단체 손님이 오면,

이미 찬 자리들 사이에서 어떻게 테이블을 구성해서 손님들이 함께 앉을 자리를 마련할지 빠르게 분석해야 했다. 이렇듯, 짧은 순간에 고객을 자리로 안내하면서도 고객 개개인의 특징과 홀 전체 상황을 파악해야만 했다. 또한, 입구에서 파악한 손님의 특징을 홀 내에서 일하는 서버들과 공유해야만 했다. 예를 들어, '손님이 화나신 것 같으니 서비스를 조심해야겠다'라든지 '손님이 케이크를 가져왔는데 생일이시면 축하 노래를 준비해드려야 할 것 같다' 등의 코멘트를 전달하면 직원들이 협력해서 미리 대응하는 데 도움이 될 수 있었다. 승무원의 업무도 이와 다르지 않다. 서비스 중에도 고객 개개인의 특징과 기내 상황을 수시로 살펴야 하고, 이벤트가 발생한 경우, 다른 기내 승무원들과 협력하여 함께 대응할 수 있도록 정보의 공유가 필요하다. 이렇듯 레스토랑 아르바이트를 통해 예비 승무원으로서 필요한 서비스 센스를 배웠다.

영화관 아르바이트도 이와 마찬가지로 예비 승무원 서비스 훈련의 연장선에 있었다. 나는 대형 영화관의 매표소에서 티켓팅 일을 했었다. 요새는 대부분 웹이나 어플을 이용해서 영화 예매를 하지만, 그 당시에는 영화표를 사려면 영화관에 가서 번호표를 뽑고 난 후에 자신의 순서를 기다려야만 했다. 그러다 보니 크리스마스나 명절과 같은 특별한 날에는 대기자 수가 100명이 넘어가는 경우도 종종 있었다. 티켓팅 일은 고객이 원하는 표를 선택해서 판매하면 되는 간단한 일로 생각하기 쉽지만, 그 안에는 나름대로 고충도 있었다. 예를 들어, 손님이 자신의 순서를 기다리는 동안 영화가 매진되어 보고 싶은 영화를 보지 못하게 된 경우에는 손님의 화를 받아내야 했고, 이 경우 손님이 허탈하게 집에 돌아가시지 않도록 시간대가 맞는 다른 인기 있는 영화를 신속하게 추천하는 등의 센스도 필요했다. 그 외에도 손님에게 설명해드렸던 자리가 단 몇 초 차이로 다른 손님께 팔려버린 경우, 시스템상의 문제인데 손님은 그 상황을 이해하지 못하는 경우가 많았다. 컴플레인이 많이 나는 매표일의 특성상 최대한 고객이 원하는 대로 해드리기 위해 신속하게 일을 처리하는 법을 익힐 수 있었다.

돌이켜보면, 경기장 VIP 의전 아르바이트와 패밀리레스토랑, 영화관에서 맡은 업무는 서로 달랐지만, 한편으론 비슷한 점도 많았다. 매표소에서의 티켓팅 일은 영화관을 방문하신 손님을 제일 처음 응대하는 장소에서의 서비스였으며, 레스토랑 입구에서의 안내 업무 역시 손님을 가장 처음 맞이하는 장소에서의 서비스였다. 항공운항과를 다니고 있던 나에게 승무원의 친절한 이미지를 기대하고 회사에서 이런 업무를 맡겼다고 생각한다.

이런 나의 경험 이외에도 항공운항과를 다니고 있다고 하면 고객을 응대하는 최전선에서 손님을 맞이하는 역할을 하는 경우가 많다. 최근 성공적으로 치러진 평창동계올림픽에서도 개회식 피켓요원 선발 과정에서 항공서비스학과 학생들을 선발 모집 대상으로 명시한 것도 이런 이미지를 기대하는 것이 그 이유일 것이다. 그렇게 얻게 된 좋은 기회의 일을 할 때는 언제나 친절한 이미지를 유지하며 성실하게 임하는 자세가 필요하다. 그래야 일을 하며 배우는 것도 많고 스스로 성장할 수 있는 좋은 경험도 쌓을 수 있을 것이다.

이 밖에도 정말 다양한 아르바이트를 경험했었다. 개인적으로는 한 가지 종류의 일만 오래 하는 것보다 다양한 종류의 아르바이트를 골고루 경험해보는 것이 좋다고 생각한다. 여러 일들을 통해서 다양한 고객들을 만나고 다양한 상황 대처능력을 키울 수 있는 것이 큰 도움이 될 것이다.

앞서 소개한 아르바이트들은 업장으로 찾아온 고객을 대상으로 하는 서비스여서 나름 수월했다. 이와는 반대로 사람들에게 먼저 다가가서 요청하는 일도 경험해 보았다. 기차역에서 여행을 마치고 돌아오는 손님들에게 다가가 기차 여행에 대한 만족도를 조사하는 설문조사를 한 적이 있었다. 일단 관심 없는 사람에게 다가가 설문지 작성의 요청을 하는 것이 힘들었다. 마치 물건 팔러 온 사람처럼 나를 쳐다보는 시선에는 귀찮음이 역력했다. 며칠 그 일을 해보았지만, 매번 마주치게 되는 사람들의 차가운 반응에 쉽게 적응되지 않았다.

서비스직에서 일하면서 매너 좋은 손님만 만나면 좋겠지만 그렇지 않은 경우도 적지 않다. 그리고 상황도 완벽하게 주어진 게 아니라 열악한 상황에서 서비스해야 되는 경우도 분명 있다. 나는 어린 나이에 수많은 거절을 당해보고, 힘든 상황에서 사람들을 만나는 경험도 해 보았다. 그런 일들을 겪어오며 나름 정신무장이 되어서인지 매너가 좋지 않은 고객들을 접하면서도 상처를 받는 경우가 적었다. 서비스직에서 일하다 보면 분명 힘든 상황이 생기고 눈물이 울컥할 때가 있다. 그러나, 어느 곳에서 일하든 그 안에는 분명 배울 것이 있을 것이다. 어디서든 성실하게 일하며 자신의 내면에 인내라는 그릇을 키워 나가야 한다.

서비스직은 사실 혼자서 100% 완벽하게 고객 만족을 이뤄낼 수는 없는 일이다. 고객이 업장 내에 머무르는 동안 완벽하게 서비스해야 하는데 그 과정에서 꼭 필요한 것이 바로 동료이다. 즉, 고객에게 좀 더 나은 서비스를 제공하기 위해서는 고객에 대한 서비스 자체도 중요하지만 이에 못지않게 업장 내의 동료와의 관계도 중요하다고 말하고 싶다.

마트에서 아기 로션을 파는 행사에 단기 아르바이트를 할 때였다. 그곳에는 경쟁 브랜드 사에서 파견 나온 한 언니가 있었다. 그 언니는 내가 로션 판매 매대에도 들어가지 못하게 견제하며 시시콜콜한 일들로 항상 나를 괴롭혔다. 말 그대로 텃세였다. 그 당시는 아무 이유 없는 텃세에 그저 힘들고 서럽기만 했었다. 그러나 매일 마주쳐야 하는 사람이고 그 매대에 들어가지 않으면 제품을 판매할 수 없었기 때문에, 언니와 억지로라도 친해져야겠다고 마음먹었다. 그 언니가 출근하면 먼저 찾아가 인사하고 같이 밥도 먹자고 하고, 화장도 너무 예쁘게 잘 됐다고 칭찬하며, 친해지기 위해 노력했다. 처음에는 얘가 무슨 꿍꿍인가 하던 언니도 계속되는 나의 노력에 결국 마음을 열게 됐다. 그 언니는 내가 아르바이트를 그만두는 날까지 든든한 내 편이 되어 주었으며, 심지어 고객을 응대하는 자신만의 노하우 등도 알려주었었다. 만약 그 언니를 그만두는 날까지 계속 피해 다니기만 했다면 개인적으로도 스트레스를 받았겠지만, 나에게 로션판매 아르바이트를 맡긴 회사도 판매가 제대로 이루어지지 않아 손해를 보게 되었을 것이 분명하다. 이 일을 통해 직장 동료와의 관계도 중요하다는 것을 배울 수 있었다.

승무원 합격의 지름길, 면접 스터디

인터넷 면접카페에 가보면 자신이 왜 떨어졌는지 모르겠다는 글들이 종종 올라오곤 한다. 짧은 면접시간에 본인을 다 보여주지 못한 것에 대한 아쉬움은 누구나 동감할 것이다. 비록 짧은 순간이지만 그 와중에도 분명 누구는 합격하고 누구는 탈락하게 된다.

조금이라도 더 자신을 어필할 수 있도록 준비하기 위한 방법으로 면접 스터디를 추천하고 싶다. 면접 스터디는 기업 면접을 준비하는 학생들끼리 모여 서로 면접관과 지원자 역할을 하면서 모의 면접을 보고, 그 과정에서 각자의 모습을 피드백해주기 위한 것이다. 또한, 20대 초반부터 후반까지 다양한 연령층과 전공 분야의 사람들을 만날 수 있는 장이기도 하다. 나는 스터디를 하면서 동일한 질문에 대해 나와 생각이 다른 사람들의 다양한 답변을 들을 수 있었으며, 생각하는 사고의 폭도 키울 수 있었다. 승무원 면접을 준비한다면 면접 스터디를 한 번은 꼭 경험해보라고 권하고 싶다.

면접에서의 답변 내용에는 면접자의 생각 또는 가치관이 담겨 있어야 한다. 너무 판에 박힌 대답을 한다면 대답하는 내내 듣는 사람이 지루해서 그 지원자에게 좋은 인상을 받기 어려울 것이다. 처음 면접을 준비할 때 나는 외적인 이미지에만 신경 쓰고 답변은 어느 정도 남들만큼만 하면 된다는 생각을 하고 있었다. 그러던 어느 날 모의 면접을 봐주던 친언니로부터 내 대답이 너무 별로라는 솔직한 피드백을 받은 적이 있다. 나라는 사람이 아닌 누구나 다 똑같이 생각해서 대답할 수 있는 안전한 답변을 하고 있었기 때문이었다. 솔직한 피드백을 받으면 기분은 별로지만, 결국 맞는 말이기 때문에 받아들일 수밖에 없었다. 그동안 정답처럼 암기했던 많은 '모범 답안'들이 '쓰레기'가 되는 순간이었다. 이런 나를 안타깝게 지켜보던 언니는 자신의 학교 선배 중에 외국계 컨설팅 회사 간부가 있는데, 한번 상담을 부탁해 보겠다며 도와주었다.

언니의 주선 덕분에 그분을 만나 면접에서의 모든 답변에는 스토리텔링이 중요하다는 것을 알게 되고 배우게 되었다. (스토리텔링에 대한 구체적인 방법은 5장의 '자신의 경험을 스토리텔링으로 전달하기' 부분에서 설명해 놓았으니 참고하길 바란다) 그 후 면접 스터디를 시작했고 모의 면접을 하면서 답변에 내 생각을 담아 이야기를 하게 되었다. 그와 동시에 예전의 나와 같은 방식으로 안전한 대답만 하는 친구들이 눈에 보이며 안타깝게 느껴지기도 하였다. 같이 스터디 하던 친구들도 내 이야기에는 관심이 간다며 칭찬해주기도 하고, 점점 내가 말하는 답변 방식을 배우는 친구들도 하나둘씩 생기기 시작했다. 나의 답변을 항상 귀 기울여 듣고 모방했던 사람 중 한 언니는 당시 몇 년째 항공사 실무면접에서 떨어지고 있었던 속칭 장수생이었다. 하지만 기존과 다른 방식으로 답변에 변화를 주고 나서는 바로 임원면접도 가게 되고 그해 승무원에 합격해 지금까지도 어엿한 승무원으로 일하고 있다. 즉, 면접에 있어서, 답변 내용의 중요성은 아무리 강조해도 지나침이 없을 것이다.

한편, 답변 내용도 중요하지만, 이에 못지않게 중요한 것이 바로 외적으로 드러나는 자세이다. 실전 면접에 앞서 모의 면접 스터디를 하면서 내가 면접에 어떤 자세로 임하고 있는지를 파악하는 것이 중요하다. 답변이 진지해지면 자신도 모르게 인상을 쓰게 되는 사람이 있었는데 스스로는 전혀 자각하지 못했다. 서 있으면 몸이 조금씩 흔들리는 사람도 있었다, 하지만 긴장하고 있어서인지, 몸에 밴 오랜 습관 때문이었는지 모두 자신의 그런 버릇들을 전혀 모르고 있었다. 인상을 쓰거나 몸을 흔드는 버릇들은 혼자서는 알 수 없는 모습들이다. 사전에 스터디를 하면서 자세를 지적받으면 면접 전에 알게 된 것을 다행으로 여기고 고치려고 노력하면 된다.

모의 면접을 통해, 본인이 생각하던 자신의 모습과 다른 사람이 보는 자신의 모습에 분명 차이가 있다는 것을 깨달을 수 있을 것이다. 내가 모의 면접을 하면서 스터디 동료들에게 매번 들었던 지적 사항은 목소리와 미소였다. 아이 같은 말투와 말의 속도가 너무 빠르다는 것, 대기할 때 미소가 어색하다는 것이었다. 이는 분명 나의 단점이었다. 학창시절 나는 친구들 사이에서 소위 '말하면 깨는 애'로 통했었다. 그 당시, 친구들은 나에게 "넌 말하지 않고 가만히 있을 때가 제일 예뻐"라며 소개팅에서도 말하지 말라고 할 정도였다. 이런 단점은 서비스인이 되기에는 치명적인 것이었기 때문에, 보이스 트레이닝 관련 책을 보며 혼자 대본 연습도 하는 등, 목소리를 변화시키기 위한 여러 가지 훈련을 했다. 길을 다니면서도 혼자 허공에 대고 말하는 연습을 하고, 당시 항공사 모델로 유명했던 현직 승무원의 인터뷰 목소리를 MP3 파일로 구해서 습관처럼 매일 반복해서 들으며 따라 했다. 얼마나 많이 들었나 하면 지금도 MP3에서 나오던 승무원의 대사, 숨 쉬는 타이밍, 말의 높낮이까지 완벽하게 성대모사 할 수 있을 정도다.

또한, 인터넷에서 '미소'로 이미지 검색을 한 후, 제일 마음에 드는 사진을 프린트하여 방문 앞에 붙여 놓고 시간이 날 때마다 자연스러운 미소를 따라 하는 훈련을 했다. 자주 보다 보니 점점 닮아간다고 이 방법으로 미소를 개선하는데 효과를 톡톡히 보았다. 스터디 동료들로부터도 점점 대기할 때 미소가 자연스럽다는 평을 들을 수 있게 되었다.

그렇지만 면접 스터디 내에서는 서로 의가 상할 것을 염려해 아주

냉정하고 철저한 피드백은 받을 수 없다는 한계가 있다. 따라서 스스로 모의 면접을 보고 그 과정을 동영상으로 찍어 자신의 문제점이 개선되고 있는지를 확인해 보는 것도 좋은 방법이 될 수 있다.

한편, 면접 스터디를 하면 몰랐던 자신을 알게 되는 장점은 분명 있지만, 단점도 분명 존재한다. 따라서 면접 스터디를 할 때 반드시 주의할 점에 대해 조언하고 싶다. 우선 과도한 스터디는 자칫하면 시간 낭비로 이어질 수 있다. 스터디는 1~2개 정도면 족하다. 양보다는 질이다. 하나를 하더라도 진지하게 임하라고 조언하고 싶다. 그래야 비로소 실전 면접에 앞서 나의 상태를 잘 파악할 수 있다. 아무리 피곤해도 스터디에서 받았던 피드백은 그 날 꼭 정리해야 한다. 인간의 기억력에는 한계가 있어서 시간이 지나면 까먹기에 십상이다. 지난 피드백과 동일한 내용의 피드백을 받았다면, 이는 분명한 나의 문제점으로 진지하게 인식하고 이를 개선하기 위해 노력해야 한다. 피드백에 대한 정리 없이 모의 면접만 한다면 분명 시간 낭비가 될 것이다. 스터디 동료들과 너무 친해지는 것 또한 경계해야 한다. 스터디는 어디까지나 공동의 목표를 가진 친구들이 짧은 시간 내에 꿈을 이루기 위해 만들어진 모임이다. 스터디가 끝나고 다 같이 카페에서 수다를 떨거나 저녁을 먹고 주말마다 놀러 가는 등의 사교 모임으로 변질하여서는 안 된다. 즉, 스터디는 친목의 장이 아니다. 스터디의 목적을 잊지 말자. 목적에 맞게 적절하게 면접 스터디를 활용한다면, 어느 실전 면접에서도 떨지 않고 자신 있게 답변하는 자신의 모습을 보게 될 것이다.

항공사 면접 준비와 실무면접

이젠 실전 면접 준비만 남았다. 항공사 입사 지원 후 1차 서류 전형을 통과하면, 대다수의 지원자들은 면접을 위한 메이크업 전화예약 경쟁을 한다. 이런 열띤 경쟁을 부추기듯 승무원을 준비하는 카페에 들어가 보면 면접 메이크업 숍 정보와 후기가 넘쳐나고, 1차 서류 전형 발표 전후에는 OO미용실 예약에 '실패했다,' '성공했다'하는 수많은 글이 올라왔다. 어쩌면 면접에 앞서 지원자들이 제일 큰 비용을 투자하는 건 메이크업 숍일 것이다. 한 번 받는 메이크업 비용이 5만 원에서 유명한 곳은 10만 원도 넘으니 임원면접까지 면접 두 번을 생각하면 20만 원이라는 거금이 사라지는 것은 한순간이었다. 당시 학생 신분으로서는 적지 않은 금액이었다. 그렇기 때문에, 운항과 친구들 중에서는 면접 메이크업을 직접 하는 친구도 적지 않았다. 학교에서 배운 교과 중에는 이미지 메이킹이라는 실습 강의가 있는데, 이미 여러 번의 실습으로 면접에 맞는 단정한 메이크업에 자신 있어 하는 친구들이 여럿 있었다. 무엇보다도 학교에 다니던 2년간 매일매일 스스로 메이크업하며 다져진 실력이니까 본인 얼굴의 장단점을 살려 메이크업을 하는 것이 가능했다.

드디어 항공사 승무원 면접 날이 찾아왔다. 당시 승무원 면접 화장으로는 모 브랜드의 블루계열 섀도가 대유행이었다. 나 역시 유행에 맞춰 면접 당일에는 블루계열 섀도로 한껏 단장하고 면접장으로 향했다. 그러나 웬걸, 면접장에 대기하던 대다수 지원자들이 마치 짜기라도 한 듯 블루계열 섀도로 눈가를 파랗게 화장하고 앉아 있었다. 빈자리를 찾아 앉고 마음을 다잡으며, 같이 서류 면접에 합격한 친구를 기다렸다. 얼마 지나지 않아, 친구가 멀리서 내 이름을 부르며 사람들이 대기하고 있던 자리 사이로 나를 향해 걸어왔다. 그 친구는 멀리서도 눈에 띄었다. 예쁘고 귀여운 외모도 일조했으나, 남들과는 다른 보라색 섀도를 바르고 면접장에 나타났기 때문이었다. 보통 보라색은 승무원 면접에서 사용되는 메이크업 색은 분명 아니다. 그렇지만 그 친구의 하얀 피부 톤과 화장에는 정말 잘 어울렸다. 학창 시절부터 본인 얼굴에 잘 어울리는 색조를 미리 연습해서 잘 알고 있었기 때문에 그 친구는 면접 당일에도 스스로 직접 화장을 했다고 했다. 결과는 어땠을까? 그 친구는 승무원으로 현재 비행 중이다.

면접 당일 미용실에서 메이크업을 할지 여부에 대한 질문은 승무원 카페에서 면접을 앞둔 예비 승무원들 사이에 단골 질문 중 하나이다. 평소 메이크업에 자신이 있던 친구들도 면접이라는 일생일대의 순간을 앞에 두고 전문가의 손길을 받는 것이 더 낫지 않을까 하고 고민을 하게 된다. 내가 자신 있게 말할 수 있는 것은 미용실에서 메이크업을 하던, 본인이 직접 메이크업을 하던 그것은 중요하지 않다는 것이다. 무엇보다 중요한 것은 자기에게 어울리는 메이크업을 파악해서 자신의 장점이 잘 드러나게 하는 것이다. 즉, 자신에게 어울리는 스타일의 메이크업을 잘 할 줄 아는 사람은 직접 해도 무방하다. 한편, 전문가의 손길이 필요하다고 생각하는 사람은 메이크업 숍에서 해주는 대로 무조건 본인의 얼굴과 인생을 맡기기보다는 자신의 메이크업 스타일을 적극적으로 요구할 수 있어야 한다. (이와 관련하여, 면접에서의 의상이나 화장 등의 구체적인 면접 준비에 대한 내용은 5장의 '서비스직 면접을 준비하는 방법'에 자세히 적어 놓았으니 참고하길 바란다)

항공사 서류면접은 대부분 통과되기 때문에, 합격의 당락을 결정하는 것은 역시 면접이라고 할 수 있다. 실무면접장에 가면 많은 수의 지원자들이 초조하게 앉아서 대기하는 장면을 보게 된다. 그사이에 앉아 면접을 기다리다 보면 사전에 정해진 면접 시간이 있긴하지만, 예상치 못한 변수가 생겨 면접 시간이 지연되는 경우가 많다. 나 역시 예정되었던 면접 시간보다 30분 정도 더 기다리게 되었다. 기다리다가 이름이 호명되면 면접에 앞서 신분증이랑 수험표를 제출하고 같은 조들끼리 모여 면접장에 들어갈 준비를 한다. 내가 면접을 볼 당시만 해도 162cm라는 신장제한이 있었지만, 현재는 폐지되었다. 그런데도 같이 면접장에 들어갈 지원자들의 키가 클 경우 상대적으로 작아 보일까 봐 걱정하는 경우가 많은데 그런 경우라면 속가보시가 있는 구두를 신는 것을 추천하고 싶다. 실무면접은 면접관과의 거리가 어느 정도 떨어져 있기 때문에 속굽이 있는 구두를 신으면 작아 보이지 않으면서도 조금 더 안정적으로 걸을 수 있고, 서 있는 비율도 좋아 보이도록 할 수 있기 때문이다.

면접장에 들어가기 전, 복도에서 대기하면서 이런저런 생각을 하게 되었다. 학교에서 준비했던 실습생 면접은 운항과 학생들만을 대상으로 했지만, 항공사 실무면접은 일면식 없는 전국의 대학생들과 경쟁해야 한다. 그런 사실이 나를 더 긴장하게 했다. 간혹 면접장에 들어가기 전에 우황청심환을 먹는 지원자들이 있다. 승무원 카페에 "오히려 몸에 힘이 빠지고 긴장이 풀려서 망했어요"라는 후기가 종종 올라오는 걸 보면, 본인의 체질이나 몸에 잘 맞는지 평소에 미리 시험해 본 후 먹으라고 조언하고 싶다. 나는 면접 당일 따로 무언가를 준비하지는 않았다. 정신만 똑바로 차리자는 생각으로 면접장에 들어가 최대한 자연스러운 모습을 보이고자 노력했다. 면접장에서 지원자가 긴장하여 떠는 것은 어찌 보면 당연하다. 면접관들도 그런 부분은 당연히 이해할 것이다.

면접장 안에서 순서를 알리는 종소리가 들렸다. 나를 포함한 8명의 지원자가 한 줄로 서서 웃으면서 입장했다. 안에는 두 명의 면접관들이 노트북 앞에 앉아있었다. 실무면접은 현직에서 일하는 사람들이 같이 일하고 싶은 후배를 뽑는 데 초점을 두고 진행된다. 보통두 개 정도의 공통 질문을 하고 지원자가 대답하면 추가 질문을 하기도 한다. 실무면접은 어느 정도 인터넷상에 돌고 있는 기출 문제 등을 통해 대비할 수 있다. 그러나 간혹 예상치 못한 질문을 받는 경우가 있다. 어느 해에는 지원자들에게 '집안일'에 대한 질문을 많이 했다고 한다. 승무원과 집안일은 얼핏 보면 상관이 없어 보이는데, 이런 이색 질문을 하는 의도는 무엇일까? 아마도 당황한 지원자의 평소 습관을 알아보고자 했을 것이다. 사람은 보통 당황하면, 표정이나 태도에 드러나기 마련이다. 당황해서 말을 더듬거나, 말이 빨라지거나, 질문과는 관계없는 답변을 하기도 한다. 그런 상황 대처능력을 보고자 하는 의도도 있을 것이다. 다른 한편으로 생각해 보면, 그런 질문의 대다수는 따로 정답이 있는 것이 아니기 때문에 지원자 자신만의 개성이 담긴 답변을 듣고 싶은 것도 한 이유일 것이다.

면접을 볼 동안 주의해야 하는 것은, 다른 지원자의 답변도 경청해야 한다는 것이다. 이런 일화가 있다. 주어진 공통 질문을 듣고 머릿속으로 답변을 열심히 생각하고 있었는데 면접관이 자신의 차례에서는 갑자기 "앞 지원자가 한 대답에 대해 어떻게 생각하나요?"라고 물었다고 한다. 또한, 같이 면접에 들어간 동기의 답변이 웃겨서 살짝 웃었는데 면접관이 냉랭하게 쳐다보았고 결국 웃은 친구는 탈락하였다는 일화도 있다. 면접에 같이 들어간 조원들끼리는 한 팀이라는 마음으로 서로 배려하고 존중하는 것이 필요하다. 이런 지원자들이야말로 실무면접에서 지원자들을 뽑는 면접관들이 바라는 배려심 있는 후배의 모습일 것이다.

면접을 마무리하며 면접관들이 "마지막으로 할 말 있으면, 말씀해보세요."라고 말하는 경우가 있다. 이런 기회는 꼭 잡아야 한다. 본인의 간절함을 보일 수 있으며, 면접관들에게 마지막으로 좋은 인상을 남길 수 있기 때문이다. 나 역시, 그 기회의 순간이 오자 지원자들 사이에서 제일 먼저 손을 들었다. 당시 정말 간절했기 때문에 공통 질문 두 개로는 너무 아쉽다고 생각하던 참이었다. 여러 지원자들 사이에서 고민하고 있을 면접관에게 '나'라는 사람을 더 알리고 싶었다.

"길을 걷다 보면 참 많은 분들께서 저에게 길을 물어보십니다. 물론 제가 말을 걸기 편한 외모여서 그렇다고 생각하실 수도 있겠지만, 저는 서비스 경험을 쌓으며 친근감과 배려심이 제 얼굴에 나타나기 때문이라고 생각합니다. 제가 승무원이 된다면 고객들이 다가오기 편한 승무원, 더 나아가 고객들이 다가오기 전에 먼저 다가가는 승무원이 되도록 하겠습니다. "

약 10분간의 짧은 면접이 끝나고, 우리 조원들은 밖으로 걸어 나왔다. 누군가는 기대에 찬 눈빛이었고, 다른 누군가는 아쉬움이 가득한 눈빛이었다. 나 역시, 그동안 노력하고 힘들었던 순간들이 주마등처럼 뇌리를 스쳐 갔으며, 그 순간이 너무 아쉽기만 했다. 드디어 기다리고 고대하던 발표 날, 항공사 홈페이지에 접속해 면접 결과를 확인해보았다. 결과는 합격. 그 당시 나를 지켜보던 면접관들에게 마지막 기회에서 진심이 통했나 보다. 이제는 임원면접만 남았다.

1:1 면접 & 항공사 임원면접

임원면접 당일, 설렘 반 걱정 반으로 면접 시간보다 일찍 면접장으로 향했다. 실무면접과는 달리, 임원면접에서는 항공사 유니폼을 착용하고 면접에 임할 수 있었다. 면접장에는 공용의 유니폼들이 준비되어 있었으며, 지원자들이 직접 본인에게 맞는 유니폼 사이즈와 색상을 선택해 입을 수 있었다. 다만, 해당 사이즈 별 수량이 한정되어 있다 보니, 몇몇 지원자들 간에는 몸에 맞는 유니폼을 쟁취하고자 하는 사소한 다툼도 있었다.

나는 44사이즈를 입었지만, 결과적으로 유니폼 사이즈는 크게 중요하지 않았다. 전체적으로 승무원 준비생들이 마른 사람이 많아서 44사이즈가 인기 있는 것뿐이지, 학교 동기 중에는 실습생 면접 때 옷을 넉넉하게 입는 것이 좋다며 66사이즈 유니폼을 입은 친구도 별문제 없이 승무원에 합격했다.

다만, 유니폼을 착용할 때나 대기실에서 면접을 기다릴 때 주의할 점이 있다. 임원면접이라고 하면, 보통 임원에게만 잘 보이면 된다고 생각하기에 십상이지만, 본사 내, 특히 면접을 지원하는 모든 직원들이 또 다른 면접관이라는 생각을 해야 한다. 유니폼을 입는 탈의실에는 스카프 매는 것을 도와주는 직원들이 앉아있다. 유니폼 사이즈를 선점하기 위해 서로 쟁탈하는 모습이나 면접이 끝난 후 입었던 유니폼을 제자리에 깔끔하게 걸어 놓지 않고, 방치하고 가는 모습은 결코 좋아 보일 수가 없다. 면접 대기 장소에서 태도가 나쁜 지원자들은 면접장에 보고되기도 한다니 작은 행동 하나까지 조심해야 한다.

유니폼을 입고 대기하면 임원면접에 앞서, 호명에 따라 영어면접과 기내문 리딩 면접을 보게 된다. 작은 방에 들어가 면접관과 1:1로 면접을 보게 되는데, 여기서는 돌발질문이 나오는 경우가 거의 없다. 영어면접 자료나 상황별 기내문 자료는 인터넷에서 쉽게 구할 수 있기 때문에, 미리 답변을 정리해 준비한다면, 큰 어려움이 없이 잘 해낼 수 있을 것이다. 나 역시 미리 준비했던 질문을 받았었으며, 따라서 답변도 준비한 대로 잘 말할 수 있었다. 유창한 영어 실력이 아니라도 귀에 거슬리는 특이한 억양이나 발음이 아니라면 누구나 통과할 수 있다. 다만, 익숙하지 않은 상황에서 누구나 긴장하면 말의 속도가 빨라지곤 하니 평소에 기내문을 천천히, 또박또박한 발음으로 읽는 연습을 미리 해보아야 한다.

1:1 면접을 마치고, 드디어 최종 임원면접만 남았다. 임원면접 또한 조별면접으로 진행됐다. 복도에서 초조하게 면접을 대기하던 중 우리 조의 차례를 알리는 타종 소리가 들려왔다. 잔뜩 긴장하고 있었으나, 밝게 웃으며 면접장으로 입장했다. 면접실에 들어서자마자 당황할 수 밖에 없었다. 면접관인 임원분들과의 거리가 예상했던 거리보다 훨씬 가까웠다. 임원분들이 앉아 계신 책상 바로 앞에 서게 되었는데, 그 거리가 약 30cm 정도 밖에 떨어져 있지 않았다. 몸이 굳을 수밖에 없었다. 예전 항공운항과 실습생 면접이나 항공사

실무면접에서는 면접관들과 면접 거리가 2m 이상 떨어져 있어 화장으로 가릴 수가 있었는데 이건 도저히 숨기려야 숨길 수 없는 거리였다.

사실 나에게는 승무원이 될 수 없는 치명적인 단점이 있었다. 어릴 적 내 팔뚝에는 점이 하나 있었다. 일반적인 점의 크기보다 훨씬 큰 사이즈의 점이었기 때문에 어릴 때부터 반팔 입는 것을 꺼리던 기억이 있다. 고등학생 때, 명절을 맞아 집에 내려온 이모가 내 콤플렉스였던 팔의 점을 빼준다고 했다. 평소 미용 쪽에서 일하면서 간단한 미용시술을 할 수 있었던 이모였기 때문에 얼른 팔을 내밀었었다. 그렇게 팔뚝에 있던 점을 빼게 되었는데, 점의 사이즈가 커서 그대로 흉이 남게 되었다. 알고 보니 나는 켈로이드 체질이었다. 켈로이드 체질은 상처가 생겼을 때 일반인들과 다르게 상처 부위가 커지고 흉터가 남을 수 있다고 한다.

지금은 항공운항과 수시 면접도 반팔 티셔츠를 입고 면접을 보도록 바뀌었지만 내가 면접을 봤던 1회 수시면접 당시에는 정장 자켓까지 챙겨 입고 면접장에 들어갔기 때문에 아무도 내 팔뚝의 흉터를 볼 수 없었다. 운항과 재학 시절도 마찬가지였다. 학교에서는 항상 교복 같았던 긴 팔 정장을 입고 다녀 교수님도, 친구들도 내 팔뚝의 흉터를 알지 못했다. 학교에 다니면서 뒤늦게 엄마와 피부과를 가보았는데 병원에서는 레이저로도 완전히 복구하기 힘들다며 흉터 양쪽을 절개해서 다시 살을 붙일 수밖에 없다고 설명했다. 하지만 불행하게도 자주 사용하는 팔의 특성상 흉터는 계속 덧나게 되었고, 두차례의 수술 끝에 내 흉터는 점점 더 크고 눈에 띄게 변해있었다. 상처 부분의 색도 빨갛게 변해 버려 파운데이션으로 가리기에는 한계가 있었다. 임원면접에서도 실무면접에서처럼 화장으로 가리면 넘길 수 있을 거라고 애써 자신을 위로하며 준비했지만, 그러기엔 임원분들과의 거리가 너무 가까웠다.

면접장에 들어서자마자 예상치 못한 거리에 당황했지만, 그래도 혹시 발견 못 하실 수도 있다는 기대를 품으며 팔의 흉터에 대한 생각을 떨쳐 버리고, 최선을 다해 면접에 집중했다. 면접은 실무면접보다 훨씬 자연스러우면서도 긴장되는 분위기에서 진행되었다. 자기소개를 요청한 뒤, 승무원이 되고 싶고 싶은 이유 등을 물어보셨고 실무면접처럼 각자의 순서에 따라 차례로 답변했다. 답변을 마치자 여자 상무님께서 나를 지목하셔서 따로 개별 질문을 하셨다. 인하공전 항공운항과가 다른 학교와 다른 점, 그리고 졸업하고 나서 승무원이 되기 위해 노력한 점 이 두 가지였다.

당시 인하공전 항공운항과의 항공사 실습생 합격이 역대 최저 수준이어서 이야기가 많았다. 아마 인하공전 항공운항과 출신으로 다시 실무면접부터 임원면접까지 올라온 나에게 어떻게 생각하는지 물어보고 싶으신 것 같았다. 인하공전에 대한 좋은 인상을 심어 드리고 싶지만 다른 학교에 대해서도 폄하하면 안 되는 것이었다.

"인하공전을 다니면서 '승무원이세요?'라는 말을 정말 많이 들었습니다. 아마도 학교 내에서 받았던 서비스 수업과 경험들로 승무원처럼 생각하고 행동하며 저 자신이 많이 달라진 것 같습니다. 다른 학교들도 물론 각자 좋은 장점들이 있겠지만, 승무원만을 목표로 준비하는 학생에게 인하공전은 전문적인 서비스인의 모습을 가르쳐 준다는 점이 장점인 것 같습니다."

"졸업하고 승무원이 되기 위해 저는 우선 외국어를 공부했습니다. 부끄럽게도 현장 실습생 면접 때는 제가 토익이 500점밖에 되지 않았습니다. 항공운항과에 다니고 있으니까 당연히 승무원이 되겠지 하고 안일하게 생각했던 제 잘못입니다. 학교를 졸업하고 열심히 노력한 결과 토익 860이라는 점수를 얻게 되었습니다. 승무원이 되어서도 자리에 안주하지 않고 항상 노력하고 발전하겠습니다."

내가 답변할 때 임원분들의 표정 하나하나가 기억에 남는다. 특히, 나를 보며 미소를 짓던 여자 상무님을 보며 합격하겠다는 확신이 들었다. 같은 조 지원자들의 답변이 다 끝나고 면접을 마치기 전에, 한 임원분께서 조원들 전원 책상 앞으로 가까이 다가오라고 하셨다. 이미 충분히 가까운 거리였는데도 앉아계신 책상에 지원자들의 다리가 닿을 때까지 가까이 다가오라고 주문하셨다. 좁은 거리에 면접자들끼리 어깨가 붙을 정도로 다닥다닥 붙어있게 되었다. 얼굴의 작은 점하나, 피부의 뽀루지까지 보일 수 있는 가까운 거리가 되었다. 그런데, 갑자기 남자 면접관이 나를 바라보며 물었다.

"팔에 있는 건 혹시 흉터인가?"

"점인데 보기 안 좋으실까 봐 화장으로 조금 가리고 왔습니다."

답변하면서도 그 순간 나는 알았다. 떨어졌구나…….

내가 아무리 노력을 해도 할 수 없는 게 있다는 것을 그 순간 깨닫게 되었다. 며칠 후 결과가 나왔고 예상했던 대로 탈락이었다. 팔에 흉터라는 결격사유가 있었으면 처음부터 승무원을 꿈꾸면 안 되는 거였다. 그래도 정말 간절히 원했던 꿈이었고, 꿈꾸면 이루어진다는 말을 믿고 싶었다. 그런데 그건 오산이었다. 팔에 흉터가 작으면 상관없겠지만 나는 상처 크기도 컸고 화장으로 가려지는 수준이 아니었다.

그동안의 내 대학교 생활, 승무원이 되기 위한 모든 준비과정이 한순간에 의미 없이 무너져 버린 것만 같았다. 정말 오래 꿈꾸고 간절했던 승무원이었지만 이제는 현실에 눈을 떠야만 했다. 팔에 흉터는 어쩔 수 없는 명백한 사실이었고 이 때문에 인생을 더 낭비할 수는 없었다. 그렇게 나는 오랫동안 꿈꾸던 승무원이라는 꿈을 포기하게 됐다.

흉터 때문에 승무원의 꿈을 고민한다면...

내가 겪은 흉터에 관한 면접경험을 읽고 혹시나 흉터가 있는 학생들이 미리 걱정할까 우려된다. 흉터가 눈에 보이는 팔, 종아리, 얼굴, 손등, 목에 있으면 면접관들에게 좋은 인상을 줄 수 없는 건 분명하다. 다만, 유니폼 착용 시 가려질 수 있는 부분에 있는 흉터라면 상관없을 것이다. 당시 나는 가격 측면에서 부담이 되기도 하고, 흉터의 사이즈가 커서 절개형 시술을 택했는데, 점점 흉터가 커지고 붉게 변하는 최악의 상황을 겪게 되었다. 그러나 현재는 레이저 시술이 그 당시보다 더 발달했으므로, 흉터가 있다면 미리 피부과에 가서 상담해보는 것을 추천한다.

Q 승무원 관련 전공이 개설된 대학들은 어딘가요?

A   「2년제」

소재지	학교 및 관련 학과
인천	인하공전 항공운항과, 인천재능대학교 항공운항서비스과, 경인여자대학교 항공관광과
서울	백석예술대학교 항공서비스과, 정화예술대학교 항공서비스과, 한양여자대학교 항공관광과
부산	부산여자대학교 항공운항과, 동의과학대학교 항공서비스과, 경남정보대학교 항공관광과
대구	영진전문대학교 호텔항공전공, 영남이공대 항공서비스전공, 계명문화대학교 호텔항공외식관광
제주	제주관광대학교 항공서비스과
세종	한국영상대학교 스튜어디스과
수원	동남보건대학교 항공서비스과
성남	동서울대학교 항공서비스과, 신구대학교 항공서비스과
안양	연성대학교 항공서비스과, 대림대학교 항공서비스과
안성	두원공과대학교 항공서비스과
청주	충청대학교 항공관광과
제천	대원대학교 항공관광과
남양주	경복대학교 항공서비스과
부천	부천대학교 항공서비스과
화성	수원과학대학교 항공관광과, 장안대학교 항공관광과

「4년제」

소재지	학교 및 관련 학과
부산	영산대학교 항공관광학과
광주	광주여자대학교 항공서비스학과
제주	제주국제대학교 항공서비스경영학과
청주	서원대학교 항공서비스학과
천안	백석대학교 항공서비스학과
충주	한국교통대학교 항공서비스학과
군산	호원대학교 항공서비스학과
서산	한서대학교 항공관광학과
음성	극동대학교 항공운항서비스학과
제천	세명대학교 항공서비스학과
당진	세한대학교 항공서비스학과
금산	중부대학교 항공서비스학과
괴산	중원대학교 항공서비스학과
무안	초당대학교 항공운항서비스학과

Q 항공운항과 면접은 언제부터 준비해야 하나요?

A 지원자마다 개인차가 있기 때문에 꼭 언제부터 시작해야 한다고 시기를 특정하는 것은 어렵다. 나의 경우는 고3 때 항공운항과 진학을 염두에 두기 시작하며 다리를 곧게 모으고 서는 연습, 웃는 연습 등을 했던 기억이 난다. 요즘에는 학원에 다니며 운항과 입시를 준비하는 학생들도 많은데, 집에서도 충분히 웃는 연습과 자세 등을 연습할 수 있다. 다만 이미지는 하루아침에 바꿀 수 있는 것이 아닌 만큼 오늘부터 바로 준비를 시작하길 바란다.

Q 면접 날 화장이나 복장이 중요한가요?

A 인하공전 항공운항과 면접의 경우 면접장에서 하얀 반팔티에 슬리퍼가 제공된다. 그 외에 다른 항공과들은 기본 블라우스에 블랙 기본 스커트를 착용하고 면접을 보는 경우가 많기 때문에 본인에게 잘 맞는 단정한 복장으로 면접에 임하면 된다. 면접 날 메이크업은 진하지 않고 자연스럽게 표현하는 것이 좋다. 화장보다 중요한 것은 그 나잇대에 맞는 밝은 이미지라고 말하고 싶다.

Q 항공운항과는 면접이 중요한가요?

A 항공운항과는 미래의 승무원을 뽑는 만큼 면접장에서 이미지로 평가되는 부분이 적지 않다. 그렇지만 비슷한 이미지의 학생들 사이에서 고등학교 성적도 합격을 결정하는 중요 요소가 되기 때문에 성적과 면접 모두 미리 준비하라고 말하고 싶다.

Q 항공운항과 면접 준비는 어떻게 하나요?

A 인터넷을 찾아보면 면접에 자주 나오는 질문들이 있다. 어려운 질문을 준비하기보다는 자신에 대해 많이 생각하고 임할 것을 권유한다. 예를 들면 나를 어떻게

소개할까, 취미는 뭔가, 좌우명은 무엇인가, 왜 승무원이 되고 싶나 같은 질문들은 면접 단골 질문들이다.

Q 재수생도 입학이 가능한가요?

A 동기들 중에는 재수생 언니들이 적지 않았다. 그 언니들은 학교를 잘 다니다 승무원에 합격해서 현재 잘 비행을 하고 있다. 인생에서 1~2년 늦는 건 아무것도 아니다. 꿈을 위해서 도전해보라고 말하고 싶다.

Q 항공운항과가 아니면 승무원이 되는데 불리한가요?

A 아니다. 아무래도 4년제 비전공자들의 지원이 많아지는 만큼 오히려 현직 승무원들은 일반 4년제 출신이 더 많은 편이다. 전공도 항공관광과와는 전혀 관계없는 외국어나 연극, 무용, 사회복지 등 다양한 전공의 합격자들도 많다. 오히려 면접에서 자신의 전공과 승무원과의 연관성을 센스 있게 답할 수 있다면 더 좋은 인상을 줄 수 있다.

Q 승무원 채용 시 나이 제한이 있나요?

A 아는 분 중에 30살이 넘은 유부녀인데도 국내 모 항공사에 취직한 경우를 보았다. 그분의 말에 따르면 입사 교육을 같이 받은 동기 중에 나이 많은 교육생도 몇 명 더 있었다니, 나이가 결정적인 요인이 되는 것 같지는 않다. 다만 나이가 많다면, 어린 지원자들 사이에서 돋보일 자신만의 무기가 더욱 필요하다. 더불어 밝은 인상은 필수이다.

Q 시력이 나쁜데 괜찮을까요?

Ⓐ 면접 때는 교정시력 1.0 정도 필요하다. 시력이 좋지 않다면 렌즈를 끼는 등 교정시력을 체크해야 한다.

Ⓠ 몸에 문신이나 흉터는 괜찮나요?

Ⓐ 유니폼을 입었을 때 얼굴, 팔, 다리 이외의 보이지 않는 곳은 괜찮지만 보이는 곳은 곤란하다. 나 같은 경우에도 임원면접을 볼 당시 임원들에게 팔의 흉터를 지적 받았었다. 화장으로 가려지지 않을 정도라면 미리 관리를 해야 한다.

Ⓠ 외국어 실력이 좋으면 유리한가요?

Ⓐ 요즘 영어는 물론이고 제2외국어 실력이 좋으면 서류나 면접에서도 유리하다. 실제로 내지인은 저비용항공사 면접에서 일본어로 기내방송을 유창하게 하고 합격 통보를 받았다. 중국어 자격증이 있던 친구도 항공사에 취직하는데 외국어 능력이 큰 도움이 되었다고 말하는 걸 보면 외국어 실력은 좋을수록 유리하다고 말하고 싶다.

Ⓠ 수영을 못하는데 괜찮나요?

Ⓐ 미리 준비하는 걸 추천한다. 학교 동기 중 한 명은 수영을 잘 하지 못해서, 체력 테스트 날 25m를 수영하는데 숨도 제대로 쉬지 못하고 겨우 통과했다고 한다. 간절하면 어떻게든 된다고는 하지만 실제로 수영 테스트에서 탈락하는 사람도 종종 있다니 미리 노력해야 한다.

Ⓠ 승무원의 직업 전망은 어떤가요?

Ⓐ 해외여행 수요가 늘면서 자연스레 항공사들도 노선을 늘리고 있고, 항공사들도 많이 늘어나고 있다. 여행을 즐기는 사람들이 많아지는 만큼 이와 연관된 항공사

에서 일하는 승무원의 전망은 좋다고 할 수 있다.

Q 국내 항공사는 어느 곳들이 있나요?

A

항공사	홈페이지
대한항공	https://kr.koreanair.com
아시아나항공	http://flyasiana.com
제주항공	http://www.jejuair.net
진에어	http://www.jinair.com
에어서울	https://flyairseoul.com
에어부산	https://www.airbusan.com
이스타항공	https://www.eastarjet.com
티웨이항공	https://www.twayair.com

승무원을 꿈꾸는 지망생에게는 무엇보다 현직에서 활약하는 선배들의 조언이 큰 도움이 될 것이라 생각한다. 따라서 현재 승무원으로 일하고 있는 몇몇 분에게 지망생들이 가장 궁금해 하는 내용들을 바탕으로 인터뷰를 진행하였다.

인터뷰에 협조해주신 분들

- 국내 항공사 12년 경력의 사무장
- 국내 항공사 5년 경력의 승무원
- 외국 항공사에서 근무하는 승무원

[국내 항공사 12년 경력의 사무장]

Q 승무원을 처음 꿈꾸게 된 이유는 무엇인가요?

A 그 당시에는 해외에 나가는 것이 지금처럼 쉽지가 않았습니다. 그래서 내 일을 하면서 해외에 나가 여러 경험을 할 수 있는 승무원이라는 직업이 참 매력적으로 보였습니다.

Q 항공운항과를 택한 이유가 있나요?

A 승무원을 꿈꾸면서 그에 맞는 전문성 있는 학과를 가고 싶어서 선택하게 되었습니다.

Q 항공운항과 면접은 어떻게 준비하셨나요?

A 저는 집이 지방이라 전날 학교 근처에서 잠을 자고, 면접을 보러 갔던 기억이 납니다. 어머니가 치마 길이도 수선해주셨고 면접관 역할도 해주셔서 면접 연습도 여러 번 해봤습니다. 아무래도 사투리가 있는 지방에서 살았기 때문에 제가 면접을 앞두고 제일 중점을 두고 연습했던 부분은 뉴스나 신문을 따라 읽으며 발음을 교정하는 것이었습니다.

Q 항공운항과 생활은 어땠나요?

A 이제 와서 생각해보면, 그 당시에는 힘들었지만 얻은 것도 꽤 많았다는 생각이 듭니다. 학교생활을 통해 예의, 질서 같은 사회생활에서 필요한 자질을 미리 배웠습니다. 그러나 한편으론 학교생활에 여유가 없어 힘들기도 했습니다. 아무래도 같은 꿈을 꾸는 친구들이 함께 모여 공부하다 보니, 친구들이 경쟁 상대처럼 느껴지고, 외모 같은 외적인 부분에서도 서로 비교할 수밖에 없어 스트레스를 많이 받곤 했습니다.

Q 기억나는 운항과 생활이 있나요??

A 항공운항학과를 다니며 미팅은 정말 많이 했습니다. 일주일에 5번씩은 했던 것 같아요. (웃음)

Q 승무원 면접은 어떻게 준비하셨나요?

A 학교에 다니면서 교수님들이 저에게 하신 말씀이, 제 얼굴이 차가워 보인다는 것이었습니다. 그 당시 승무원 면접을 볼 때 대부분 하늘색 섀도를 이용해서 화장하곤 했는데, 저는 분홍과 파랑을 섞은 보라색 계열의 섀도로 화장했던 기억이 납니다.

동기 중에는 일명 베이비페이스 같은 동그랗고 하얀 얼굴의 친구가 있었습니다. 그 친구는 성숙해 보이기 위해서 빨간 립스틱을 바르고 면접장에 들어갔는데도 합격했습니다. 이런 걸 보면 메이크업을 받더라도 자기 얼굴의 장단점을 잘 살릴 수 있는 메이크업 받는 것이 중요한 것 같습니다.

Q 승무원의 장단점을 알려주세요.

A 장점은 내 돈 쓰지 않고도 여러 나라를 가볼 수 있다는 것입니다. 그 외에도 무료 항공권을 이용해서 여행을 가는 것도 가능하고, 다양한 나라의 음식을 맛볼 수 있는 것도 좋은 점입니다. 또 남들이 안 쉴 때 쉬는 것도 장점이네요. 단점은 건강이 안 좋아지는 걸 느낀다는 겁니다. 또 남들이 쉴 때 못 쉬는 것도 있겠네요. 그 외에도 내 감정이나 신체 상태에 상관없이 늘 손님 앞에서 웃고 있어야 하는 것도 힘든 점입니다. 승무원은 매일 반복된 일만 하다 보니 슬럼프가 오기도 하고 또 외롭기도 한 직업입니다. 또한, 팀으로 움직이다 보니 동료들과의 관계도 신경 쓸 수밖에 없습니다.

Q 승무원으로 보람을 느끼신 적은 언제인가요?

A 국내선 이륙을 했는데 갑자기 한 아이가 타자마자 숨도 안 쉬고 눈도 뒤집혀 있었습니다. CPR(심폐소생술)을 하면서 의사를 찾았는데 그날따라 의사가 한 명도 타고 있지 않았습니다. 그래서 결국 김포로 회항하게 되었는데 비행기가 착륙하자 다행히도 아이의 숨이 곧 돌아오더라고요. 열심히 응급처치한 제 노력이 도움 된 거 같아서 보람이 느껴지던 순간이었습니다. 그 외에도 아픈 환자들을 비행하는 내내 잘 보살펴드렸는데 그분들이 목적지에 도착하신 후에 고맙다고 손을 꼭 잡아줄 때, 참 보람되더라고요.

Q 일하면서 힘들었던 순간은 언제였나요?

Ⓐ 힘든 상황은 참 많았습니다. 천재지변으로 인한 운항지연임에도 승무원들이 총알받이가 될 때나, 손님이 화장실에서 흡연하는 등 지켜야 할 매너를 지키지 않을 때, 손님끼리 싸울 때 같은 경우 등이 있겠네요.

Ⓠ 승무원으로 일하는 데 적합한 성격이나 소질은 어떤 것인가요?

Ⓐ 없습니다. 예전에는 외향적인 성격이 이 일에 잘 맞는다고 생각했었는데, 후배들을 지켜보다 보니 요새는 내성적인 친구들도 또 다른 스타일로 서비스를 잘 하더라고요. 소질을 꼽자면, 승무원으로 일하려면 상황판단을 빠르게 잘해야 합니다. 잠깐의 잘못된 내 상황판단이나 결정으로 인해 사고가 날 수 있습니다. 그리고 조직에 잘 적응할 수 있는 스타일이 좋겠습니다. 체력은 필수고요!

Ⓠ 복지혜택에는 어떤 게 있나요? (정년/육아휴직 등)

Ⓐ 육아휴직은 보통 2년 정도입니다. 아무래도 여자가 많은 직장이다 보니 여성복지가 좋습니다. 무료 항공권도 제공되며, 정년도 보장됩니다.

Ⓠ 승무원의 근무형태는 어떤가요?

Ⓐ 스케줄은 랜덤으로 정해집니다. 전달 중순 정도에 부여받게 됩니다. 정말 원하는 날은 미리 신청하면 쉴 수 있습니다. 물론 100%는 아닙니다.

Ⓠ 해외 체류 시 보통 뭐 하시나요?

Ⓐ 예전에는 팀원들끼리 투어를 많이 갔는데 요즘은 호텔 내부에서 휴식합니다. 방에서 책도 보고 호텔 부대시설을 이용해서 수영이나 사우나 등을 하기도 합니다. 항공사 내부 규정에 어긋나지 않는 범위에서 시간을 보내곤 합니다.

Q 승무원으로 잘 적응하기 위해서는 어떤 노력을 기울여야 하나요?

A 너무 비행에 올인하지 말고, 워라밸(Work and Life Balance)[01]하라고 조언하고 싶습니다. 취미 생활도 갖고 운동도 열심히 하면서 건강한 정신과 신체를 유지할 수 있도록 해야 합니다.

Q 마지막으로 승무원을 준비하는 사람에게 하고 싶은 조언이나 당부가 있나요?

A 승무원의 너무 화려한 겉모습만 보고 '이거 하고 싶다'라고 생각하지 않았으면 합니다. 그 이면에는 자존심을 굽혀야 하는 일도 많습니다. 그리고 승무원이 되지 않더라도 낙담하지 않았으면 합니다. 현재 승무원을 지원하는 지망생들이 늘어나는 만큼, 합격하지 못하는 분들도 많다고 알고 있습니다. 매우 아쉽고 힘들겠지만, 이 일이 정답이 아닐 수도 있다는 생각을 하길 바랍니다. 따라서 승무원만 바라보고 준비하느라 너무 많은 시간과 돈을 낭비하지 않았으면 좋겠습니다. 그러기엔 너무 아까운 청춘의 시간입니다! 또 길은 많으니까 꼭 국내 항공사에만 올인하지 마시고 외항사도 고려해보길 권유합니다. 마지막으로 너무 외모에 대한 스트레스로 과도한 성형이나 시술은 하지 말라고 말해주고 싶습니다. 면접관으로 자주 들어가는 선배의 이야기를 들어봐도, 지원자의 거북스럽지 않은 자연스러운 인상을 제일 선호하기 때문에 외모에만 너무 치중하지 않기를 당부드립니다.

---

01 일과 삶의 균형을 의미하는 신조어

[국내 항공사 5년 경력의 승무원]

Q 승무원 면접을 어떻게 준비하셨나요?

A 저는 승무원 전문 양성학원에 등록해서 승무원 면접을 준비했어요. 학원에서는 스터디 위주의 수업을 들으며 면접 시뮬레이션을 하였고 자주 나오는 면접 기출문제에 답안을 만들어 연습했던 기억이 나네요.

Q 승무원의 장단점을 알려주세요.

A 장점은 월급 받으면서 해외여행을 조금이나마 누릴 수 있고 개인 시간이 많다는 점이에요. 그리고 업무의 연장이 없다는 점(야근, 회식 등)도 큰 매력이겠네요. 승무원들은 비행기에서 내리는 순간 그 날 일은 끝이랍니다. 주변 친구들이나 일반 직장인들은 이 점을 가장 부러워하더라고요.

단점은 아무래도 스케줄 근무를 하다 보니 남들 쉴 때 쉬지 못하는 것이 가장 큰 단점이에요. 기념일이나 명절에 사랑하는 가족과 함께할 수 없을 때는 조금 울적하기도 하답니다. 그 외에도 스케줄이 자주 바뀌는 편이어서 여유 시간 내어서 꾸준한 취미생활이나 개인 여가생활 즐기기에 무리가 있다는 것도 아쉬운 점이에요.

Q 승무원으로 보람을 느낄 때는 언제인가요?

A 개인적으로 저는 일할 때 느끼는 보람보다 일 외적인 것에서 보람을 많이 느끼는 것 같아요. 비행을 떠나서 좋은 곳에서 좋은 음식 먹으면서 힐링 되는 기분을 느낄 때, '아, 이 직업을 선택하길 참 잘했구나'라는 생각이 든답니다. 그 외에는 비행하면서 아픈 승객을 도울 수 있을 때 스스로 보람을 느끼게 되더라고요.

Q 기억나는 에피소드가 있나요?

A 기내에서 승객이 사망한 적이 있었어요. 어떤 상황에서든 잘 대처할 수 있게 미리 교육받았지만, 그 당시에는 정말 무섭고 놀랐답니다.

Q 승무원에 적합한 성격이나 소질은 어떤 것인가요?

A 승무원은 단체생활을 주로 하는 직업이에요. 기내에서 서비스할 때도 그렇고, 비행이 끝나고 다른 나라에 체류할 때도 단체로 다니게 되는 경우가 많기 때문에 너무 개인적이거나 내성적인 성향을 가지고 있으면 힘들 거 같아요.

Q 급여 이외에 누리는 복지혜택에는 어떤 게 있나요?

A 아무래도 직원 항공권 혜택을 이용할 수 있는 것이 단연 일등!

Q 승무원으로 성공하기 위해서는 어떤 노력을 기울여야 하나요?

A 내 마음과 정신을 잘 가꾸어야 한다고 말하고 싶어요. 좀 두루뭉술한가요? 그렇지만 비행을 좀 해 본 사람들은 무슨 말인지 다 알 거예요. 승무원으로 일하면서 겪게 되는 감정 노동도 많고, 단체 생활을 하면서 생각보다 마음고생 하게 될 일도 많답니다. 스스로 마음을 다스리고 정신을 강하게 만드는 것이 정말 중요해요!

Q 승무원을 준비하는 사람에게 하고 싶은 조언이나 당부가 있다면?

A 승무원이라고 하면 화려함과 겉보기에 좋은 것만 생각하고 지원하는 경우가 많은 것 같아요. 그렇게 가볍게 생각하고 지원해서 입사하게 된다면, 정신과 마음이 많이 다칠 수 있으니 승무원도 일반 서비스직과 다름없다고 생각하고 도전하면 좋을 것 같아요. 나름의 면접에 관한 조언을 하자면 면접 볼 때는 너무 꾸민 모습보다는 나

를 솔직하게 표현하는 것이 심사위원들에게 더 좋은 이미지를 심어 준다고 말해주고 싶네요.

Q 호텔에서 일하시다가 항공사로 이직을 하셨는데, 이직을 준비하시면서 노력하신 건 어느 것이 있나요?

A 아무래도 토익 공부를 제일 열심히 했어요. 승무원은 지원할 때 딱히 자격증이 필요한 직업이 아니어서 토익 점수라도 높게 써내려고 계속 외국어를 공부하고 노력했어요. 그리고 호텔리어로 3년간 일했던 경력이 도움이 된 거 같아요.

Q 이전 직장 경험 승무원 업무에 도움이 되었나요?

A 저는 서비스직에서 오래 근무하고 승무원이 되었기 때문에 대학을 갓 졸업하고 들어온 신입 동기들보다 회사생활에 더 빨리 적응했고, 똑같이 힘들고 어려운 일이 있어도 금방 이겨낼 수 있었어요. 그 차이는 아마도 일찍부터 직장생활을 하며 직장이 얼마나 소중한지를 이미 깨닫고 있었기 때문이 아닐까 해요. 덕분에 남들보다 더 많이 노력하면서 힘든 일들도 참고 버틸 수 있었죠.

Q 승무원으로 이직을 준비하는 사람에게 조언하고 싶은 말이 있다면 무엇인가요?

A 승무원뿐만 아니라 다른 직업으로라도 이직을 생각하는 건 좋은 것 같아요. 도전이잖아요! 도전한다는 건 욕심이 있다는 뜻이니까요. 하고 싶은 거, 욕심나는 거 다 해봐야 자신의 꿈을 이룰 수 있는 것이라고 생각해요.

[외국 항공사에서 근무하는 승무원]

Q 외항사를 지원하신 이유는 무엇인가요?

A 국내 기업에서 일하는 동안 부조리한 일들을 많이 봐왔고 그럴 때마다 외국 기업의 유연함과 합리적임이 부러웠습니다. 그리고 한국인이 아닌 다른 나라 사람들과 어울려 함께 일해보고 싶었습니다. 또한, 예전부터 한국은 너무 좁다는 생각을 해왔었고 우물 안 개구리로 살고 싶지 않아 외항사를 지원했습니다.

Q 외항사를 지원할 때 나이/ 키 제한은 어떤가요?

A 없습니다. 중동 지역의 외항사는 나이 제한이 국내 항공사에 비해 적은 편입니다. 키보다는 암리치(arm reach)[02]가 중요한데, 제가 다니는 항공사는 212cm를 기준으로 삼고 있습니다.

Q 외항사를 준비할 때 면접 메이크업이나 의상은 어떻게 준비하셨나요?

A 화장은 제가 직접 했습니다. 외항사 면접 메이크업으로는 아이라인 마스카라를 진하고 선명하게, 피부톤은 매트하게 화장하는 것이 포인트 입니다. 기본적으로 우리나라에서 유행하는 물광이나 윤광 메이크업 보다는 쉐딩과 블러셔 이용해서 뚜렷하게 이목구비가 돋보이는 메이크업 스타일을 하는 것을 추천합니다. 의상은 기본적으로 단정하면 됩니다. 본인에게 잘 어울리는 색상과 스타일로 선택하면 좋습니다.

Q 외항사에서 일하려면 영어 실력이나 외국어 점수가 중요한가요?

---

02 발뒤꿈치를 들고 한쪽 팔을 뻗어 나오는 최대의 길이. 입사 후 기내 선반을 무리 없이 닿을 수 있는지 등을 체크하는 과정

(A) 외항사 면접 인터뷰는 모두 영어로 진행되는 만큼 의사소통이 가능해야 합니다. 물론 자신이 하고 싶은 말은 어느 정도 할 줄 알아야 외국에서 일하고 생활하는 것이 가능하겠죠.

Q 승무원에 적합한 성격이나 소질은 어떤 것인가요?

(A) 기본적으로 승무원은 이기적이지 않고 이타적인 사람이 하기에 적합한 직업이라고 생각합니다. 국내 항공사는 시니어리티(seniority)[03] 때문에 느리게 행동하거나, 일을 안 하기 힘든 구조이지만, 외항사의 경우는 수평적인 관계가 기본이 됩니다. 그런 분위기 때문인지, 일을 하지 않고 게으르거나 뻔뻔한 승무원들도 종종 있습니다. 정말 같이 일하기 힘든 부류죠. 제 경험상 같이 일할 때 주변사람을 배려할 줄 알고, 업무를 소위 '니꺼 내꺼' 구분하지 않고 적극적으로 서로 도우려는 성격이 이 직업을 즐겁게 하는데 적합한 성격인 것 같습니다.

Q 일하면서 보람을 느낄 때는 언제인가요?

(A) 레이오버(lay over)[04]때 현지에서 맛있는 음식과 술 한잔 할 때 이 직업을 선택한 것에 제일 만족한답니다.

Q 급여나 급여 이외에 누리는 복지혜택에는 어떤 게 있나요?

(A) 일단 제가 근무하는 항공사는 직원들에게 주택을 제공해줍니다. 2~3인의 승무원들이 함께 쉐어하우스를 하게 됩니다. 이외에도 공항 셔틀버스 제공한다던지, 90% 할인 항공 티켓 등의 다양한 혜택이 주어집니다.

---

03 항공사 서열문화
04 장거리를 비행하고 나서, 다음 비행을 위해 갖는 휴식시간

Q 외국을 베이스로 일하는 승무원이신데 장점은 어떤 것이 있을까요?

A 일단 좁은 한국에서 벗어나, 외국의 다양한 사람들을 만나보면서 세상을 좀 더 넓게 볼 수 있습니다. 하나의 관점이 아닌 다양한 관점으로 세상을 보는 것이 가능해지는 거죠.

Q 해외 거주 생활은 어떤가요?

A 제가 거주 하고 있는 도하[05]는 한국에 비하면 조금 낙후된 느낌입니다. 대중교통이 없어서 택시만 타야만 하는 등의 단점이 있습니다. 그렇지만 개인적으로 추위에 약한 체질인데, 이곳은 겨울이 춥지 않아서 좋습니다.

Q 외항사 승무원의 근무형태는 어떤가요?

A 매달 스케줄 근무로 약 100시간 비행합니다. 외항사에서 일하는 한국인 승무원이라고 해서 한국행 노선만 타는 것은 아니고 항공사가 취항하는 전 세계 곳곳의 취항지에 모두 비행합니다.

Q 외항사에서 일하는 승무원으로 성공하기 위해서는 어떤 노력을 기울여야 하나요?

A 한국말로도 리더십 있게 다른 사람들을 이끄는 것이 쉽지 않은데, 외국에서 영어로 각국의 동료들을 단합하게 하고 이해시키는 것은 더욱 어렵습니다. 이런 고민을 해결하기 위해 영어도 더 열심히 공부하고 외국인 동료들과 잘 어울리기 위해 노력하고 있습니다.

---

05 카타르의 수도

Q 마지막으로 승무원을 준비하는 사람에게 하고 싶은 조언이나 당부가 있다면?

A 체력 관리. 승무원으로 일하고 싶다면 건강관리를 잘 하는 것이 제일 중요합니다. 외항사는 정신적으로는 국내 항공사에 비해 덜 힘들지만 해외에서 몸이 아프면 더 난감하니까 건강을 꼭 잘 챙기고 운동을 꾸준히 하라고 당부하고 싶습니다.

2장

호텔리어의 길

~~~~~~~~~~

한 번도 실패한 적이 없는 사람은
한 번도 새로운 것에 도전해 본 적이 없는 사람이다.

앨버트 아인슈타인

서비스 경험이 중요한 호텔리어 면접

승무원 임원면접에서 최종 낙방하고, 집안에 틀어박혀 며칠간 앞으로의 내 진로에 대해 고민하게 되었다. 하지만 어디라도 취직만 하기 위해 여기저기 묻지마 지원은 하고 싶지 않았다. 대학교에서 받은 양질의 교육과 그동안 아르바이트에서 얻은 경험을 녹일 수 있는 서비스 관련 전문 직업을 갖고 싶었다. 적잖은 고민 후, 내 뇌리를 스친 단어가 있었다. 바로 호텔리어였다. 호텔리어는 호텔에서 고객들에게 서비스를 제공하는 최고의 서비스 직업 중 하나였다.

호텔에 취직하기 위해서는 어떻게 해야 할까? 호텔리어로 지원

가능한 업무 분야는 보통 사무, 객실, 식음료 팀으로 나누어져 있다. 사무는 전문적인 서류업무를 하는 것으로 일반 회사원의 업무와 다르지 않다. 따라서 4년제 대학 출신은 대부분은 사무 분야를 선택하고, 지원 학력 기준도 다른 부서들보다 높은 게 보통이다. 전문대 출신인 나에게는 맞지 않는 영역이었다. 이에 반해, 객실과 식음료 부서는 고객을 직접 상대하고 서비스를 제공하는 업무 분야다. 그 중, 객실은 호텔 로비에서 일하며 객실을 관리하고 이용사항에 대한 정보를 제공하는 일을 하는 것으로, 외국인들의 객실 일을 처리하는 경우가 많아 유창한 외국어 실력도 요구되었다. 그렇지 않은 경우도 있긴 했지만, 보통 유학을 다녀오거나, 외국에서 장기간 체류했던 사람들이 지원하곤 했다. 당시 어느 정도 영어로 의사소통은 가능했지만, 외국인과 다양한 상황에 맞춰 응대하며 대화할 정도의 수준은 되지 않았기 때문에 이 분야 역시 나에게는 맞지 않은 영역이었다. 결국, 내가 지원할 수 있는 분야는 F&B, 식음료 팀이었다. F&B는 레스토랑, 바, 연회 등의 각 업장을 기준으로 세분되어 있었다. 그중에서도 호텔 내 레스토랑 업무에 관심이 갔다. 고급 호텔레스토랑에서 손님들께 절제되면서도 고품격 서비스를 제공하는 일이라니! 그동안 서비스 아르바이트를 한 경험도 살릴 수 있을 것 같았다. 운 좋게도 그해 겨울에 바로 신라 호텔의 채용공고가 올라왔고, 나는 부푼 마음으로 F&B 분야로 지원했다.

얼마 후, 서류심사를 합격했으니 실무면접에 참석하라는 문자를 받았다. 아침 일찍 일어나 정장 스커트 차림에 단정히 올린 머리를 하고 면접 장소로 향했다. 면접장 분위기는 조용하고 차분했으며, 다른 지원자들도 대부분 나와 비슷한 차림새를 하고 대기하고 있었다. 쪽 진 머리에 곱게 한 화장. 지원자들 중 대부분은 관광학과 출신이었지만, 나처럼 항공운항학과 출신도 여럿 있었다. 5명이 한 조가 되어 면접실로 들어갔는데, 그동안 봐온 면접들과는 조금 달랐다. 그중 하나를 꼽자면, 면접을 앉아서 본다는 것이었다. 승무원 면접에서는 항상 구두를 신고 손을 모으고 선 상태에서 면접에 임해야만 했지만, 호텔 면접에서는 앉아서 면접을 보니 조금 더 편한 자세로 면접에만 집중할 수 있었다. 면접 질문들은 자기소개를 해보라든가, 자신의 장점을 말해보라는 것 등 대체로 무난한 것들이었다. 평소 준비한 대로 어렵지 않게 답변할 수 있었다.

면접을 보며 매번 느끼는 거지만, 면접관이 물어보는 질문은 엄청 어려운 것이 아니다. 대부분 인터넷에 돌아다니는 기출문제 수준에서 크게 벗어나지 않고, 본인의 이력서를 토대로 한 질문이 행해진다. 따라서 면접에 앞서 자신이 이력서에 기재한 사항들과 본인이 어떤 사람인지에 대해 미리 생각해보고 면접에 임한다면, 큰 무리 없이 질문에 답변할 수 있을 것이다. 물론 면접관들이 지원자가 압박상황에서 어떻게 대처하는지를 보기 위해 압박 질문을 할수는 있다. 그렇지만 대체로 서비스직 면접에서 나오는 질문들은 창의적인 답변을 요구하는 질문이라기보다는 지원자가 그동안 겪은 경험에 대한 질문이 많은 편이다. 따라서 자신의 경험에 기초하여, 진솔하게 답변을 한다면 면접에서 좋은 점수를 받을 수 있을 것이다.

무난하게 면접을 치른 뒤 한 통의 문자가 왔다. 합격했으니 SSAT를 보러 오라는 것이었다. SSAT란 Samsung Aptitude Test의 약자로 삼성에 맞는 인재를 뽑기 위해 삼성에서 만든 적성검사이다. 삼성 계열사에서는 모두 SSAT를 채택하고 있기 때문에, 삼성을 지원하는 구직자라면 한 번쯤은 들어 봤을 시험이다. 서점에 있는 SSAT 문제집을 풀어봤다는 지원자도 있었지만, 어차피 단기간에 공부해서 높은 점수를 받을 수 없다는 것을 알았기에 '아는 만큼만 풀자'라는 생각으로 시험장을 찾았다.

시험이 시작되었다. 문제지를 받고 아는 문제 위주로 차근차근 풀기 시작했다. 모르는 문제를 찍으면 오히려 감점이 있다는 얘기를 어디선가 들었기 때문에 알면 풀고 모르면 지나치는 방식으로 풀었다. 서비스직 SSAT는 삼성의 다른 계열사 문제와는 다르게 크게 까다로운 문제는 출제되지 않았지만, 시간이 너무 부족했다. 두 시간 정도 정신없이 풀었는데도 어느덧 시험 종료 시간이 되어 풀지 못한 문제가 태반이었다. 시험을 치러 갈 때는 마음이 편했는데 끝나고 나니 오히려 자신이 없고 시험 결과를 기다리는 내내 불안하기만 했다. SSAT에서도 지원자 중 몇 %는 떨어진다는데 다행히도 합격 통보를 받고, 다음 면접을 준비할 수 있었다.

다음은 롤플레이Role Play 면접이 준비되어 있었다. 이 면접이 호텔리어 선발 과정 중에 가장 긴장되고 어려운 면접이었다. 롤플레이 면접에서는 현직에서 일하는 선배가 다양한 상황을 가정하여 컴플레인을 걸면 지원자가 어떻게 대처하는지 등의 상황대처 능력과 고객에 대한 응대 태도를 평가 받게 된다. 모든 지원자가 그 상황이 가정된 것임을 이미 알고 있지만, 막상 면접에 임하게 되면 생각보다 심각한 분위기와 실감나는 연기에 당황하게 된다. 실제로 면접을 마치고 울면서 나오는 여자 지원자도 있었다. 롤플레이 면접에서는 말도 안 되는 트집과 꼬투리를 잡으며 극한 상황에 몰린 지원자의 모습을 평가하고자 하는 면접관들 앞에서 차분하게, 고객의 입장에서 진심으로 응대한다면 결국 좋은 평가를 받게 될 것이다. 나 역시 다양한 아르바이트 경험을 하면서 나름 산전수전 다 겪어봤다고 생각했는데 작정하고 덤비는 선배들을 상대로 이길 수는 없었다. 면접 중간에는 이렇게까지 하는 사람이 있을까 싶었지만 그래도 나만의 서비스 자질을 보여드리기 위해 최대한 노력했다. 나름 차분하게 대응했던 터라 합격 통보를 받을 수 있었다.

드디어 마지막 임원면접만 남았다. 임원면접에서는 자기소개와 경력 사항을 물어보는 등 질문 내용은 이전 면접과 같이 평이한 수준이었지만 지원자가 답변하는 내용에 이어지는 추가 질문이 많았다. 특히 서비스직 경험에 대한 추가 질문을 많이 하셨다.

"서비스 경험에 대해 말해보세요."

"패밀리레스토랑에서 안내 일을 했었습니다. 사람의 인원수대로만 확인해서 안내하는 것이 아니라 고객마다 선호하는 좌석 스타일이 다르기 때문에 미리 고객의 특성을 파악하는 게 중요하다고 느꼈습니다. 아이가 있는 분들은 쇼파석으로, 연인들은 창가석으로, 각자의 모임의 성격에 맞게 안내해드렸더니 자리에 앉고 나서도 자리를 옮겨달라는 손님은 없었습니다. 이처럼 신라호텔에서도 찾아주시는 고객님들 개개인에 맞게 센스 있는 서비스를 하는 호텔리어가 되겠습니다."

"얼마나 일했지요?"

"3달 정도 일했습니다."

"3달만 일해서 그런 걸 알 수 있나요?"

"패밀리레스토랑에서는 비록 3달만 일했지만, 저는 그 전부터 서비스인으로서의 훈련을 계속하고 있었습니다. 우선, 전공인 항공운항과에서 고객 서비스에 대해 지속적으로 배웠으며, 또한 패밀리레스토랑 외의 다양한 아르바이트에서 얻은 서비스 경험들도 그런 상황판단에 도움을 주었다고 생각하고 있습니다. 이런 경험들은 호텔리어로 일하면서도 분명 도움이 될 수 있다고 생각합니다."

임원면접에서의 질문들은 지원자가 현직에 투입되어 일을 성실히 수행할 수 있는 사람인지 여부를 파악하려는 느낌이 강했다. 답변을 하면 그에 대한 추가 질문을 몇 개씩 이어 하시면서 면접자가 당황하지 않고 답변하는지도 체크하시는 듯 했다. 따라서 최대한 진솔하면서도 차분한 느낌을 전할 수 있도록 답변했다. 최종 임원면접을 마치고, 며칠 후 최종 결과 통보를 받았다.

합격이었다. 이렇게 한국 최고의 호텔 중 하나로 꼽히는 신라호텔에 입사해 호텔리어로 사회생활을 시작 할 수 있었다.

전문 서비스 교육을 거치며 호텔리어로 한걸음

입사해 보니 동기들은 나이도 제각각, 전공도 제각각이었다. 나처럼 사회생활의 첫 시작인 친구들도 있었지만 이미 다른 호텔에서 일한 경험이 있는 친구들도 있었다. 아무래도 지원자의 나이, 학력, 스펙보다는 지원자의 성격, 서비스 마인드, 서비스 경험을 중점적으로 고려하여 신입사원을 선발한 듯 보였다.

입사한 우리들은 제일 먼저 교육원에서 호텔리어 관련 전문 교육을 받게 되었다. 이렇게 호텔에서 자체적인 교육기관을 두고 신입 사원을 대상으로 하는 연수 과정을 마련하고 있는 경우는 흔하지 않다. 이는 삼성에서 운영하는 호텔이기 때문에 가능한 것이라고 생각한다. 신입 호텔리어를 대상으로 하는 연수 과정은 오전 9시부터 오후 6시까지 매일 타이트하게 진행되었다. 이를 통해 호텔리어로서 기본지식을 학습할 수 있었고, 특히 호텔 조직과 발생, 역사와 전통 등을 배우며 '내가 이런 대단한 호텔의 일원이 되었구나'하는 애사심을 가질 수 있었다.

연수 과정을 맡은 강사진은 현재 호텔에서 근무하시는 선배님들과 타 기관에서 초빙한 전문 강사님들로 구성되어 있었다. 매 시간 다른 분야의 강사님들이 각각의 주제를 가지고 강의를 해주셨다. 그때는 빡빡한 수업 스케줄에 지치기도 하고, 매시간 새로운 내용을 듣는 것이 버겁게만 느껴졌었는데 지금 생각해보면 그 덕분에 호텔업무 전반에 대해 이해할 수 있는 기회가 되었다. 우리는 강의실에 앉아서 각 분야의 전문가들이 말해주시는 다양한 정보들을 듣고, 잘 받아들이며, 소화시키기만 하면 되었다. 연수 과정을 통해 서비스 태도, 서비스 이론, 서비스 마인드라는 실무적인 세 부분을 중점적으로 배울 수 있었다.

서비스 태도 시간에는 복장, 용모, 예절, 보행자세, 서비스인의 말투, 근무 시 자세, 스마일 연습 등의 수업이 진행되었다. 교육 내용 중 인상 깊었던 것은 근무하는 직원들간의 공통적인 행동모델이 있다는 점이었다. 즉, 머릿속에서 그려지는 막연한 서비스가 아닌 직원들간의 통일된 행동양식에 따라 동일한 서비스를 행함으로써 고객들에게 안정되면서도 최고의 서비스를 제공하고자 하는 것이었다. 호텔을 방문해서 받게 되는 일련의 서비스들이 이런 교육 과정을 통해 하나부터 열까지 정해진 규칙대로 행해지는 결과라고 생각하니 뭔가 대단하게 느껴졌으며, 역시 특급 호텔답다고 생각되었다.

서비스 이론과 실습에서는 식음료에 관한 강의가 대부분이었다. 뽑힌 신입사원들은 F&B 분야에서 일할 예정이었기 때문에, 이러한 수업은 업장에 투입되기 전 업무 전반의 이해도를 높이는데 큰 도움이 됐다. 제일 기억에 남는 수업은 와인 관련 수업이었다. 당시 나는 와인을 먹어본 적이 한 번도 없었다. 와인은 고급 레스토랑에서만 나오는 음료라고 생각해서, 그동안 멀게만 느껴졌었다. 그렇지만 내가 앞으로 일할 곳이 바로 호텔 레스토랑이었기에, 와인에 대한 깊은 이해가 필요했다. 와인에 대한 이론적 설명 이외에도 와인을 다루는 법도 배우게 되었는데, 와인의 어느 부분을 어떻게 잡고, 어떻게 따르는지 등등, 생각보다 와인을 서비스하며 다루기가 쉽지 않았다. 모든 서비스는 고객의 오른쪽에서 이루어지는 공통의 행동모델에 따랐기 때문에, 와인을 따르는 것 역시 고객의 오른쪽에서 행해져야만 했다. 와인을 주문한 고객에게는 우선 테이스팅을 권하고 오케이 사인을 받으면 일행 중 여성에게 먼저 따르는 것이 매너였다. 그렇게 시작해서 시계방향으로 따라야 했으며, 와인을 따를 때는 잔에 와인의 양이 너무 적지도 많지도 않게 따라야만 했다. 잔을 기준으로 보기 좋게 따라야 하는 양은 어느 정도 정해져 있지만, 고객이 주문한 양을 인원수에 따라 부족하지 않게 배분해 드릴 줄 아는 직원 나름의 센스가 필요했다.

와인을 따를 때, 한 손으로 와인을 들고 중심을 잡으며 서비스하는 것도 어려웠으며, 와인을 따르고 난 후 와인방울이 흐르지 않게 하기 위해 손목의 스냅을 이용해 시계방향으로 비틀며 병의 입구를 올리는 기술은 한 순간에 익힐 수 있는 것이 아니었다. 또한, 와인은 라벨이 중요하기 때문에 고객에게 라벨이 잘 보이게 서비스해야 하는 등 세세한 주의사항도 숙지해야만 했다. 와인을 따르는 것 하나에도 이렇게 많은 것을 신경 써야 한다니 머릿속이 점점 복잡하기만 했다. 그러면서도, 이러한 사소한 서비스들이 모여 하나의 서비스로 완성되고, 고객이 느낄 만족감을 생각하니, 뭔가 의지가 샘솟는 것만 같았다.

서비스 마인드 수업은 그 동안 막연하게 생각해 오던 좋은 서비스, 나쁜 서비스가 어떤 것인지 명확하게 구체화해 주었다. 수업을 통해 받아 봤던 서비스 중 좋았던 기억과 불쾌했던 기억에 대해 생각할 시간을 갖게 되었고, 결국 내가 호텔에서 일하며 고객들에게 제공하고 싶은 서비스는 무엇인가에 대해 많은 생각을 할 수 있었다. 개인적으로는 고객의 입장에서 나를 기억해주는 서비스를 받았을 때 큰 감동을 받았던 기억이 있다. 즉, 고객이 주로 주문하던 메뉴나 기호를 기억했다가 먼저 준비해주는 서비스를 제공하는 것이 바로 호텔에서 내가 하고 싶은 서비스였다. 이런 각자의 경험을 동기들 간에 서로 공유하며, 고객 입장에서 받으면 좋을 서비스에 대해 이야기 할 시간을 갖게 되었다. 이런 시간들을 보내며, 고객의 입장에서 생각할 줄 아는 호텔리어가 되기 위해 한 걸음 나아갈 수 있었다.

연수 과정을 통해 받았던 전문적인 교육 이외에, 이에 못지않게 큰 의미가 있었던 건 호텔생활 내내 힘들었을 때마다 함께 하며 힘을 얻게 해준 20여명의 동기들을 얻었다는 점이었다. 사회 초년생으로 아무것도 모르고 실수투성이였던 신입시절, 동기들과 모여 서로 위로하고, 다시 내일을 위해 서로 응원하던 그 시기가 참 좋은 기억으로 남아있다.

최근에 친구들과 함께 방문한 타 호텔 레스토랑에서 호텔 입사동기를 다시 만난 적이 있다. 시간이 8년 가까이 지났는데도 서로를 알아보며 반가워했다. 그 친구는 타 호텔로 이직했지만 계속 호텔 업계에서 근무하고 있었다. 그 친구는 그날 내 테이블을 담당하며 나와 내 친구들을 위한 특별 서비스를 해주었다. 같은 호텔 출신이라는 것이 자랑스러워질 정도로 그 친구는 서비스 프로다운 모습이었다. 지금도 몇몇 호텔 입사 동기들과는 끈끈함을 유지하고 있으며, 각 분야에서 서로 조언 내지 도움을 받고 있다.

병아리 호텔리어 시절

미니마우스. 신입 시절, 내가 일할 때 항상 웃고 있다고 한 선배님이 지어주신 별명이다. 매사에 서투르고 잘 모르던 신입시절, 모르니까 표정이라도 좋아야겠다는 생각에 항상 웃고 있었던 기억이 난다. 그렇지만, 병아리 신입사원이었던 내 사회생활의 시작은 웃고 있던 얼굴과는 맞지 않게 실수의 연속이었고 적응하기도 쉽지 않았다. 업장에서 구두를 신고 무거운 호텔 식기들을 다루면서 서비스하는 일은 쉬운 일이 아니었다. 호텔에서 서비스용으로 제작한 낮은 단화를 신었지만 한 순간도 앉을 수가 없이 근무하는 내내 서있어야만 했다. 그렇게 하루 종일 서서 일하고 집으로 돌아올 때면 분명 내 다리인데도 내 것이 아닌 것 같은 느낌이 들었다. 자기 전 침대 위에 캐리어를 올리고는 그 위에 발을 올리고 잠을 청하는 것이 일상이 되었다. 그리고 다음 날 아침이면 붓기가 채 빠지지도 않은 다리를 끌고 다시 일을 하러 나가야만 했다.

내가 일하던 영업장은 2교대 근무를 하는 업장이었다. 아침 6시부터 오후 2시까지 근무하는 아침 조와 오후 2시부터 오후 10시까지 근무하는 오후 조로 구성되어 있었다. 아침 조에 배치받을 경우 새벽 5시에 일어나 잠이 덜 깬 상태에서 첫차를 타고 출근을 해야만 했다. 아침과 점심 총 두 번의 손님을 맞이해야 하기 때문에, 업무강도가 오후 조보다 더 셌다. 출근해서 가장 먼저 해야 하는 일은 미리 짜인 근무 판을 확인하는 것이었다. 근무 판을 통해 당일 근무할 섹션을 지정 받으며, 보통 여러 명이 한 섹션을 담당해서 서비스했다. 그러던 어느 날, 평소처럼 눈을 비비며 출근한 후 근무 판을 확인한 나는 긴장하지 않을 수 없었다. 평소 어려워하던 캡틴님이랑 단 둘이 입구 쪽 근무로 근무가 짜여 있었기 때문이었다. 캡틴님은 꼼꼼하기로 소문나신 분이셨다. 자주 근무하던 선배들이라면 그 캡틴님의 근무 스타일을 미리 파악해서 센스 있게 대처할 수 있었겠지만, 나는 그분에 대한 소문만 듣고 함께 일해보기는 처음이었다. 그런 분과의 첫 근무는 부담스럽고 엄청 긴장될 수밖에 없었다.

아침 근무를 할 때는 고객들에게 커피가 필수 서비스로 제공되고, 적당한 온도로 데워진 우유도 개별 밀크팟에 함께 준비해 나가야 한다. 그런데 스테이션 안에서 정신없이 우유를 데우고 밀크팟에 데워진 우유를 따르다가 실수로 직원 스테이션에 우유 주전자를 엎질러 버리고 말았다. 캡틴님이 오시기 전에 수습하려 했지만 드라마처럼 그 타이밍에 꼭 나타나는 캡틴님. 잔뜩 굳은 얼굴로 한 말씀 하셨다.

"옆 근무지 선배랑 근무 바꿔요."

잘하려고 신경 쓸수록 더 실수하게 되는 경우가 종종 있다. 그 날이 딱 그러했다. 그 후로 한동안 캡틴님 주변에는 가지도 못했다. 그렇게 시간이 얼마나 흘렀을까. 한동안 캡틴님과 근무지가 겹치지 않아서 당연히 내가 일하는 모습을 보지 못하셨을 거라고 생각했다. 그러던 어느 날 아침, 일찍 나와 테이블 정리하던 나에게 캡틴님이 다가와 이렇게 말해주셨다.

"보옥씨, 그동안 많이 늘었네요."

묵묵히 일하면 누군가는 결국 알아준다는 건 정말 맞는 말이다. 나에게 실망했던 사람에게 다시 인정받았을 때의 기쁨은 말로 표현할 수 없다. 보너스를 받았을 때보다 더 기뻤다. 직장 생활을 하다 보면 자신이 조직 속의 소모품 같다는 생각을 하게 된다. 내가 없어도 조직이 잘 돌아갈 것 같다는 생각에 가끔 슬퍼지기도 하는 슬럼프가 오기도 한다. 그런데 그때 들은 캡틴님의 말 한마디는 다시 내가 열심히 달릴 수 있는 원동력이 되었다.

이외에도, 고객에게 실례를 범한 적이 있었다. 단독으로 룸을 담당해 서비스 할 때의 일이었다. 보통 호텔에 오시는 단체 손님들은 와인을 주문하곤 하는데 그 날, 내가 담당한 룸의 단체 손님들도 와인 3병을 주문하셨다. 주문대로 와인을 준비해서 우선 라벨을 보여드리고 마개를 오픈하려는데, 아뿔싸. 코르크 마개가 부서져 버렸다. 괜히 여기서 더 잘못 건드려 비싼 와인에 코르크 파편이 들어가기라도 한다면 일이 더 커진다. 손님께 잠시만 기다려 달라고 말씀드린 후, 밖으로 나와 남자 선배에게 부탁하게 되었다. 결국 그날은 선배가 서비스를 마무리 했다. 단체 손님 앞에서 와인 코르크를 부숴 버린 트라우마는 한동안 나를 괴롭혔다. 와인을 서비스해야 할 일이 있으면 또 코르크를 부숴 버릴까봐 몸을 사리게 되었다. 와인 주문이 들어오면, 처음부터 다른 선배들에게 서비스를 부탁을 하게 되었고 한동안 그런 일이 반복되었다. 결국 그보다 사이즈가 작은 1/2 하프 와인을 자주 따면서 손에 익숙해진 후에야 트라우마를 극복할 수 있었지만, 지금 생각해봐도 호텔리어로서 부끄러운 일이었다.

일을 한지 얼마 안 되었을 때 영업장에 VIP 손님이 방문하신 적이 있었다. 바로 회사 사장님이 가족들과 식사를 하기 위해 영업장을 찾은 것이었다. 말 그대로 영업장에는 비상이 걸렸다. 평소보다 더 길었던 조회시간을 거치며 용모와 서비스에 대한 주의사항 등을 숙지하게 되었고, 경력이 많은 선배들로 팀을 꾸려 VIP를 맞을 준비를 하였다. VIP용은 커틀러리부터 시작해서 나가는 서비스 물품도 A급으로 따로 준비되었고, 그 과정에서 영업장 인차지까지 나서서 서비스 과정을 세세히 챙기는 모습이 무척 낯설었다. 그 당시 나는 병아리 호텔리어였기 때문에 직접 서비스 할 기회를 얻지는 못했지만 선배들이 뭔가 일사분란하게 움직이는 모습에서 프로의 모습을 볼 수 있었다. 그 모습을 지켜보며, 언젠가는 선배들처럼 능숙한 호텔리어가 되리라 다짐했다.

특급호텔의 질을 결정하는 건 결국 호텔리어

고객은 특1급 호텔이라는 기대를 갖고 호텔을 방문한다. 그런 고객의 기대에 부응하기 위해 각 파트 별 호텔리어들은 보이지 않는 곳에서 묵묵히 땀을 흘리며 제 역할을 다하고 있다. 호텔리어는 수면 위에서는 한없이 우아하지만, 수면 아래에서는 가라앉지 않기 위해 부단히 발을 휘젓는 백조와도 같다. 고객에게 보이는 호텔리어의 모습은 신중하고, 절제되어 보이지만, 그렇게 보이기 위해서는 보이지 않는 곳에서 정신적, 육체적인 노력이 뒤따라야만 했다. 시간이 흘러 어느덧 나는 병아리에서 백조로 도약할 수 있었다.

내가 다니고 있던 호텔은 노 팁 제도를 채택하고 있다. 고객들에게 개인적으로 팁을 요구하지도 받지도 않는다. 외국과 달리, 우리나라에서는 팁 문화가 없다고 생각하는 게 일반적이다. 그러나 특1급 호텔을 방문하시는 한국 손님들 중 일부는 해외여행을 많이 다니셔서 외국 문화에 익숙해서인지 몰라도, 팁을 주는 것에 거리낌이 없으셨다. 그렇기 때문에, 직원이 팁을 받지 않는 걸 의아하게 생각하시는 분들도 있었다.

어느 정도 연차가 차고, 나의 주된 업무가 홀 담당에서 개인 룸 담당으로 바뀌게 되던 어느 날이었다. 한 가족이 내가 담당하던 룸의 고객으로 왔는데, 아마도 그날은 아버님의 생신이신 것 같았다. 화목한 분위기가 느껴지는 기분 좋은 고객들이었다. 나는 평소처럼 손님들이 식사하시는데 불편을 느끼지 않도록 매 순간 주의 깊게 살피며, 세심하게 서비스를 해드렸다. 그러자 식사가 끝날 무렵 아들로 추정되시는 분이 오만원 지폐를 지갑에서 꺼내 쥐어 주시는 것이었다. 그 순간, 당황했지만 노팁 제도에 대해 설명 드리고 이렇게 대답했다.

"고객님께서 오늘 식사를 맛있게 하시며 웃어주신 모습이 저에게는 최고의 팁입니다. 감사합니다."

그런데도 그 분께서는 우리끼리의 비밀로 하자시면서, 자기 손이 민망하다며 계속 주시려 하였지만. 끝내 정중하게 거절했다.

"이런 양심적인 분은 처음 봐요."

그분은 그 날 식사를 마치고 나가시면서 기분 좋은 미소를 지어주셨다. 같이 일하던 선배는 "아무도 모르는데 그냥 받지."라고 말하기도 했으나, 그분께 '신라 호텔 호텔리어는 뭔가 다르구나'라는 인식을 심어주었다는 사실만으로 뿌듯함을 느꼈다.

그날뿐만 아니라, 팁을 주려는 분들이 그 후에도 몇 번 더 있었지만, 나는 언제나 내 소신과 회사의 정책을 지켰다. 가끔 '사소한 부분이니까 괜찮겠지'하고 부정을 저지르는 사람들이 있다. 용역 업체를 통해 일하시던 어떤 분은 호텔에서 사용하던 수세미가 사용감이 좋다고 집으로 몇 번이나 가져갔다고 한다. 그 분은 당연히 아무도 모를 거라고 생각했지만 결국 소문이 돌게 되어 회사 자체에서 감사를 하게 되고 그 분은 결국 일을 그만두게 된 일이 있었다. 만약 내가 고객들이 주는 팁을 줄곧 받았다면, 과연 떳떳하게 일할 수 있었을까? 회사의 정책을 따라 스스로의 양심을 지키는 것은 어디에서나 꼭 필요한 일이다.

고급 호텔에서 일하다 보면 정말 다양한 고객을 만나는 경험을 하게 된다. 이러한 경험은 고객을 이해하며 서비스인으로 성장하는데 큰 도움을 준다. 내가 일하던 업장에서는 바리스타가 직접 커피를 내려주는 서비스가 있었다. 물론 고객의 취향에 따라 커피의 종류를 선택할 수 있었으며, 세세한 요구사항들까지도 고객맞춤으로 서비스해 드렸기 때문에 고객들 사이에서 인기가 좋았다.

어느 날 평소처럼 홀 서비스를 하는데, 할아버지 손님께서 자식이 대신 받아온 커피가 마음에 안 든다며 불평하시는 것을 목격했다. 그 커피는 고객의 요구 사항에 맞춰 바리스타가 직접 내려 준 것이었으며, 더구나 호텔에서 사용하고 있는 커피 빈은 전 세계에서 손꼽히는 좋은 제품의 것이었다. 도무지 생각해도, 마음에 들지 않으실 부분이 없었다.

"고객님 다른 커피로 가져다 드릴까요?"

내가 말을 걸자 본인은 이런 커피는 잘 모르고 다방 커피가 더 좋다며, 스틱형 커피가 마시고 싶다고 하셨다. 호텔에는 최고급 루왁 커피부터 시작해서 심지어 노 카페인 커피제품까지 종류대로 다 구비하고 있었지만, 흔히 마시는 스틱형 커피는 비치하고 있지 않았다. 어떻게 할까 고민하다가 사무실 직원용으로 구비되어 있던 걸 겨우 얻어 가져다 드렸더니, 그분께서 놀라워하시면서 무척 고마워하셨다. 고객 각각의 얼굴 생김새가 다르듯, 선호하는 취향도 다르다. 아무리 최고급의 좋은 서비스여도 고객에게 맞지 않는다면 소용없는 것이었다. 서비스라는 것은 고객 입장에서 생각해야 한다는 것을 깨닫고 마음에 새기게 된 일이었다.

호텔리어로 일하는 데는 개인의 성격도 중요하다. 보통 서비스직을 지원한다면 밝고 친화력 넘치는 성격이 많을 것인데 이런 성격은 일하면서 큰 도움이 된다.

종종 호텔 레스토랑에 귀여운 아기와 함께 오시던 어머니가 있었다. 매번 둘만 오는 조합이 특이하기도 했고 익숙해지다 보니 아기가 매일 하고 오는 팔찌도 자연스럽게 보게 되었다. 아마 아기의 돌 팔찌인 것 같았다. 그러던 어느 날, 다른 여느 때처럼 그 손님이 오셔서 서비스를 하고 있었는데, 그 날은 아기가 팔찌를 하지 않은 것이 눈에 띄었다. 평소 모르는 사람과도 쉽게 대화하던 습관이 나와서 어머니께 말을 걸게 되었다.

"오늘은 아기가 팔찌를 안 했네요."

그랬더니 잠깐 **뺏다**가 깜빡하고 안하고 나왔는데 어떻게 기억하셨냐고 이야기를 꺼내시면서 아기에 대해 관심을 가져주셔서 고맙다며 좋아해 주셨다. 그 고객은 나가실 때 이곳을 1년 넘게 다니면서 자기가 단골이라는 느낌을 받은 적이 없었는데 기억해주는 직원이 있어서 오래 다닌 보람이 있다고, 다음에 또 보자고 말씀해 주시기까지 하셨다. 고객에게 먼저 다가가는 친화력이 빛을 발하는 순간이었다. 물론, 상대가 어른이었으면 고객의 프라이버시를 중시해야 하는 호텔리어의 입장에서 섣불리 말을 걸지 않았을 것이다. 귀여운 아기였기 때문에 가능했다.

호텔리어로 일하며 직접적으로 고객에게 서비스를 제공하는 일 외에도 보이지 않는 내부적인 일들도 수행해야만 했다. 그 중 하나는 직원들이 각기 업장 내 몇몇 부서별로 나뉘어져 음료와 비품을 분배하고, 관리하는 등의 일이었다. 보통 경력이 어느 정도 있는 선배가 음료별 내지 비품별 관리의 장이 되어 수시로 재고를 조사하고 할 일을 분배하면, 후배들이 선배의 지시에 따라 배치 내지 정리를 하곤 했다. 당시 내 연차는 파트 장을 맡을 정도는 아니었다. 보통 파트 장은 3년차 이상이었던 걸로 기억하는데 그 당시의 나는 1년차 직원이었다. 그럼에도 영업장 인차지incharge[06] 님의 허락으

---

06 · 호텔에서 부서 책임자를 흔히 일컫는 용어

로 결국 린넨linen 파트장을 맞게 되었다. 린넨 파트는 브레드용 린넨, 고객이 사용하는 담요, 음료수가 나갈 때 함께 나갈 코스터 coaster[07] 같은 영업장에서 사용하는 모든 종류의 린넨 류를 담당하는 일이었다. 그 동안은 파트에 소속되어 선배의 지시에 따르는 일만 하면 되니까 편했다. 이제는 내 결정에 따라 린넨 주문이 나가게 되면서, 쓸데없는 낭비가 생기거나 재고가 많아지면 회사에 손해를 끼치고, 그걸 정리하는 후배들도 고생을 할 수 있겠다는 생각이 들자, 무거운 책임감을 느꼈다. 각 물품별 파트 장은 수시로 재고를 체크하고, 서류를 작성해서 조회시간에 보고해야만 했다. 린넨 한 장 한 장이 별것 아닌 것 같지만 그 중 고객이 사용하는 무릎담요는 10만원도 넘는 고가의 제품이어서, 수량체크가 매일 필수적이었다. 또한, 브레드 바구니 밑에 까는 손수건 같은 린넨 한 장이 3만원을 호가했다.

파트 장을 맡게 된 다음 날, 린넨의 개별 수량 보고서를 쓰기 위해 린넨의 종류를 살펴보았다. 그런데 브레드 린넨은 어떤 것은 직사각형이고, 어떤 것은 정사각형인데 크기가 다른 것 등 그 종류만 5가지가 넘는 것을 알게 되었다. 그 당시 오전 조 근무를 하고 있어서 베이커리 쪽 주방 선배들과 직접 접촉해 물어 볼 수 있었다. 브레드 린넨 종류가 너무 많은데 각각 쓰이는 용도와 주문은 어떤 걸로 해야 할지 모르겠다고 물어봤더니 주방 선배는 아무것이든 상관

---

07 · 음료수 컵받침. 호텔에서는 흔히 직물로 만든 코스터를 사용한다.

없다는 간단명료한 답변을 해줬다. 그렇다면 굳이 다양한 종류로 사서 불필요한 재고를 늘리는 것보다 한 종류로 통일하는 것이 재고나 관리 면에서 유리할 것임이 자명했다. 단순히 주방 담당자에게 한마디 물어 보면 쉽게 해결될 일이었는데 이전까지의 파트 장이었던 선배들은 커뮤니케이션의 부족으로 그 일을 하지 않았고 그동안 어림잡아 주문을 해 왔던 것이었다. 이 과정에서 회사에도 불필요한 지출이 있었던 것은 분명한 일이었다. 이 일을 조회시간에 보고했고, 개선했으면 좋겠다고 지배인님께 제안했다. 지배인님께서는 파트장을 맡길 때 큰 기대하지도 않았던 내가 앞선 선배들은 발견하지 못했던 일을 발견하고 개선했다는 점에 놀라셨다. 그리고 모두가 보는 앞에서 칭찬까지 해주셨다.

이렇듯, 호텔리어로 일하면 고객을 응대하기도 하지만 직장인으로서 조직의 내부적인 일들도 하게 된다. 언제든지 책임을 다하겠다는 마음으로 일하면 결국 회사에서도 인정받을 수 있고 본인 스스로도 역할을 다하며 발전할 수 있다.

호텔리어의 이상과 현실 차이

예전에 MBC에서 '호텔리어'라는 드라마를 방영한 적이 있다. 전문직인 호텔리어의 삶을 다뤘다는 점에서 신선했고, 지금 들어도 알 만한 유명한 배우들이 출연하여 한동안 사람들에게 화젯거리가 되었다. 드라마에서 보이는 전문직으로서의 호텔리어는 세련되고 멋

있어 보여서 한동안 대중의 관심을 받았었다. 그해 전국의 호텔 관련 학과의 인기가 치솟았고 호텔리어는 승무원과 더불어 여성 희망 직업순위의 상위권에 랭크하게 되었다. 나중에 알게 됐지만, 동기들 중 대다수도 이 드라마에서 그려진 호텔리어의 이미지 덕분에 호텔리어를 지원하게 됐다고 했다.

실제로 호텔리어로 일하면서 느낀 현실과 드라마에서 그려진 이미지 사이에는 분명 괴리가 있었다. 드라마에서 그려진 이미지를 동경하여 지원했던 동기 중에 몇 명은 이런 차이를 극복하지 못하고 일 년도 안 돼서 그만두는 경우도 있었다. TV나 영화에서는 호텔리어의 모습에 대해 세련되고 멋있는 장면만을 위주로 클로즈업하여 보여주지만, 현장에서 호텔리어의 모습은 화려하지 않은 경우가 대부분이었다.

호텔은 365일 24시간 영업하는 곳이다. 내가 일한 레스토랑에서는 오전 조 또는 오후 조로 나뉘어 근무했지만, 라운지와 같은 업장은 오전 조, 오후 조, 또는 야근 조로 24시간 근무하는 곳도 있었다. 라운지에서 근무하던 동기는 밤낮이 수시로 바뀌는 탓에, 마주칠 때마다 항상 힘들다고 하소연하곤 했었다. 또한, 호텔은 주로 주말이나 공휴일에 고객들로 붐빈다. 이런 날은 특별한 사정이 없는 한 직원 대부분이 출근해서 근무한다고 보면 된다. 따라서 주말에 친구 및 가족들과 자유 시간을 보낼 수가 없었다. 즉, 호텔리어는 남들이 자고 있을 때 깨어 있어야 하고, 남들이 쉴 때 일을 해야만 했다.

연수 과정이 끝나면 직원 대부분은 발령받은 영업장에서 계속 근무하게 된다. 그러나 간혹 새로 발령이 나서 근무 업장이 바뀌기도 하는데 이 경우, 새로운 곳에서 처음부터 다시 일을 배워야 했기 때문에 부담이 되지 않을 수 없었다. 호텔 내 F&B 업장은 한식, 일식, 양식, 중식, 로비 라운지 등으로 구성됐다. 업장마다 음식이나 사용하는 식기의 용어 등을 포함한 서비스 일련의 과정들이 너무도 다르기 때문에, 새로운 곳으로 발령받을 경우 다시 신입처럼 처음부터 적응해야만 했다. 동기 중에는 첫 발령을 받고 얼마 지나지 않아 새로운 곳으로 발령받는 경우도 있었다. 대부분 서비스업의 특징이기도 하지만 호텔리어는 고객이 필요한 상황에 언제 어디든지 적재적소에 배치되어야 하기 때문에 개인적인 생활이나 근무 환경 등이 불안정할 수밖에 없었다.

이처럼 서비스업의 직업적 특성에 따른 현실과 이상 간의 괴리도 있었지만, 개인적인 기대감에 따른 이상과 현실 사이의 괴리도 있었다. 호텔에 처음 입사 지원할 때 머릿속에 그리던 이상적인 호텔리어의 모습은 고객을 기억하고 그에 따른 맞춤 서비스를 제공하는 전문직이었다. 어릴 때 외국 영화에서 보던 호텔의 이미지는 누구나 친근하게 찾는 열린 장소였으며, 그곳에서 일하는 호텔리어는 고객이 별다른 주문을 하지 않아도, 고객에게 친근하게 다가가 웃음을 건네며 알아서 서비스를 제공하는 모습이었다. 그처럼 친근한 이미지로 고객과 어울리는 호텔리어의 모습을 꿈꿔왔다. 하지만 현실에서의 호텔은 특별한 모임이나 기념일에 방문하는 특별한 장소였다. 고객들은 격식 있는 차림새로 업장을 찾는 경우가 대부분이어서 친근하게 다가가기에는 부담이 있었다. 더구나 내가 일하던 곳은 특1급 호텔이어서 방문하는 고객들의 서비스 기대치가 높아, 생각지도 못한 부분에서 컴플레인을 받는 경우가 허다했다. 홀 서비스를 하던 어느 날, 고객이 노 카페인 커피를 요구해서, 평소처럼 커피머신에 노 카페인 가루를 넣어 만든 커피를 제공해 드린 적이 있었다. 그 날 그 고객은 식사를 잘 마치시고 돌아가셨는데 다음 날 업장으로 컴플레인 전화가 왔다. 노 카페인 커피를 마시고 가슴이 두근거려서 한숨도 주무시지 못했다는 것이었다. 당시 서비스를 했던 내가 상황에 대해서 보고를 해야 했는데, 평소에 사용하던 노 카페인 제품을 절차에 맞게 서비스 한 것인데, 컴플레인을 받게 되니 뭔가 억울하면서도 황당했었다. 심지어는 식사를 다 하시고 나서 생각한 것보다 음식 맛이 없다며 돈을 내지 못하겠다고 하는 손님도 있었다. 이런 고객을 몇 번 경험하면, 그 누구라도 매 순간 조심하게 되고, 친근하게 고객에게 다가가기보다는 움츠러들 수밖에 없을 것이다.

업무 자체의 로드 역시 무시할 수 없었다. 호텔은 고급스러운 식기를 주로 사용한다. 문제는 이렇게 사용되는 식기들과 커틀러리 cutlery[08]가 매우 무겁다는 것이다. 고객에게는 웃으면서 서비스

---

08 · 나이프, 포크, 숟가락 등 식탁용 날붙이류의 통칭

하지만 이런 기물들을 다루는 손목과 어깨에는 매 순간 통증이 끊이지 않았다. 거기다 온종일 서서 일해야 하니 다리 통증도 무시할 수 없었다. 실제로 몇몇 남자 선배들은 하지정맥류가 심해져 수술을 받는 경우도 보았다. 이런 호텔리어의 이상과 현실 간의 괴리 탓에, 나를 포함한 동기들은 슬럼프를 경험해야 했으며, 심지어 몇 명은 일을 그만둔 경우도 있었다. 함께 일하던 동기가 회사를 그만두는 날은 나 역시 마음이 우울할 수밖에 없었다. 이런 나를 지켜보던 한참 위의 선배가 다가와 말을 건넸다.

"대부분의 신입사원은 호텔에서 유니폼을 입고 품위 있게 서비스하는 모습만 보고 호텔리어에 지원했다가, 그 환상이 깨지면 그만두곤 하지. 하지만 네가 여기에 남기로 했다면 현실의 호텔에 적응하는 수밖에 없어. 그건 호텔리어뿐만 아니라 모든 서비스직의 숙명이야."

서비스직의 숙명이라……. 지금 생각해도 정말 맞는 얘기이다. 호텔리어를 포함한 모든 서비스직은 사람인 고객을 상대하는 것이기에, 항상 생각지도 못한 변수가 발생하고, 육체적으로 힘들고, 불안정할 수밖에 없다. 진정한 서비스인이라면, 그런 상황에 적응해야만 한다.

드라마 속 호텔리어를 보면 서비스를 하고 나서 어깨를 두드리거나 다리를 두드리면서 아프다고 말하는 장면은 한 번도 나오지 않는다. 서비스하는 순간의 절제된 호텔리어의 태도, 그 서비스를 받으면서 만족한 미소를 띤 고객만 클로즈업돼서 나오기 때문이다. 이런 장면들만 보고 환상에 빠져 지원하게 되는 지원자들이 있다면 말리고 싶다. 물론 고객에게 정중한 서비스를 제공하고 만족하는 모습을 보는 건 서비스인으로 느낄 수 있는 큰 기쁨이자 만족이다. 하지만 그 과정에서 본인을 희생하며 끊임없이 노력해야 한다.

호텔을 대표하는 얼굴, 호텔리어

호텔을 대표하는 호텔리어로 고객을 만나기 위해서는 관련 교육도 많이 받아야 했고 일하면서 지켜야 하는 규율도 많았다. 언젠가 TV 속에서 호텔리어 관련 드라마를 보면서 말도 안 된다고 소리 지른 적이 있었다. 카메라에 클로즈업된, 테이블을 세팅하는 호텔리어의 진한 매니큐어를 바른 손톱이 문제였다. 호텔리어는 직업상 손을 많이 쓰고 손님께 손을 자주 보이게 된다. 나는 네일 자체를 하지 않았지만, 선배들 같은 경우에는 기껏해야 기본적인 네일케어 정도를 하고 다녔다.

평범한 20대 아가씨가 호텔리어로 변신해 고객을 만나기 위한 준비과정은 몇 가지가 있었다. 우선 회사에 일찍 도착해서 지하의 유니폼실에 가는 것이 첫 번째 일이다. 그곳에는 입사해서 각 영업장으로 발령을 받을 때, 각자 치수에 따라 맞춰준 개인 유니폼이 있었다. 전날 온종일 일을 하고 더러워진 유니폼은 세탁실에 벗어 놓고 퇴근하면 되었다. 다음날 찾으러 가면 밤새 깨끗이 세탁해서 풀을 먹인 것처럼 빳빳하게 다려져 있는 유니폼이 나를 기다리고 있었다. 매일 매일 반듯하게 다려진 유니폼과 앞치마를 입으면 자세가 흐트러질 수가 없었다. 내가 다닌 호텔의 유니폼은 어두운 블랙계열이 많았다. 어두운색의 유니폼에서는 단정하지만, 보수적인 느낌이 강했다. 비록 유니폼의 색은 어두운 계통이 많았지만, 유니폼 디자인과 관련해서는 다른 서비스직들에 비교해 특히 마음에 드는 부분이 있었다. 바로 바지 유니폼이었다. 항공사 승무원들도 바지 유니폼이 있긴 하지만 암묵적으로 치마를 입고 서비스하게 된다. 지금 일하고 있는 카지노에서도 여성 딜러들은 무조건 치마를 입고 근무한다. 입사 후 몇 차례 유니폼이 변경되었지만, 그때마다 여직원들은 치마를 입고 근무하도록 유니폼이 디자인되어 나왔다. 호텔에서는 식음료 부서의 모든 직원이 바지를 입고 근무했다. 서비스하다 보면 고객 앞에서 설명할 때 눈을 맞추려 무릎을 살짝 꿇게 되는 일도 있고, 빠르게 서비스를 제공해야 하기도 하는 데 치마는 불편한 점이 많다. 구두도 다른 서비스직에서는 여직원들 구두가 앞쪽이 모이는 스타일로 디자인되어 있어 발이 불편하지만, 호텔에서는 여직원 구두도 남성화처럼 발가락 부분이 평탄하게 디자인되어 있어 일하면서도 발이 편하다고 느꼈다. 물론 이 신발도 오랜 시간 신고 일하다 보면 괴롭기는 마찬가지였지만, 직원들의 편의를 생각해서 비주얼보다 실용성 있는 디자인으로 제작한 것이 좋았다.

유니폼을 입고 나면 머리와 화장을 단정하게 하는 것도 중요한 부분이었다. 식음료를 다루는 매장에서 일하고 있다 보니 잔머리 한 올이라도 빠져나오지 않게 스프레이를 뿌리고 드라이로 고정하는 과정을 거쳐야만 했다. 그 외에도 매일 근무 투입 전 조회시간에 구두와 유니폼의 청결 상태, 손톱 등을 확인받았다. 특히 남자 직원들은 구두를 호텔 내 구둣방에 정기적으로 맡겨서 광을 내거나 본인이 직접 관리해서 깨끗하게 닦아야 했다. 여자 직원용 구두는 남자직원용과 재질이 조금 달라 광이 나는 재질은 아니었지만 그래도 자주 관리를 해줘야 했다. 이렇게 유니폼, 헤어, 구두 등을 정리하려면 출근 시간보다 이른 시간에 회사에 도착해 준비를 시작해야 했다. 선배 중에 한 분은 매일 똑같은 메이크업에 헤어까지 완벽한 모습으로 근무에 임하곤 했는데 나중에 알고 보니 놀랍게도 출근 시간보다 무려 한 시간이나 미리 와서 준비하곤 했었다.

호텔 입사 당시의 교육과정에서 획일화된 서비스 표본을 배우고 익혔듯이 외모적인 부분에서도 통일된 모습을 원했다. 보수적인 호텔리어들의 화장법과 유니폼 색에서도 드러나듯이 호텔에서는 눈에 확 띄는 개성 있는 에이스보다 호텔 서비스 과정에서 함께 어우러질 수 있는 단정하고 고급스러운 이미지의 호텔리어를 원한다. 현장에서 일하는 우리가 바로 호텔의 이미지를 대표하는 얼굴이기 때문이다. 특급호텔에서 호텔리어 생활을 하며 참 많은 걸 배웠다. 더불어 전문 서비스인으로 성장할 수 있는데 큰 밑거름이 되었다.

호텔리어로 근무한 경력은 후에 이직을 할 때도 좋은 플러스 요인이 되었다. 누구나 생각하는 호텔리어의 단정한 이미지가 있지 않은가. 나 역시 호텔을 다니면서 익힌 세련되고 단정한 호텔리어 이미지의 덕을 봤다고 할 수 있겠다. 주위 동료 중에는 호텔리어로 근무하다가 항공사 승무원으로 이직한 선배나 동기, 후배들도 많이 있었다. 항공사에서도 특1급 호텔에서 서비스 경험을 쌓고 교육을 받고 왔다고 하면 다들 으레 좋게 평가해 주었다. 이처럼 호텔리어의 경험은 나뿐만 아니라 다른 사람들에게도 다양한 곳에서 인정받는 경력이 되었다.

호텔리어의 자기계발

현직에 있을 때 자격증을 취득하는 등의 자기계발을 하는 것은 중요하다. 어느 직장에서든 정체된 사람에게는 좋은 평가를 주기 어렵기 때문이다. 바쁜 회사 생활 중에 자기계발을 하다 보면 아무래도 업무와 관련해서 자격을 취득하는 일이 많다. 예를 들어 와인 부서에 있는 선배 같은 경우에는 소믈리에 자격증을 갖고 있었는데, 매일 와인 관련 업무를 접하기 때문에 자격증을 취득하는데 굉장히 유리했다. 이처럼 현직 업무와 연관된 자기계발을 통해 다양한 자격증을 취득할 것을 추천하고 싶다. 나 같은 경우에는 호텔에서 근무하며 바리스타 2급 자격증과 CS 리더스 관리사 자격증[09]을 취득

---

09 · CS기획, 고객응대, 고객 감동을 높일 수 있는 실무적 지식 능력을 평가하는 국가공인 민간 자격증

했다. 그 외에도 방통대 관광학과로 편입하고 졸업하면서 2년제라는 한계를 넘어 4년제 학위를 가질 수 있었다.

바리스타 자격증은 업장에서 커피 서비스를 하면서 커피에 대한 호기심이 생겨 준비할 생각을 하게 되었다. 업장 내 커피 머신과 빈이 항시 준비되어 있어서 일이 끝난 후에 연습할 수 있었다. 바리스타 자격증은 필기와 실기로 나누어지는데 보통 학원에 다니면서 실습하고 공부한다. 하지만 나는 일하는 선배들을 어깨너머로 보며 가끔 일을 도와드리고 배우곤 했다.

주로 혼자 연습하다 보니 어려운 점이 많았다. 일단 커피빈을 갈고 나서 고르게 압력을 넣어 주기가 힘들었다. 또한, 퇴근하고 연습하다 보면 밤 12시를 넘기기 일쑤였는데 그마저도 그 당시 새로 부임하신 영업장 과장님이 업장에서 연습하는 것을 좋게 보지 않으셔서 자주 연습할 기회가 없었다. 선배들이 커피 내리는 걸 보며 집에 돌아와 침대에 누워 머릿속으로 커피를 만드는 이미지 트레이닝을 했다. 그러다가 연습할 기회가 주어진 날은 최대한 실패하지 않도록 에스프레소와 우유 거품을 집중하여 연습했다. 필기도 만만치 않았다. 커피의 연혁을 암기하기도 까다로운데 로스팅 부분은 특히나 돌아서면 잊어버릴 정도로 단어가 어려우면서 생소했다. 필사적으로 노력한 결과 필기는 가까스로 합격했으나 문제는 실기였다. 5분의 준비시간을 포함하여 총 15분 동안 에스프레소 2잔에 카푸치노 2잔을 만들어 내고 정리까지 완벽하게 해내야 하는 시험이었다.

보통 실기시험 합격의 당락을 결정하는 것은 카푸치노 2잔이었다. 카푸치노와 라떼는 우유 거품 양에서 미세한 차이가 있는데, 이 거품의 양의 차이에 따라 합격과 탈락이 결정됐다. 카푸치노를 만들어 제출하면 감독관이 수저로 2~3cm의 우유 거품을 저으며 거품의 양을 확인하는 방식이었다. 연습 시에는 자주 실수하곤 했으나, 실전에서는 거품의 양을 잘 맞춰 바리스타 2급 자격증을 손에 거머쥘 수 있었다. 호텔을 다니며 처음으로 업무와 연관해 딴 자격증이었다.

두 번째로 도전한 자격증은 CS Leaders 관리사였다. 호텔에 다니면서 전문 서비스를 배우고 있는 만큼 서비스 부분에서 흔하지 않은 국가 공인 자격증을 갖고 싶었다. 이 자격증은 고객서비스에 대한 이론·기법 등 다양한 서비스 분야에 대한 전반적인 업무를 익힐 수 있는 것이 매력적이었다. CS Leader 관리사 시험은 CS 개론, CS 전략론, 고객관리 실무론으로 이뤄진 총 3과목으로 이뤄지며, 각 30문항 총 90문항을 5지 선다형으로 보는 시험이었다.

자격증을 취득하기 위해 학원에서 강의를 들으면서 핵심 부분에 대한 감을 기르는 것도 중요하겠지만, 혼자 공부할 시간이 절대적으로 부족해지기 때문에 나는 선호하지 않았다. 사실 현실적으로 강의를 들을 수가 없었다. 실제 강의의 경우, 일단 호텔 일을 하면서 학원시간을 도무지 맞출 수가 없었다. 한편 동영상 강의의 경우, 힘든 몸을 이끌고 강의를 듣다간 자장가처럼 잠들기에 십상이었다.

그래서 최대한 혼자 공부할 시간을 확보하고자 책 한 권을 정해 줄을 그어가면서 계속 반복해서 보았다. 이 시험은 60점 미만이면 자동 탈락인 것이 운전면허 시험과 비슷했으나, 책이 훨씬 두꺼웠다. 웬만한 전공 서적만큼의 두께여서 책을 펴보기도 전에 압도될 정도였다. 노력의 결실이었을까? 꽤 높은 점수로 시험에 합격할 수 있었다. 회사에 다니면서 혼자 공부했기 때문에 더 자신이 없어서 남들보다 몇 번이고 반복해서 본 만큼 좋은 결과를 받게 되었다.

〈호텔에 근무하던 시절 취득한 바리스타 2급 자격증(좌)와 CS 자격증(우)〉

마지막으로 방송통신대 관광학과에 편입해서 4년제 학위를 취득했다. 다른 4년제 대학에 갔으면 더 좋았겠지만 방통대를 택한 이유는 몇 가지가 있었다. 우선 직장인들을 대상으로 하는 대학교이기 때문에 학교에 자주 가지 않아도 됐다. 이 점은 나에게 큰 메리트였다. 그러나 주말에는 거의 100% 일하는 데다 밤 10시를 넘겨야 근무가 끝나는 호텔리어에게는 방통대 지원조차 쉽지 않은 선택이었다. 결국, 학교에 다니는 2년 동안 동기들이나 선배들에게 부탁해서 수업이 있을 때는 오프를 조정해서 학교에 나가고, 시험을 보는 날이면 연차를 쓰고, 연차가 안 되는 날이면 시험을 보고 출근하는 등 열정적으로 학교와 직장을 병행했다. 그 결과 편입 2년 차였던 4학년 때는 성적 우수자로 절반의 학비를 감면받을 수 있었다.

방통대의 두 번째 장점은 학비가 저렴하다는 것이었다. 내가 다닐 때는 한 학기 학비가 35만 원 정도였다. 일 년이면 70만 원 정도의 돈으로 듣고 싶은 과목의 수업을 각 분야의 전문가이신 교수님께 들을 수 있었다. 장학금을 받았을 때 학비는 한 학기 15만 원이었다. 어디서 이런 적은 돈으로 한 학기에 7과목의 수업을 들을 수 있겠는가.

방통대에서는 선택한 과가 관광학과였기 때문에 관광행동론, 호텔경영론, 외식산업론, 관광창업론, 관광해설론, 관광개발실무 등의 다양한 관광 수업을 들을 수 있었다. 관광학과를 선택한 이유는 단순했다. 서비스 영역에서 관광 분야는 당연히 관련 있는 분야이고, 나중에 더 전문적인 공부를 위해 대학원에 진학하고 싶을 때가 온다면 관광 분야로 더욱 깊은 공부를 하고 싶은 생각이 있었기 때문이다. 나처럼 2년제 전문대학교를 나온 사람이라면, 방통대를 나온 후 대학원을 진학하는 것도 고려할 수 있다. 그렇게 박사학위를 따서 대학교에서 학생들을 가르치는 교수님이 되신 분들도 여럿 있다.

시간이 없어서 자기계발을 못 한다는 건 핑계다. 근무가 불규칙했던 호텔리어도 해낸 일이다. 나는 교대 근무를 하면서도 틈틈이 공부할 시간을 일과에 꼭 마련해 두었었다. 회식 자리나 선배들과 같이 식사를 하는 자리는 정말 중요한 자리가 아니면 일부러 자리를 피했었다. 술자리에 자주 가면 선배들에게 눈도장을 찍고 싹싹한 후배로 보이겠지만, 그로 인해 일과가 흐트러져 공부할 수 없게 되는 것을 용납할 수가 없었다. 퇴근하고 집에 돌아오면 온몸이 녹초가 되어 침대에 눕고 싶고, 쉬고 싶었지만 내일의 나를 위해 나 자신을 가꾸는 투자를 해야만 했다. 언제나 현실에 안주하는 것을 경계해야 한다. 스스로 한계를 만들지 말고 계속 노력하면서 자신의 울타리를 뛰어넘다 보면, 어느 순간 성장한 자기 자신을 보게 될 날이 반드시 올 거라고 믿는다.

부상 그리고 호텔리어 생활과의 작별

꿀 같은 휴일을 맞아 친구들과 보드를 타러 스키장에 갔던 날이었다. 보드는 그 전에도 3년 정도 타서 어느 정도 자신이 있었다. 스피드를 즐기며 스트레스를 푼다고 하는 사람들이 있지 않나. 나 역시 일을 하며 받았던 스트레스를 보드를 타면서 풀곤 했다. 하얀 눈 위에 보드 날 자국을 남기며 시원한 바람을 가를 때, 한 주간의 스트레스가 확 날아가 버리는 것 같았다. 그날도 평소처럼 상급자 코스에서 S자로 왔다 갔다 하며 내려가고 있었다. 시원한 바람과 소복하게 쌓인 하얀 눈 사이를 가르는 느낌, 모든 게 너무 완벽했다.

하지만 불행은 그때 찾아왔다. 주변의 풍경과 상쾌한 기분이 나를 사로잡고 있던 그 순간이었다. 악!!!!!!!!!. 나는 비명을 질렀고, 동시에 몸이 붕 하고 날아가는 것을 느꼈다. 뒤에서 누군가 나를 받은 것이었다. 그 사람은 남자였고 상대적으로 가벼웠던 내가 그대로 날아가 어깨로 바닥을 찧었다. 어깨가 너무 아파 눈물이 절로 났다. 나중에 알고 보니 그분은 그날 처음 보드를 배운 초보였는데 상급자 코스에 올라와 보드를 탔다고 했다. 초보자 코스와는 경사가 다른 상급자 코스에서 당황한 나머지 직활강을 해버렸고 그대로 나를 받은 것이었다.

사고 직후, 몸을 제대로 가눌 수조차 없어 들것에 실려 리조트 아래 응급센터로 이동하게 되었다. 보드복을 벗어 봤는데 어깨를 들어 올릴 수가 없었다. 너무 아파 소리도 나오지 않았다. 근처 병원으로 이동해서 X-RAY를 찍어본 결과, 인대가 손상되었다고 했다.

어렵사리 어깨를 보조하는 장치를 차고 다음 날 회사에 갔다. 당시 회사에는 인력이 많이 없었는데, 나는 왼쪽 어깨 자체를 들 수가 없었던 터라 일하고 싶어도 할 수 있는 상황이 아니었다. 어쩔 수 없이 3달가량 휴직에 들어갈 수밖에 없었다.

당시 어깨가 움직이지 않도록 2주 정도 고정했는데, 머리도 엄마가 감겨줘야 할 정도였다. 이후로도 어깨가 도통 낫지 않아, 당시 국가대표 선수를 하던 친구의 소개로 야구선수들이 주로 다닌다는 전문 병원에 가게 되었다. MRI도 찍고 의사 선생님 소견을 들었더니, 인대가 손상된 정도가 아니라 찢어져서 수술해야 한다고 했다.

수술은 정말 하고 싶지 않았다. 켈로이드 체질 때문에 겪었던 아픔이 다시 떠올랐다. 예전에 점을 빼고 나서 켈로이드 체질 때문에 그대로 흉이 생겨서 항공사 최종면접에서 떨어진 기억이 아직도 생생했다. 만약 어깨 수술을 하게 되어 그 흉터가 어깨에 남는다면 언젠가 또 다른 도전을 할 때 걸림돌이 될 수도 있다는 생각에 너무 싫었다. 그래서 수술은 일단 뒤로 미루고 재활을 꾸준히 해보기로 했다.

어깨에 근육을 붙이기 위한 재활운동은 생각보다 쉽지 않았다. 어깨가 내 맘처럼 움직이지 않았다. 서비스를 하려면 손발이 생명인데……. 마음이 점점 어두워졌다. 마지막으로 지푸라기라도 잡자는 심정으로 침을 잘 놓는다는 한의사를 소개받아 찾게 됐다. 나는 기본적으로 주사나 침을 좋아하지 않는다. 특히 그 뾰족한 주삿바늘을 정말 싫어해서 평소 감기가 걸려도 주사는 맞지 않겠다고 따로 말할 정도인데 그때는 정말 절실하니까 이것저것 다 해볼 수밖에 없었다. 선생님이 손을 올려보라고 하자 팔을 앞으로나란히 올리는 자세까지밖에 취하지 못했다. 그런데 몇 군데 침을 놓아주시자 어깨가 제대로 돌아가면서 팔이 귀 옆까지 한 번에 올라갔다. 그렇게 몇 번의 치료를 받아 어깨의 상태는 점점 나아지게 되었다.

드디어 기다리던 회사 복직 날. 3달 만에 호텔리어로 다시 돌아갈 수 있다는 기대를 갖고 출근했으나, 예상하지 못한 상황이 나를 기다리고 있었다.

어깨를 고정했던 그 몇 달 동안 어깨 근육이 다 빠져 버린 것인지, 내 왼쪽 어깨는 예전의 반의 반도 제 기능을 할 수 없었다. 휴직 전에는 트레이에 무거운 식기를 13개까지 올리곤 했다. 바쁘니까 한 번에 빨리 해결하려고 무거운 식기를 쌓아서 들었고 그 모든 무게는 왼쪽 어깨와 왼쪽 손목으로 지탱하면서 오른손으로 서비스를 하곤 했다. 하지만 복직 후 조금만 무리해도 어깨가 아팠고 무거운 접시를 드는 것 자체가 고역이었다. 충분한 운동으로 근육을 쌓고 복직했어야 했는데 그렇게 하지 못한 걸 두고두고 후회했다. 어깨가 아프니까 손님들께 서비스도 정성을 다해 할 수가 없었다. 그리고 정말 많이 고민했다. 지금 이 일을 그만두면 내가 이곳보다 더 좋은 곳에 이직할 수 있을 것인가. 그 나이의 내가 생각하기에 신라호텔은 우리나라 최고의 호텔이었다. 만약 그만둔다면 이미 높아진 눈으로 다른 호텔에 더 이상 눈길이 갈 리 없었다.

많이 고민하고 또 고민한 후, 결국 회사 인사팀에 찾아가 퇴사한다고 말하게 되었다. 입사할 당시 만났던 인사팀 여자 대리님을 퇴사하는 날 다시 만나게 되었다. 대리님이 많이 생각해보고 결정했냐고 물어보시는데, 그 순간 눈물이 왈칵 나왔다. 그리고 천천히 고개를 끄덕였다. 그렇게 호텔을 그만두게 되었다.

회사를 그만두고, 집에 돌아와 같이 살고 있던 언니에게 회사를 그만두었다고 말하자 언니가 학교에 가며 편지 한 장을 남겼다. '좋은 생각'이라는 잡지를 복사해서 그 뒷면에 쓴 편지였다. 좋은 생각속 이야기의 제목은 '도전하길 잘했다'였다. 그 글의 한 부분을 인용하면 다음과 같다.

마침내 정상에 다다랐다.
나 자신과의 약속도, 등산객들과의 약속도 정상에 내려놓았다.
하늘은 내 마음의 짐을 다 받아줄 만큼 넓었다.
인생이 산과 같다는 생각이 들었다.
남들보다 늦어도 괜찮아, 서툴면 배우면 되지.
그리고 언젠가 누군가 산을 오르다 넘어지면 내가 일으켜 주는 거야.
넘어지고, 눈물 나고, 가슴이 터질 것 같아도 내리막이 있으면 오르막이 있어.

좋은 생각 뒷면에 언니가 급하게 쓴 편지의 내용은 이러했다.

힘든 결정이었을 텐데, 결정을 내린 것,
특히 스스로 이런 어려운 결정을 내린 것에 박수를 보내고…….
너의 앞에 무엇이 놓여 있는지 아는 건
하늘도 아니고, 점쟁이도 아니야, 바로 너야!
오늘의 하루하루가 너를 만들 거고,
그 끝에 뭐가 있든지 최선을 다해 노력하면 되는 거야.
진부한 이야기이지만 진부함 속에 담긴 진리를 음미하고,
너도 정상에 도달할 수 있길 바래.

정말 가슴 찡한 내용이었다. 인생을 보통 등산에 비유하곤 한다.

마찬가지로 직업을 선택하는 과정도 등산에 비유될 수 있을 것이다. 학교 동기들은 인하공전 항공운항과를 나와 그토록 꿈꾸던 승무원이 됨으로써 마치 케이블카를 타고 오르듯 바로 정상에 설 수 있었지만, 나는 그들보다 더 많은 길을 걸어 올라야 했다. 그리고 이게 정상인가 싶었던 호텔리어도 예상치 못한 부상으로 그만두며 그 역시 정상이 아님을 알게 됐다. 내 또래 20대 초반의 사람들은 대학을 다니고 인생을 즐기고 있을텐데, 나는 이미 두 번의 실패를 맛보았다. 심지어 다음 직장을 준비하며 마음 편히 공부할 수 있을 정도의 돈도 없었다. 퇴사하면 보통 3개월간의 평균 급여가 퇴직금으로 산정되는데, 나는 어깨를 다쳐 3개월을 휴직하고 복직한 지 1달 만에 퇴직하게 되어 턱없이 부족한 돈을 퇴직금으로 받을 수밖에 없었다. 지쳐서 쉬고 싶었지만 계속해서 달릴 수밖에 없었다. 나도 내 동기들처럼 나만의 정상을 보고 싶었다. 도대체 정상이 얼마나 아름답기에 이렇게 나를 헤매게 하는 걸까.

실패의 상황에서도 무엇보다 중요한 건 자기 자신을 믿고 앞으로 나아가는 것이다. 나는 다시 한번 도전해 보기로 했다.

Q 대학교나 전공 선택이 중요한가요?

A 객실부서, F&B 식음료 부문에서 일하기를 희망한다면 학교나 전공은 상관없다. 나 역시 2년제 항공운항학과를 졸업했으며, 같이 합격한 동기들도 2년제뿐만 아니라 4년제 졸업자도 있었다. 전공 역시 관광과, 서비스 학과뿐만 아니라 다양했다. 호텔 F&B 서비스직의 특성상 특정 대학이나 전공보다는 지원자의 서비스 경험이나 자질을 더 중점적으로 보고 신입사원을 뽑는다. 만약, 호텔 사무부서 부문의 일을 희망한다면 4년제 대학교에 진학하는 것을 추천하고 싶다. 4년제 대학교 중에서 호텔관광 쪽에 인지도가 있는 대학교는 경희대, 경기대, 세종대 등이 있다. 한편, 호텔 조리부서와 재경부(회계)의 경우 특정 전공자만 채용하고 있으니 참고 바란다.

Q 호텔관광, 호텔경영학과가 있는 대학교는 어디가 있나요?

A

「2년제」

소재지	학교 및 관련 학과
서울	서울한양여자대학교 호텔관광과
경기	연성대학교 호텔관광전공, 신구대학교 글로벌호텔관광과, 국제대학교 호텔관광경영과, 대림대학교 항공호텔관광학부, 유한대학교 호텔관광전공, 경민대학교 호텔관광경영과, 부천대학교 호텔관광경영과, 동서울대학교 호텔관광경영학과, 경복대학교 호텔관광과, 여주대학교 호텔관광과
인천	인하공업전문대학 호텔경영과 , 인천재능대학교 호텔관광과
대전	우송정보대학 호텔관광과, 대덕대학교 호텔관광서비스과

대구	영남이공대학교 호텔관광전공
부산	대동대학교 호텔관광경영과, 부산과학기술대학교 호텔관광경영과
전북	군장대학교 호텔관광과
경남	동원과학기술대학교 호텔관광경영과, 부산여자대학교 호텔관광계열
강원	강원관광대학교 호텔관광과
제주	제주관광대학교 호텔경영과 , 제주한라대학교 호텔경영학과

「4년제」

소재지	학교 및 관련 학과
서울	세종대학교 호텔관광외식경영학부, 경기대학교 호텔경영학과
경기	수원대학교 호텔관광학부
대전	우송대학교 호텔관광경영학과, 한남대학교 컨벤션호텔경영학과
부산	동의대학교 호텔관광외식경영학부, 경성대학교 호텔관광외식경영학부, 동명대학교 호텔경영학과
광주	광주대학교 호텔관광경영학부, 호남대학교 호텔경영학과
충남	중부대학교 항공·호텔관광학부, 건양대학교 글로벌호텔관광학과, 남서울대학교 호텔경영학과
충북	청주대학교 관광호텔경영학부, 유원대학교 호텔관광항공학과, 세명대학교 호텔관광경영학과
전남	동신대학교 호텔경영학과
전북	전주대학교 호텔경영학과
경남	한국국제대학교 호텔관광학과

소재지	학교 및 관련 학과
경북	대구대학교 호텔관광학과, 경주대학교 호텔경영학과
강원	경동대학교 호텔경영학과
제주	제주국제대학교 호텔관광학과

Q 필요한 자질은 무엇인가요?

A 호텔리어를 지원하는 데 꼭 필요한 지원자의 자질은 친절한 서비스 마인드와 태도, 밝은 이미지라고 말하고 싶다. 호텔을 대표해 고객을 응대하는 만큼 친절한 이미지와 태도가 중요하다. 호텔 측에서는 지원자의 서비스 자질을 파악하기 위해 신입사원 채용 시 가상의 돌발 상황을 설정한 롤플레이 면접을 시행하는 곳도 많이 있다.

Q 필요한 자격증이 있나요?

A 입사 전에 있어 반드시 취득해야 할 자격증이 있는 것은 아니다. 그러나 자격증이 있으면, 면접에 있어서 면접관에게 좋은 인상을 줄 수는 있을 것이다. 참고로 내가 근무했던 F&B 계열의 경우, 관련 식음료 자격증은 많으니 개인적인 관심이 있어서 더 준비하고 싶다면 미리 갖추어도 무관할 것이다. 입사한 이후에도 회사에서 특별히 자격증 취득을 요구하진 않았다. 그러나 자신이 근무했던 업장과 관련된 자격증을 한두 개 정도 취득한다면 주위로부터 좋은 평가를 받을 수 있고, 만약의 경우 이직을 하게 되더라도 경력직으로 지원할 때 분명 도움이 될 것이다.

Q 외국어를 잘해야 하나요?

A 모든 서비스직의 특성상 외국어는 잘할수록 유리하다. 특히 호텔의 경우, 다양

한 나라에서 방문하는 외국인 고객을 응대하기 위해서라도 어느 정도의 외국어는 필수라고 생각한다. 호텔에서는 외국어만 잘해도 그만큼 기회가 많이 주어지게 되고, 주위로부터의 좋은 평판을 얻을 수 있다. 내가 호텔리어로 근무할 당시, 외국어가 유창했던 지배인님이 계셨었는데 그분은 외국어 실력과 경험을 바탕으로 F&B 부서에서 핵심부서인 백 오피스 부서(사무직)로 자리를 옮길 수 있었으며, 많은 후배들에게 귀감이 되었었다. 기회는 언제 올지 모르는 것이기에 더 좋은 기회를 얻기 위해서라도 외국어는 필수라고 생각한다. 참고로 호텔리어들이 많이 공부하는 언어는 영어, 중국어, 일본어이다.

Q 경력이나 경험이 중요한가요?

A 호텔리어는 경력이나 경험이 중요하다. 그렇기 때문에 처음 입사 면접을 볼 때도 아르바이트 경험이나 이전 직장에서의 서비스 경험에 대한 질문을 중점적으로 받게 된다. 아무래도 회사 입장에서는 회사를 대표해 고객을 응대하게 될 직원이 어떤 서비스 경험이 있고, 앞으로 어떻게 일하며 고객을 대할지를 중점적으로 볼 수밖에 없을 것이다. 나는 호텔이 첫 직장이었기 때문에 이전 직장경력은 없었지만, 학창시절이나 대학을 졸업한 후 했던 아르바이트 경험을 잘 녹여내어 면접관들에게 어필했던 기억이 있다. 거창한 경력이나 경험이 아니라 아르바이트 경험이라도 있어야 한다고 말하고 싶다.

Q 외모가 중요한가요?

A 빼어난 미인을 뽑는 것이 아니니, 보기에 밝고 편안한 인상이면 된다. 나를 포함해 입사 후 신입사원 교육장에서 만난 20여 명의 동기들은 길에서 흔히 볼 수 있는 외모를 지닌 사람들이 대부분이었다. 실제로 호텔을 방문해봐도 엄청 눈에 띄는 미

인형, 미남형의 직원들보다는 익숙한 외모의 직원들을 쉽게 볼 수 있을 것이다. 이는 호텔에서도 빼어난 미인상보다는 고객에게 호감을 주며 조직에 잘 어우러질 수 있는 직원을 뽑기 때문이다. 따라서 외모에 신경을 쓰기보다는 밝은 인상을 줄 수 있도록 자주 웃는 습관이나 밝은 표정을 짓는 것을 꾸준히 연습하라고 추천하고 싶다.

Q 호텔은 어느 부서가 있나요?

A 호텔 일은 크게 백 오피스(back office), 객실, 식음료 부서로 나누어진다. 백 오피스는 업무를 후방에서 도와주는 부서를 의미하는데, 호텔의 경우 서류작업 위주의 사무부서를 총괄 담당한다. 객실 부서는 프론트 데스크, 게스트 서비스, 컨시어지(고객 편의 담당), 오퍼레이터(고객 대면 현장직)로 구성되며, 식음료를 제외한 고객을 상대하는 서비스 부서이다. 마지막으로 식음료 부서는 크게 연회장, 바, 룸서비스, 레스토랑(고객 대면 현장직)으로 구성되어, 식음료를 취급하는 서비스 부서이다.

Q 호텔리어가 하는 일은 무엇인가요?

A 호텔리어는 고객이 호텔에 방문해서 나가는 순간까지의 모든 서비스뿐만 아니라, 호텔 내부적인 업무를 포함하는 호텔 내의 모든 일을 수행한다. 앞서 설명한 호텔에서 근무하는 각 부서에 맞게 업무를 수행하는 사람 모두를 통칭해 호텔리어라고 부른다.

Q 호텔리어는 호텔에서 먹고, 자고 하면서 일하는 건가요?

A 이 질문은 처음 호텔에 입사했을 당시 주변인에게 직접 들었던 질문이었다. 의외로 많은 분들이 이런 부분을 모르고 궁금해하는 것에 놀랐다. 호텔리어도 다른 직장인들과 마찬가지로 주어진 근무 시간의 일이 끝나면 퇴근한다. 물론, 야근 근무자

를 위해 수면실을 제공하기도 하고, 호텔에 따라서는 직원용 기숙사를 제공하기도 하지만, 대부분 출퇴근 근무를 한다. 식사 역시 별도의 직원용 식당을 이용한다. 식사와 관련하여 호텔에서 일하면 매일 맛있는 것을 먹을 수 있냐는 질문도 들어봤는데, 식음료를 다루는 부서에서 일하면 음식을 시식하거나 와인 등을 시음할 기회가 교육 차원에서 몇 번 있긴 하지만, 매일 호텔 식음료를 먹게 되는 것은 아니다.

ⓠ 호텔리어 근무시간은 어떤가요?

ⓐ 호텔은 24시간 365일 영업하기 때문에 대부분 스케줄 근무를 하게 된다. F&B의 경우로 예로 들자면, 바Bar나 라운지 같은 영업장의 경우 문을 닫을 일이 없으니 24시간 3교대로 근무하게 된다. 한편 오픈 시간과 마감 시간이 정해져 운영되는 레스토랑의 경우는 주로 2교대 근무를 하게 되며 이 경우 직원들은 오전 타임/오후 타임으로 나뉘어 일하게 된다. 중간에 브레이크 타임Break Time이 있는 업장의 경우는 근무 시간 중간에 쉬는 시간이 있어 근무시간이 약간 다를 수 있다.

ⓠ 호텔리어의 장단점은 뭔가요?

ⓐ 장점으로는 사회적으로 호텔리어라는 직업의 이미지가 좋다는 것과 원한다면 오래 일할 수 있다는 점일 것이다. 전문직인만큼 근무 경력으로 이직 시에도 재취업이 쉽다는 것도 장점으로 꼽을 수 있다. 나는 호텔에서 퇴사한 후 카지노 딜러로 일하고 있지만, 주변 선후배들의 경우 항공사로 이직하거나, 서비스 강사를 하는 등, 다양한 서비스직에서 일하고 있는 경우를 많이 보았다. 그만큼 호텔리어로서의 경력은 다른 서비스직으로 이직함에서도 분명 장점이 되는 경력이라고 생각한다. 단점을 꼽으라면 아무래도 스케줄 근무를 하기 때문에 겪게 되는 불편함이 있고, 저녁 근무인 경우 생체 리듬이 깨지는 문제점을 들 수 있을 것이다. 물론 다른 여타 회사처럼 휴

가, 연차 등의 제도를 마련하고 있지만, 대부분의 주말이나 공휴일은 거의 100% 일을 해야 한다고 보면 된다. 이 밖에도 업무량이 많고 호텔에서 다루는 기물들이 대부분 무겁다는 점, 서서 일하는 등의 육체적인 스트레스와 고객들을 상대함에서의 감정노동 등의 정신적인 스트레스 역시 단점일 것이다.

Q 호텔리어의 급여는 어떤가요?

A 호텔리어의 급여는 근무하는 호텔에 따라 차이가 꽤 난다. 호텔의 종류는 특급호텔에서부터 비즈니스호텔까지 다양하다. 그 외에도 개개인의 경력/부서/포지션/능력 등에 따라 급여의 차이가 있지만, 대부분의 호텔리어들은 초봉이 작은 대신 경력이 쌓이면 점점 급여가 올라가게 된다고 보면 된다.

Q 호텔리어 정규직 절차와 정년이 궁금합니다.

A 이 부분은 호텔마다 규정이 다르다. 내가 일한 곳은 입사 후 1년이 지나고 정규직 전환이 있었다. 함께 입사한 동기들 모두 무리 없이 정규직으로 전환이 되었다. 근무하면서 큰 사고를 치거나 근태에 문제가 있지 않다면 대부분 정규 직원으로 발령이 난다. 현재 호텔리어의 정년퇴직 나이는 약 60세 정도이다.

Q 호텔리어의 비전이나 전망은 어떤가요?

A 현재 국내의 관광 수요 증가로 호텔들이 많이 늘고 있다. 따라서 호텔리어에 대한 수요도 계속 늘고 있으며, 호텔리어는 전문직으로 인정받고 있는 만큼, 좋은 곳에서 경력을 시작한다면 본인의 커리어에도 분명 도움이 될 수 있다.

Q 일할 수 있는 특급호텔은 어느 곳이 있나요?

A 현재 국내에 약 30개 호텔이 특1급 호텔로 지정되어 있다.

호 텔	소재지	홈페이지
JW메리어트호텔	서울 서초구	http://www.jw-marriott.co.kr
신세계 조선호텔	서울 중구	http://twc.echosunhotel.com
플라자호텔	서울 중구	https://www.hoteltheplaza.com
그랜드앰배서더서울	서울 중구	https://www.ambatel.com/grand/seoul/ko
그랜드인터컨티넨탈서울	서울 강남구	https://seoul.intercontinental.com
그랜드하얏트서울	서울 용산구	https://seoul.grand.hyatt.com
밀레니엄서울힐튼	서울 중구	http://hilton.co.kr/hotel/seoul/millennium-seoul-hilton
노보텔앰배서더강남서울	서울 강남구	https://www.ambatel.com/novotel/gangnam/ko
메이필드호텔	서울 강서구	http://www.mayfield.co.kr
그랜드힐튼서울	서울 서대문구	https://www.grandhiltonseoul.com
SK네트웍스㈜워커힐	서울 광진구	https://www.walkerhill.com
쉐라톤서울디큐브시티호텔	서울 구로구	http://www.sheratonseouldcubecity.co.kr
임페리얼팰리스호텔	서울 강남구	http://www.imperialpalace.co.kr
파크하얏트 서울	서울 강남구	https://www.hyatt.com/ko-KR/hotel/south-korea/park-hyatt-seoul/selph
호텔롯데	서울 중구	http://www.lottehotel.com호텔신라 (서울 중구) http://www.hotelshilla.net
콘래드서울	서울 영등포구	http://www.conradseoul.co.kr

호 텔	소재지	홈페이지
베스트웨스턴프리미어서울가든호텔	서울 마포구	http://www.seoulgarden.co.kr
세종호텔서울	서울 중구	https://www.sejong.co.kr
The-K 서울 호텔 (舊 서울교육문화회관)	서울 서초구	http://www.thek-hotel.co.kr
쉐라톤인천호텔	인천 연수구	http://www.sheratongrandincheon.com
그랜드하얏트인천	인천 중구	https://incheon.grand.hyatt.com/ko/hotel/home
라마다프라자호텔수원	경기 수원시	https://www.ramadaplazasuwon.com
롤링힐스호텔	경기 화성시	https://www.rollinghills.co.kr
엠블호텔(킨텍스)	경기 고양시	www.mvlhotel.com/goyang
JW메리어트동대문스퀘어서울	서울 종로구	http://www.jwmarriottddm.com
인터컨티넨탈서울코엑스	서울 강남구	http://seoul.intercontinental.com
네스트호텔	인천 중구	http://www.nesthotel.co.kr
노보텔앰배서더수원	경기 수원시	http://novotel.ambatel.com/suwon
파라다이스 시티	인천 중구	http://www.p-city.co.kr

호텔리어를 꿈꾸는 지망생에게는 무엇보다 현직에서 활약하는 선배들의 조언이 큰 도움이 될 것이라 생각한다. 따라서 현재 호텔리어로 일하고 있는 몇몇 분에게 지망생들이 가장 궁금해 하는 내용들을 바탕으로 인터뷰를 진행하였다.

인터뷰에 협조해주신 분들

- · 국내 호텔 26년 경력의 베테랑 호텔리어
- · 해외(싱가포르) 호텔에서 일하고 있는 호텔리어

[국내 호텔 26년 경력의 배테랑 호텔리어]

Q 처음 호텔리어를 지원한 계기는 무엇인가요?

A 86년 아시안게임과 88년 올림픽 같은 굵직한 행사들을 우리나라가 치르게 되면서 특급 호텔에 제1의 과도기가 왔습니다. 그 당시 고등학생이던 저는 그런 과정들을 지켜보며 호텔리어라는 직업을 알게 되었습니다. 사실 예전에는 호텔리어라는 개념도 막연했던 때입니다. 당시에는 호텔 '보이' 정도로 생각되었는데 호텔 '웨이터'라는 하나의 직군으로 인정받기 시작한 거죠. 고등학교 당시 장래희망은 딱히 없었지만 그런 특급호텔의 발달 과정을 지켜보면서, 또 서비스산업의 전망이 좋다고 생각해서 호텔관광학과를 진학했고, 졸업 후 호텔리어로 지원하게 되었습니다.

Q 호텔리어란 직업의 장점은 어떤 것들이 있나요?

A 다양한 국적의 다양한 사람들을 만날 수 있다는 것이 제가 생각하는 장점입니다. 어떻게 보면 만날 수 있는 인간관계 스펙트럼이 넓어지는 거죠. 실제로 생전 만나기 힘든 VIP 고객들을 옆에서 모시며 그분들과 좋은 인간관계를 형성하는 것도 가능합니다. 그 이외에는 다양한 식음료들을 다루며 문화 경험이라든가 관련 지식이 늘어나는 것도 매력입니다.

Q VIP들과 친분을 쌓는 일이 실제로 가능한가요?

A 서비스를 하면서 느끼는 건 상류층일수록 디테일이 강해진다고 느끼게 됩니다. 한번 서비스했던 직원의 서비스가 좋으면 다음번 방문 시에도 이전에 서비스했던 직원에게 다시 서비스를 받고 싶어 하는 모습을 종종 보곤 합니다. 이런 이유에서 호텔 고급 레스토랑에서 일하는 직원들은 자주 근무지가 바뀌지 않고 한 곳에서 서비스를 오래 하는 경우가 많은 것 같습니다.

Q 호텔리어의 단점은 어느 것이 있나요?

A 시프트 근무가 제일 단점이겠죠. 대부분의 서비스직이 그렇듯이 남들과 같은 생활을 하는 것이 힘듭니다. 남들 쉴 때 일하는 직업인 만큼, 입사 후에는 밖의 일반 직장인 친구들과 인간관계를 유지하기가 쉽지 않습니다. 고객과의 인간관계는 넓어지고 알던 사람과는 소홀해지는 느낌이라고 하면 될 것 같습니다.

Q 호텔리어로 일하면서 보람을 느낄 때는 언제인가요?

A 제가 해드린 서비스에 만족하신 고객이 나의 단골이 되었을 때를 꼽고 싶습니다. 실제로 어떤 회장님 고희연을 맡게 되었는데, A부터 Z까지 그 일련의 과정들을

몇 주간 세세하게 신경 써서 마무리했던 기억이 납니다. 그 회장님과는 지금도 연락할 정도로 그분은 제 단골이 되었는데 그런 부분이 호텔리어로 보람을 느끼는 부분입니다.

Q **일하면서 힘들었던 때는 없었나요?**

A 블랙컨슈머(악성 고객)를 만났을 때가 아무래도 제일 힘들죠. 서비스하면서 고객에게 잘못한 일이 있다면 당연히 엎드리기라도 하겠지만, 억지 고객을 상대할 때는 진짜 힘이 쭉 빠지곤 합니다. 예를 들어 어떤 아이가 너무 떠들어서 옆 손님이 아이에게 시끄럽다고 지적하자, 그 아이의 부모가 호텔 측에 자신이 무시당하는데 제지하지 않았다며 배상하라고 했던 적이 있습니다.

Q **그 외에 일하면서 기억에 남는 에피소드가 있나요?**

A 국빈(외국 국가원수들) 서비스를 할 때 나라 간 문화 차이를 느낀 것이 기억납니다. 보통 조식은 룸서비스로 많이 준비되는데, 일본 VIP의 경우는 시간관념이 정말 철저하다고 느꼈습니다. 예를 들어 7시 조식을 예약했으면 그분들은 6시 50분부터 식사를 하실 준비를 하고 기다리고 계십니다. 그렇지만 여유로운 스타일의 나라 VIP들은 조식 서비스를 받으실 때 7시에 식사를 준비해 나가도 여전히 주무시고 계시더군요. 나라마다 스타일이 다르구나 하는 것을 느껴 재미있었습니다.

Q **26년이나 한 업계에서 일하셨는데 이직 생각한 적이 있으신가요?**

A 일하면서 진급이 안 되었을 때를 말하고 싶습니다. 다른 사람이 먼저 승진하는 모습을 볼 때 약간 충격도 받고 '이직해야 하나' 하는 생각에 고민했답니다. 그렇지만 그다음 승진은 제가 먼저 한 걸 보면 인생에서 잠깐 밀렸다고 너무 낙담하지 말

고 자신의 약점을 인정하고 개선하면 장기적으로 본인에게 더 득이 된다고 말하고 싶습니다.

Q 무슨 부서에서 일해 보셨나요?

A 식음료팀과 사무직에서 모두 일을 경험해 봤습니다. 개인적으로 고객을 만나 응대하는 걸 좋아해서인지 현장에서 일하는 게 더 재미있었습니다. 사무직은 상품 기획, 개발, 판매, 홍보 등을 고민하게 되는데 이 일을 하면서 제가 만들고 노력한 상품에 고객이 만족하고 다시 호텔을 찾아주시면 또 다른 희열이 있더군요. 한마디로 말하자면 업장은 몸이 피곤한 일이고, 사무직은 정신이 피곤한 일이라고 하고 싶습니다. (웃음)

Q 호텔리어에 적합한 성격이나 소질은 어떤 것인가요?

A 침착함을 꼽고 싶습니다. 호텔에서 일하다 보면 정말 다양한 일들이 벌어지는데 모든 상황에 대처할 수 있는 침착함이 필요합니다. 일이 벌어졌을 때 직원이 당황하면 추가 실수가 발생하는 경우가 많이 있습니다. 본인 스스로 차분하게 상황을 수습할 수 있는 침착함이 필요합니다. 그 외에는 아무래도 외향적인 성격이겠죠. 처음 보는 고객에게도 자연스럽게 친근함을 이끌어낼 수 있는 성격이 호텔리어에 적합한 성격이라고 생각합니다.

Q 호텔리어로 성공하기 위해서는 어떤 노력을 기울여야 하나요?

A 신입 호텔리어들이 공부한다고 하면 꼭 영어 공부 같은 외국어 공부를 꼽는 경우를 많이 보게 됩니다. 외국어도 중요하지만, 사실 국내 호텔에서 일하다 보면 사실 만나게 되는 고객의 70~80% 이상은 내국인이랍니다. 그런 고객들을 상대로 그

들이 원하는 정보를 주기 위한 상품지식(자기가 다루는 것들에 대한 모든 것)을 공부했으면 좋겠습니다. 호텔리어는 한 분야에 대해 깊은 지식을 가진 것보다는 다양한 부분에 방대한 지식이 필요하다고 생각합니다.

Q 호텔 신입사원 면접관을 하셨을 때 주로 뽑았던 지원자는 어떤 스타일인지 궁금합니다.

A 오래 일을 하다 보니 면접장에서도 '보인다'고 말하고 싶습니다. 지원자가 들어오는 모습만 봐도 '이 지원자는 어떤 사람이겠구나' 싶은 직감이 생기고 실제로 대부분의 경우 제 생각이 적중했습니다. 예전에 '대장금'이라는 드라마를 보면 어린 장금이가 "홍시 맛이 나서 홍시 맛이 난다고 말했는데 어찌 홍시라 생각했느냐 하시면……."이라는 대사가 있었지요. 그 대답처럼 면접장에서 지원자에게 몇 가지 질문을 해보면, 기본 인성이 어느 정도 보인답니다. 아무래도 평소에도 밝고 긍정적인 모습으로 생활한다면 면접장에서 면접관들도 그 모습을 알아보고 좋은 결과가 있을 것이라고 생각합니다.

Q 호텔에서 일하고 싶어 하는 지망생들에게 하고 싶은 조언이 있다면?

A 서비스 분야의 직업을 진지하게 선택할 것을 조언하고 싶고, 이왕이면 이 일을 즐길 줄 아는 사람이 선택하면 좋겠습니다. 서비스를 하면서 돈을 버는 이상, 책임감과 프로의식을 갖고 노력할 수 있는 사람이 지원하면 좋겠네요. 또한, 고객이 알고 싶어 하고, 궁금해하는 걸 공부할 수 있는 자세가 항상 필요합니다. 자갈이 처음부터 매끈한 건 아닙니다. 이런저런 일들을 참고 견디면서 예쁜 돌이 되는 것처럼 호텔리어로 일하는 것도 스스로 담금질하고 모난 부분들이 깎여 나가며 다듬어진 호텔리어가 되는 거랍니다. 일하며 힘들 때도 있지만, 묵묵히 참고 견디면 결국 아

름다운 서비스를 할 수 있는 호텔리어가 된 자신을 발견할 수 있을 것입니다.

해외(싱가포르) 호텔에서 일하고 있는 호텔리어

Q 해외에서 호텔리어로 일하기를 선택하신 이유는 무엇인가요?

A 저는 호텔 관광과를 전공했고 호텔리어는 예전부터 바라던 꿈이었어요. 학교에 다니며 막연히 외국어를 잘해야 하고, 또 잘하고 싶다는 생각에 대학 휴학 후 처음 필리핀으로 연수를 다녀왔답니다. 연수를 다녀온 뒤 나 스스로 결정하고 모험하는 해외 생활에 재미를 느낀 것 같아요. 그래서 대학교에서 진행했던 해외 취업 프로그램에 참여하여 사회생활의 처음을 해외에서 호텔리어로 시작하게 됐습니다!

Q 수많은 해외 호텔 중에 싱가포르를 선택하신 이유가 뭔가요?

A 여자 혼자 살기에도 안전하고 비록 싱글리쉬[10]를 사용하긴 하지만 공식적으로 영어를 사용하며, 비자 걱정하지 않아도 되는 점이 마음에 들었어요. 더구나 여러 곳을 여행하기 좋은 나라여서 여행을 좋아하고 추위를 너무 잘 타는 저에게 안성맞춤인 나라여서 선택하게 되었어요.

Q 호텔에서는 무슨 일을 해보셨나요?

A F&B 부서에서는 조식 레스토랑, 다이닝 레스토랑, 라운지에서 근무했었고, 지금은 객실부 프론트에서 근무 중입니다.

---

10 · 싱가포르에서 사용하는 영어 방언

Q 해외 호텔에 취직할 때 면접 과정이나 취직 절차가 궁금합니다!

A 저는 아일랜드와 싱가포르 호텔에서 근무했었는데, 둘 다 같은 방법으로 직업을 구했습니다. '사람인' 같은 취업포털 사이트에서 호텔의 구직 정보를 얻은 뒤, 그 호텔 공식 홈페이지에 가서 직접 지원했습니다.

Q 비자는 어떻게 되나요?

A 싱가포르에서 외국인이 받을 수 있는 세 가지의 비자, 즉 work permit, s-pass, e-pass 중에 s-pass 비자를 받아서 일하고 있습니다. 이 비자는 2년간 유지되며, 연장 시 3년에서 최대 10년까지 연장 가능하다고 알고 있어요. 아일랜드에서 일할 때는 학생 비자였는데, 싱가포르와는 다르게 직접 신청하고, 부대비용도 내야 해서 불편함이 있었어요. 반대로 싱가포르는 취업만 하면 회사에서 다 지원해 주기 때문에 아무 걱정이 없답니다.

Q 영어나 외국어 실력이 어느 정도여야 하나요?

A 시간이 지날수록 느끼는 건 실력도 실력이지만 자기 생각을 얼마나 조리 있고 자신감 있게 잘 표현하고 전달하느냐가 제일 중요한 것 같아요. 싱가포르에서는 한국인도 호텔을 찾아주시는 주된 고객층이어서 몇몇 호텔에서는 한국어 가능자도 우대해준답니다.

Q 자격증이 필요한가요?

A 지원하시는 호텔 분야가 F&B 같은 경우에는 음료 관련 커피 바리스타, 조주기능사 등의 자격증을 미리 따면 도움이 될 것 같아요. 한국 호텔에서는 외국어 자격증도 중요시하는 것 같습니다. 외국 호텔에서는 호텔관광 관련 학과를 나오면 더

우대해주는 것 같아요.

ⓠ 숙식 제공이나 근무환경은 어떤가요?

ⓐ 숙식이나 근무환경은 근무하는 호텔에 따라 천차만별이에요. 제가 일하는 곳에서도 비자에 따라 조금씩 다른 것 같아요. 저의 경우는 숙소 제공은 따로 없어서 스스로 숙소를 구해서 살고 있고, 식사는 뷔페인 구내식당을 무제한 이용 가능합니다. 처음엔 출근해서 먹고, 식사 시간에 먹고, 일 끝나고 먹고 해서 하루 세끼를 다 해결하고 집에 간 적도 있어요. 근무시간이 주 40시간인 우리나라와 다르게 싱가포르는 법적 근무시간이 주 44시간이라서 몇몇 호텔, 특히 사람이 많이 필요한 F&B 부서 근무자들은 주 6일 근무하는 곳도 꽤 있어요. 대신 하루 근무시간이 8시간보다는 짧지만요. 저는 주 5일 근무이긴 하지만 쉬는 시간 1시간 포함해서 하루 평균 9시간 정도보다 조금 더 길게 일하고 있습니다.

그렇지만 한국 호텔에서는 근무 투입 전 조회 시간 등의 이유로 10~15분 일찍 시작하고, 늦게 끝나는 연장 근무 시간이 있기 때문에 이런 자투리 시간을 합쳐 생각해 보면 오히려 한국 호텔에서의 근무시간이 훨씬 길 거예요. 싱가포르는 본인만 잘하면 시프트 끝 시간에 맞춰 퇴근하기가 가능합니다.

ⓠ 해외에서 호텔리어로 일하는 장단점을 알려주세요.

ⓐ 장점은 한국에서는 느낄 수 없는 여러 감정과 경험이라고 할까요? 정말 다양한 나라에서 온 사람들과 함께 일하면서 관계도 쌓고, 문화도 경험하고, 혼자 타지에서 일하기 때문에 독립심도 기를 수 있어요. 해외 호텔에서 일하는 건 좋은 경력이 될 거라 생각해요. 단점은 아무래도 그리움이죠. 사랑하는 가족이나, 친구들이 보고 싶을 때가 가장 힘들고요. 싱가포르에 한국 음식들이 많이 들어와 있긴 하지만 진짜

한국 음식들이 먹고 싶을 때 힘들더라고요.

Q 호텔리어로 보람을 느낄 때는 언제인가요?

A 제 일을 하는 것뿐인데 고마워하는 손님들 만날 때 가장 보람 느껴요. 손님들이 남겨 주시는 칭찬 코멘트는 호텔리어를 춤추게 합니다!

Q 힘들었던 때는 없었나요?

A 호텔은 사람이 사람을 대상으로 하는 직업이기 때문에 보람도 있지만, 대부분의 스트레스 또한 사람에게서 오는 것 같아요. 힘들게 하는 손님, 들으려고 하지 않고 자기 말만 무한 반복으로 하는 손님, 본인이 원하는 대로 되지 않으면 짜증부터 내는 손님 등 여러 케이스가 있지요.

Q 일하면서 기억에 남는 에피소드가 있나요?

A 여러 에피소드가 있지만, 한국 분들이 감사하다며 주전부리 챙겨주시고 좋은 말씀 해주신 게 많은 힘이 됐어요. 아무래도 타지에 있으니까 일하면서 같은 한국 사람들을 만나면서 더 반갑고, 손님들이 해주시는 말 한마디 한마디가 힘이 되더라고요.

Q 호텔리어에 적합한 성격이나 소질은 어떤 것인가요?

A 호텔리어는 본인이 슬프고 힘들 때도 손님 앞에서는 절대 티 나지 않게, 밝은 모습으로 응대해야 하므로 본인 스스로 기분과 스트레스를 잘 조절할 수 있는 사람이 적합할 것 같아요. 평소 낙천적인 사람이 스트레스 덜 받으며 근무할 수 있을 것 같네요.

Q 해외에서 호텔리어로 성공하기 위해서는 어떤 노력을 기울여야 하나요?

A 뻔하지만 해외라고 다를 것 없고 꾸준히 노력하면 어디서든 성공할 거라 믿어요.

Q 해외호텔에서 일하고 싶어 하는 지망생들에게 하고 싶은 조언이 있다면?

A 기회는 언제 올지 모르니 준비를 미리미리 해두면 좋을 것 같아요. 막연하게 '나도 해외에서 호텔리어로 일하고 싶다'라는 생각보다는 '난 될 거다!'라고 생각하고 노력하면 정말 되니까요! 너무 빠르게 단정 짓고 포기하는 일은 없었으면 좋겠습니다!

새로운 도전, 카지노 딜러

> "'나는 실패해도 낙담하지 않는다'는 말은 맞지 않아요.
> 실패했는데 낙담하지 않을 사람이 어디 있어요?
> '나는 실패해도 오랫동안 낙담하지 않고 다시 일어선다'로 고쳐야 합니다."
>
> **앤절라 더크워스 「그릿」**

카지노 딜러 면접, 남들과는 다르게!

예전에 압구정동에 있던 한 레스토랑에서 아르바이트를 몇 달 한 적이 있었다. 외국계 체인 레스토랑이라서 그런지 항상 외국인들이 많이 찾아오곤 했었다. 아르바이트 면접에서 매니저님이 나에게 했던 질문이 기억난다.

"너 외국어 잘해?"

"네."

용기 있게 잘할 수 있다고 대답하고, 그 다음 날부터 바로 일을 시작하게 되었다. 그 레스토랑에는 다양한 국적의 손님들로 항상 붐볐다. 제일 기억에 남는 단골손님은 독일인이었고, 그 외에 일본인, 미국인 등 다양한 국적의 외국인들이 오곤 했었다. 사실 외국어를 잘하지는 못했지만, 다른 나라 사람들을 만나고 대화를 할 수 있는 것이 너무 즐거워서 언제든지 외국 손님이 들어와 자리에 앉으면 제일 먼저 달려가 주문을 받곤 했다. 손님들은 내가 문법에 맞지 않는 외국어를 하더라도 귀엽게 봐주시며 이야기 상대가 되어주시곤 했고 같이 일하는 동료들은 그 모습을 보며 나를 외국어 잘하는 애라고 생각하기 시작했다.

어느 날 일본인 손님께 레스토랑 기념품을 판매하고 다시 홀로 돌아왔는데, 그 모습을 지켜보던 한 여자 선배가 내게 말했다.

"너 외국어도 잘하는데 카지노 한번 지원해봐. 내 친구가 카지노에서 일하는데 괜찮은 거 같던데."

그 당시만 해도 우리나라에 카지노는 강원랜드에만 있다고 생각했던 터라, 한 귀로 듣고 흘려들었다. 하지만 시간이 흘러 내가 외국인 전용 카지노에서 일하고 있으니 사람 운명이란 정말 모를 일이다.

호텔을 그만두고 나는 또다시 내 진로에 대해 고민했다. 어차피 서비스직에 일하려면 외국어 공부는 필수이기 때문에 그 중에서도 우선 중국어를 공부하기로 했다. 그 당시 서비스직으로 일하는 직원들이 일본어를 잘하는 경우는 많았지만, 중국어를 잘하는 직원은 많지 않았다. 그래서 남들 못하는 외국어를 해야겠다 생각하고, 중국어 공부를 독학으로 시작한 지 몇 달 만에 HSK 5급을 딸 수 있었다. (그 과정은 4장 '서비스직 스펙 준비 – 중국어' 부분에서 자세히 설명하겠다) 그렇게 해서 이전에 가지고 있던 TOEIC, JPT 자격증에 더불어 HSK 5급 자격을 손에 쥐게 되었고, 이를 활용할 수 있는 관광 서비스 계통 직업을 알아보게 되었다.

열심히 검색해보다가, 서울에 외국인 전용 카지노가 있다는 걸 알게 되었다. 총 3개의 카지노가 있었는데, 그중에서도 제일 역사가 오래되고 최고로 인정받는 카지노에 지원했다. 이유는 단순했다. 국내 최고 호텔에서 일했으니 카지노도 국내 최고 카지노에 지원하는 것이 당연하다고 생각했다. 당시 카지노 서류 지원 조건은 TOEIC 700, JPT 400, HSK 4급 이상이었다. 다행히 내가 가진 언어 점수는 모두 지원 가능한 점수 기준을 넘어서 3개 외국어 가능자로 지원 서류를 낼 수 있었다. 그렇게 서류전형에 합격해서 실무면접을 보게 되었다.

면접 날 검은 정장을 입고 면접장을 찾게 되었다. 실무면접인데 생각보다 거쳐야 할 관문들이 만만치가 않았다. 그날 외국어로 작문도 써야 했고, 외국어회화 1:1 면접도 보고, 실무면접까지 하루 만에 3가지 면접을 모두 다 치러야만 했다. 게다가 외국어 면접과 작문은 지원자가 지원한 특기 언어로 면접을 보는 방식이었는데, 나는 3개의 외국어를 적어내서 그런지 의도치 않게 일본어로 면접을 보도록 분류되어 있었다. 일본어 점수가 제일 낮았었는데, 왜 일본어 면접자로 분류되었는지 그 이유를 잘 모르겠다. 진행을 도와

주시던 인사팀 직원에게 다른 외국어도 할 수 있으니 이왕이면 중국어나 영어로 면접을 보고 싶다고 말씀드렸다. 중국어는 전날 이미 면접이 끝났고 오후가 영어 면접이니 그럼 기다렸다가 영어면접으로 보라는 답변을 들게 됐다. 만약 정해진 대로 일본어로 면접을 봤다면 분명 면접에서 떨어졌을 것이다. 그 당시, 일본어로는 작문 한 번 써본 적도 없었다. 지금 생각해도, 면접장에서 주저하지 않고 용기 있게 면접 언어를 바꿔 달라고 요구한 것은 정말 잘했다고 생각한다. 면접장에서 가능한 영역 내에서는 자기에게 유리하도록 요청하는 자세도 필요하다고 생각한다. 취직이 달렸는데 당연하지 않은가?

그렇게 오후까지 기다려 영어 면접을 보게 됐다. 영어 면접에 앞서 작문 작성과 실무면접을 봐야 했다. 먼저 작문을 작성해야 하는데, 자리에 앉아 칠판에 적혀있는 주제에 맞게 내용을 써 내려가야 했다. 작문은 어렵지 않게 '결론 – 이유1, 이유2, 이유3 – 다시 결론 강조' 순으로 구도를 생각해서 깔끔하게 작성할 수 있었다. 예전에 공부했던 TOEIC Speaking 시험 뒷부분에 주제에 맞게 자기 의견을 말하는 부분이 있었는데, 그때 했던 공부가 면접장에서도 갑자기 주어진 주제에 당황하지 않고 작문하는데 큰 도움이 되었다.

그렇게 작문을 작성해 제출한 후, 실무면접을 보았다. 실무면접이 끝난 뒤 보게 된 영어면접은 제비뽑기로 자신이 뽑은 질문을 스스로 답하는 형식이었다. 내가 뽑았던 질문은 자신의 장점을 소개하라는 질문이었고, 어려운 질문이 아니었기 때문에 긴장하지 않고 평이하게 대답을 할 수 있었다. 며칠 뒤 합격 전화가 와서 합숙면접을 가게 되었다.

합숙면접은 1박 2일 동안 면접관들은 물론이고 현직에서 일하는 선배들이 함께 참여해 매 순간 지원자들을 평가하는 면접이었다. 이 합숙면접에서 개인적으로 실수했던 점이 있었다. 합숙 참가 전 개개인이 받았던 문자메시지 의상 준비물란에 캐주얼 의상이라고 쓰여 있어서 정말 캐주얼한 핑크색 지퍼 후드에 청바지를 입고 합숙을 가게 되었다. 심지어 '1박 2일이니까 옷은 한 벌이면 되겠지'라고 생각하고 여분의 옷도 준비해 가지 않았다. 그렇게 면접을 보러 갔는데, 진짜 나만 지퍼 후드 티를 입고 있었다. 그것도 색깔도 분홍색. 다른 친구들은 아래는 청바지여도 위에는 스웨터나 셔츠류를 입는 등 나름 포멀하고 단정한 의상이었다. 순간 '망했다' 싶었지만 그렇다고 면접을 포기할 순 없었다. 분홍색이라 남들 눈에 더 잘 띄는 만큼 더 열심히 하는 모습으로 좋은 인상을 남겨야겠다고 결심했다.

합숙 면접 동안 다양한 활동을 하며 평가를 받았다. 몇 개로 나뉜 조별로 결과를 만들어 내며 발표를 하는 것도 있었고, 롤플레이 면접도 있었다. 롤플레이 면접에서는 다양한 압박 상황을 선배들이 연기했는데 연기력이 좋은 선배들만 뽑았는지 상황이 너무 실감 났다. 면접을 마치고 나오면서 여자 지원자들은 가끔 우는 사람도 있었고, 남자 지원자 중 어떤 분은 면접 종료 후에 씩씩거리면서 나오는 경우도 보게 되었는데 아마 떨어진 것으로 기억한다. 이전에 호텔에 지원했을 때, 이미 롤플레이 면접을 해 본 경험이 있어서 어렵지 않게 볼 수 있겠거니 생각했는데, 이성적으로 대답해도 통하지 않는 상황에는 언제나 당황하고 답답하기 마련이었다.

그 이외에도 또 다른 면접이 준비되어 있었다. 지원자들이 면접장에 들어가기 전 미리 준비된 질문 몇 가지에 답을 적어 제출하면 면접관들이 그것에 관해 추가 질문을 하시는 방식이었다. 내가 다른 지원자보다 학벌이 좋은 편이 아니어서 그나마 장점인 3개 국어를 할 수 있다는 것을 어필하려고 노력했다. 외국어 전공자도 아닌 내가 독학으로 열심히 노력하여 그런 성과를 이뤄낼 수 있었던 것은 나의 성실함과 꾸준함 덕분이었다는 식으로 어필했다. 그러자 면접관님은 그렇게 열심히 공부하면 꿈에도 나온다는데 꿈에서 외국어가 나왔냐고 물어보셨고, 그렇다고 대답하자 진짜 열심히 했나 보다며 웃으셨다. 1차 면접보다는 훨씬 화기애애한 분위기였다.

합숙 둘째 날 아침에는 아침 운동 겸해서 달리기가 예정되어 있었다. 평소 같으면 침대에 누워 있을 시간에 일어나 달리기를 하려니 너무 힘들었다. 하지만 서비스직은 체력이 중요하기도 하거니와 달리기하는 순간도 평가받을 수 있다고 생각하니 대충 임할 수가 없었다. 죽을 힘을 다해 달렸고 남녀지원자를 통틀어 3등, 여자지원자 중에는 1등으로 결승에 들어올 수 있었다. 웬만한 남자들보다 잘 달린 나에게 선배들은 그렇게 안 봤는데 대단하다고 칭찬해줬다. 남자 1등 여자 1등은 앞으로 나가 회사 로고가 새겨진 상품을 받을 수 있었는데, 상품보다도 체력이 강한 지원자로 좋은 인상을 남길 수 있었다는데 만족했다.

오후에는 토론 면접을 했는데 딜러의 자질과 관련하여 각자 생각하는 필요자질에 대해 어필하고 결론을 내는 식이었다. 토론을 시작하고 정해진 시간 내에 결론을 내야 하는데, 다들 자신의 대답이 결론으로 뽑혀야 면접에서 좋은 점수를 얻는다고 생각했는지 한 치의 양보도 없이 자기주장만 반복했다. 내가 볼 때 이 면접은 극단적으로 자기주장만 어필하기보다는 서로의 이야기를 들어주고 다 같이 협동해서 결론을 마무리하는 모습이 면접관들이 바라는 결론일 것이라고 생각했다. 그래서 손을 들어 한 번씩 번갈아 가며 자신의 주장을 이야기했으니 각자 정말 좋다고 생각하는 자질에 대해 투표를 해서 결론을 내자고 건의했다. 많은 사람들 앞에서 말하는 것이 익숙하지 않아 떨면서도 할 말은 다 하려고 노력했다. 토론 면접을 마지막으로 합숙 면접의 모든 일정이 종료되었다. 며칠 뒤 한 통의 전화가 왔다. 합격이었다. 이제는 임원면접만 남았다.

임원면접에서는 각자의 개성이 드러나게 옷을 입고 면접장에 와달라는 문자를 미리 받게 되었다. 당시 내가 가지고 있던 정장은 몇 년 전 인하공전 수시 면접을 위해 샀던 오래된 검정 정장 한 벌이 전부였다. 이 옷을 입고, 호텔 면접도 보고 카지노 딜러 1차 면접도 봤지만, 내 개성이 드러나면서 카지노 딜러에 어울리는 옷은 분명 아니었다. 새로 옷을 장만해야겠다는 생각에 무작정 동대문 의류 상가에 가서 이 옷 저 옷 고민하다 결국 고른 옷은 빨간 스커트였다. 화려하면서도 세련된 딜러의 이미지와 내 열정을 표현하기에 부족하지 않은 의상이었다.

면접 당일, 미리 구매한 빨간 스커트에 스카프를 나비 모양으로 매고 면접장으로 향했다. 면접대기실에 내가 들어가자마자 모두 나를 쳐다보았다. 다른 지원자들은 보통 남색 원피스를 입거나 블라우스는 분홍색 정도로 입더라도 아래는 검정 스커트를 입는 등 어두운 색을 벗어나지 못했다. 빨간색은 획기적이었다. 순간, 내가 생각을 잘못했나 싶어 부끄럽기도 했지만 내 선택을 믿기로 했다.

임원면접장에 들어서자 딱 맞는 사이즈의 빨간 스커트와 스카프를 차려입고 당당하게 걸어 들어오는 나에게 면접관들의 시선이 쏟아졌다. 같이 면접장에 들어간 지원자 중에 가장 많은 질문을 받았다. 옷차림의 이유도 있었겠지만, 당시 지원자 중 대부분은 갓 대학교를 졸업했거나 졸업 후 유학을 갔다 온 사람들이었다. 나는 그들과 나잇대는 비슷했지만 이미 다른 직장에서 일한 경력이 있었다. 그래서인지 당시 사장님께서 내 경력에 대해서 무척 궁금해하셨고. 특히 호텔에서의 생활과 이직한 이유에 대한 질문을 많이 하셨다. 나는 그동안의 서비스 경험을 어필함과 동시에, 특1급 호텔에서 호텔리어로서 서비스를 해온 만큼 카지노를 찾아주시는 분들께 특별한 서비스를 제공해드리고 싶다고 말했다. 또한, 합숙면접 당시 달리기에서 여자 1등을 한 일화도 강조했다. 여자 지원자 중에서 달리기 1등을 한만큼 인증된 체력으로 3교대 근무에 적응할 자신이 있다고 자신 있게 말씀드렸다. 그렇게 면접이 끝나고, 합격했을 것이라는 기대를 하게 되었다.

결과는 역시 합격이었다.

듣기만 해도 생소한 카지노 딜링 교육

입사 후, 교육원에서 2달간의 딜링 교육을 받게 되었다. 매일 오전 9시부터 오후 6시까지 수업을 받는 고등학생과 같은 생활이 다시 시작되었다. 염색한 친구들은 머리를 검은색으로 다시 염색해야 했고, 아침마다 빨간 립스틱을 바르고 시계를 착용하는 등의 용모 복장검사를 받게 되었다. 일반적인 대학교에서 성인으로 자유로운 생활을 누리던 동기들은 그런 통제 받는 과정을 힘들어했다. 하지만 나는 대학교 때부터 매일 용모 단정을 요구받아 왔기에 당연하게 느껴졌다. 더구나 서비스직에서 일하다 온 나에겐, 교육 기간 올림머리를 하고 복장체크 등을 받는 것은 일도 아니었다.

하지만 서비스직에서의 몸에 밴 습관 때문에 오해를 받는 일도 있었다. 항상 눈을 보며 서비스해왔기 때문에 누군가 말을 하면 항상 눈을 쳐다보는 습관이 있어, 수업시간에 강사님이 말씀하실 때면 항상 강사님의 눈을 주시하곤 했었다. 나중에 강사님께 내가 계속 눈을 쳐다보는 것이 부담스럽다는 말을 듣기까지 했다. 나중에 알게 됐지만, 카지노 딜러로 일할 때는 손님의 눈을 보고 서비스할 일이 그렇게 많지 않다. 그래서 현업에 계신 강사님들은 당시 계속 눈을 마주치던 나의 시선을 이상하게 여긴 게 당연했을 것 같다.

교육은 회사 근처의 교육원에서 이뤄졌다. 입사한 후에는 직원용 기숙사가 제공되었지만, 입사하기 전 교육생 신분이던 동기들은 근처 고시원이나 모텔에서 장기투숙을 하며 교육받기도 했었다. 나는 당시 신천역(지금의 잠실 새내역) 근처에 자취하고 있어서, 아침마다 새벽같이 일어나 준비하고 교육원으로 향해야 했다.

두 달간 교육과정은 첫 달은 룰렛/블랙잭 교육, 둘째 달은 바카라 교육을 받는 과정으로 짜여 있었다. 입사 전까지 카지노를 간 적이 한 번도 없었기 때문에 게임 이름마저 너무 생소했다. 남자 동기들 중 일부는 이전에 강원랜드를 가본 적이 있다고 했지만, 동기들 대부분은 게임의 룰은커녕 칩도 처음 만져보는 사람들이 대부분이었다. 이런 신입사원들을 붙잡고 게임 룰부터 시작해서 손동작 하나하나 가르쳐주시는 것은 강사님들의 몫이었다.

〈신입사원 교육을 받던 시기에 쉬는 날 테이블 게임을 연습하던 모습〉

카지노 딜링의 경우, 현재는 양손 딜링이 원칙이지만 당시에는 오른손만으로 딜을 하게 되어 있었다. 왼손잡이에게 불편한 테이블 구조와 딜링 절차 때문에 왼손을 주로 사용하던 동기들은 오른손을 주로 사용하는 것도 낯선 데다 그 손으로 딜까지 하려니 더욱 힘들어하곤 했다. 그렇게 온종일 카드를 다루며 게임 진행을 배우고 집으로 돌아가면, 그날 사용했던 카드를 밤새 순서대로 재정리하여 다음 날 아침 정리한 카드를 검사받는 것이 매일 아침의 일과였다. 카드는 한 장도 잃어버리면 안 되기 때문에 카드 검사는 누구도 빠지면 안 되는 일이었다. 매일 서서 교육을 받고 집에 돌아오면 몸이 파김치가 되는 기분이었지만, 다음 날의 교육을 위해 비몽사몽 카드를 정리하던 기억이 난다.

교육 과정 중에 동기 한 명이 카드를 한 장 잃어버린 적이 있었다. 분위기는 바로 심각해지고 다른 동기들까지 그 카드 한 장을 찾기 위해 동기 집으로 찾아가기까지 했었다. 결국, 카드를 찾게 되었지만, 그 과정에서 느꼈던 긴장감은 만만치 않았다. 다른 사람들은 이해할 수 없겠지만, 카지노에서 사용되는 카드는 시중에서 살 수 있는 카드와는 다르다. 그렇기 때문에 업장에서 사용되는 카드가 외부로 유출되면 그 카드를 통해 부정이 일어날 수 있기 때문에, 카드 한 장이라도 잃어버리는 경우 업장 전체에 비상이 걸리게 된다. 이런 일들을 통해 카지노 일들을 하나씩 알게 되었다.

어느 정도 교육을 받고 중간 평가로 딜링 시험을 보는 날이 되었다. 평소에 실수 없이 잘하던 동기들도 긴장한 탓인지 실수가 끊이질 않았다.

"BANKER[11]가 이겼는데 다 가져와 버렸어."

"나는 PLAYER[12]가 이겼는데 다 커미션을 떼버렸어."

바로 눈앞에서 강사님들이 평가하는 것을 실시간으로 보게 되고 이를 의식하게 되니까 평소라면 하지 않았을 실수가 계속 나올 수밖에 없었다. 나도 마찬가지였다. 무슨 실수를 했는지 기억도 나지 않게 시험을 보고 나왔는데, 결과는 40명의 동기 중 38등이었다. 진짜 열등생이었다. 교육 과정에서 딜러로서 자질이 없다고 평가되면 최종 탈락할 수도 있다고 강사님들이 말씀하셨던 터라, 긴장하지 않을 수 없었다. 이런 식으로 계속하면, 교육은 교육대로 받고 최종 탈락할 수도 있는 상황이었다.

6시에 교육이 끝나도 끝이 아니었다. 저녁을 적당히 근처에서 떼

---

11 · 바카라 게임에서는 플레이어(Player)와 뱅커(Banker)라는 배팅 구역이 있다.
12 · 바카라 게임에서 카드가 딜링되는 테이블 레이아웃의 두 곳 중 뱅커가 아닌 곳

우고 부족한 실력을 보완하고자 교육장으로 돌아와 연습하곤 했다. 당장 두 달 후면 업장에 투입될 예정이었기 때문에, 나조차도 이 정도 실력으로 고객을 만나서 일을 할 수 있을지 너무 불안하기만 했었다. 주말에도 실습실에 나와 동기들과 함께 연습하곤 했다. 강사님들도 그런 우리가 기특했는지 적극적으로 도와주셨다. 퇴근시간이 지나도 남으셔서 연습 성과를 봐주시고 우리를 위해 주말에도 나와 주시곤 했다.

나는 더는 갈 곳이 없다는 생각으로 집중했지만, 동기들 가운데에는 딜러라는 이 낯선 직업이 자신이랑 정말 맞는 것인지 고민하는 사람들도 생기게 되었다. 그러다 인재개발원에서 신입사원들을 대상으로 책을 읽을 기회를 주어 해민 스님의 「멈추면, 비로소 보이는 것들」을 읽게 되었다.

번지점프를 하는 방법은 오직 한가지 입니다.
그냥 뛰는 것 입니다.
생각이 많을수록 뛰기 어렵습니다.
생각이 많으면 많을수록, 하고 싶은 것을 못하고
힘들고 어렵다는 말만 하게 됩니다.
그냥 뛰십시오.

무엇인가를 시작하기 전에 고민하며 시간을 허비하기보다는, 이미 마음이 정해졌으면 그냥 행하라는 이 말이 마음에 와닿았다. 당시 입사한 지 한 달 정도 지났을 때였다. 생각보다 힘든 교육과정에서 진로를 고민하는 동기들도 생겨났다. 그런 분위기를 눈치채셨는지, 어느 날 종례시간에 강사님은 더 이상 흔들리지 말고, 지금 할 수 있는 최선의 노력을 기울여 열심히 하기만 하면 될 것이라는 말씀을 하셨다. 확실히 딜러 교육은 다른 서비스 교육과는 달랐다. 생각보다 늘지 않는 실력에 좌절하고, 내가 정말 딜러가 될 수 있을지 고민도 많이 했다. 그렇지만 오랜 기간 신입사원들을 가르치신 강사님들의 말씀처럼, 많은 생각으로 자신을 스스로 괴롭히기보다는 그냥 단순히 열심히 하는 것이 제일 좋은 방법이었다.

언젠가 누군가에게 들었던 가수 버스커 버스커의 인터뷰 내용이 떠올랐다. 버스커 버스커의 장범준은 무척 긴장을 많이 하는 스타일인데, 무대에 올라가기 전 몇백 번이고 그 한 곡만을 계속 연습해서, 무대 위에서는 실수하지 않기 위해 그저 외운 그대로 한다는 내용이었다. 우리 역시 그러한 과정들이 필요했다. 순식간에 큰돈들이 오가는 카지노 업장에서 실수는 용납될 수 없었다. 두 달간의 교육 동안 다양한 게임 종목들을 몇백 번이나 반복해서 연습했지만, 이 과정은 손님을 만날 최소한의 연습이었다.

어느덧 교육을 마치고 업장으로 올라가게 되었다. 영업장에 올라와서도 나는 초기에 딜을 잘하는 편이 아니었다. 선배들은 "시간이 지나면 누구나 다 잘해. 시간이 약이야."라고 말씀해 주셨지만, 시간이 지나도 내 딜링 스킬에는 큰 변화가 없었다.

교육생일 때 한 손으로 칩스를 무조건 20개씩을 잡을 수 있도록 교육받는다. 그런데 나는 칩스를 잡으면 항상 19개씩이었다. 작은 손이 문제라고 하기에는 나보다 더 손이 작은 동기나 강사님도 별무리 없이 해냈었기에 변명거리에 지나지 않았다. 하지만 아무리 연습해도 칩스 20개를 한 번에 잡는 것은 생각보다 쉽지 않았다.

영업장에 올라와 일하던 어느 날, 테이블에서 한 번에 칩스 100개를 사신 손님이 있었다. 손님을 보며 웃고 있었지만, 그 순간 머릿속에는 걱정이 가득했다.

'간부님도 뒤에서 보고 있는데 칩스 20개씩 못 잡으면 어쩌지…….'

손님께 100개의 칩을 드리려면 칩을 1스탁(20개의 칩스를 세는 단위)씩 5스탁(총 100개)을 테이블에 세팅해서 손님께 드려야 했다. 평소 칩스를 19개씩 잡던 생각을 하고 손에 온 힘을 줘서 평소 칩을 잡던 느낌보다 한 개씩 많게 칩들을 꺼냈다. 나름 테이블 위에 100개의 칩스를 세팅하고 세어보니 칩이 홀수였다(100개면 짝수 단위로 세어져야 한다). 다시 보니 1스탁을 21개씩으로 칩을 꺼낸 것이었다. 세팅한 칩 위에 손을 올려 칩을 한 개씩 덜어내었는데, 칩을 찰흙처럼 조몰락거리는 내 모습이 한심하면서도 부끄러웠다. 손님은 별말 없으셨지만, 딜러로는 완벽한 실패였다. 칩스 20개를 제대로 못 잡던 문제는 손님 앞에서 부끄러움을 겪고 나니 단번에 고쳐지게 되었다. 이제는 눈감고 칩을 잡아도 당연히 20개씩인 것은 말할 것도 없다.

개인적으로 딜링 스킬이 늘게 된 데에는 테이블 와치를 몇 번 하면서 딜 잘하는 선배들이 어떻게 하는지 살펴볼 기회를 얻게 된 것이 큰 도움이 되었다. 실력있는 딜러가 되려면 관찰력과 모방이 중요한 것 같다. 그 전에는 딜을 하면서 실수만 하지 않으려고 온 신경을 쓰다 보니 시야가 좁아져 디테일이 부족했고, 그래서인지 도통 실력이 늘지 않았었다. 그러나 아는 만큼 보인다고 선배들이 딜링 하는 모습을 몇 번 지켜본 후, 그중에 딜을 잘하는 선배를 따라하게 되고, 나중에는 세세한 디테일까지 배울 수 있었다. 그렇게 초보딜러가 점점 앞으로 나아가게 되었다.

내부고객 사이에서 버티기

업장에 올라와 제일 먼저 느꼈던 것은 딜러 선배들이 굉장히 세련되고 예쁘다는 것이었다. 같은 서비스직인 승무원이나 호텔리어와는 느낌이 사뭇 달랐다. 조금 더 화려하다는 느낌이 들었다. 이는 보수적인 측면이 강한 다른 서비스업계와 달리 카지노 업계에서는 딜러가 각자의 개성에 따라 자신을 꾸밀 수 있도록 허용하기 때문이었다. 헤어스타일도 꼭 쪽머리가 아니어도, 근무하는데 방해가 될 정도만 아니면 아무도 터치하지 않았다. 염색한 머리나 네일도 허용되고, 팔찌, 반지 등의 악세사리가 착용 가능한 것도 충격이었다. 통일된 용모와 튀지 않는 서비스인의 모습을 강조하던, 이전의 내가 경험한 서비스업과는 확연히 다른 모습이었다.

한동안 우리는 흰 와이셔츠에 검정 나비넥타이를 한 펭귄맨 같은 모습으로 일을 하게 되었다. 전문 딜러가 아닌 일종의 병아리 딜러임을 나타내는 표식이었다. 손님들도 신입이라고 하면 약간의 실수는 그러려니 하고 넘어가 주셨다. 당시 업장에 올라가면 신입사원답게 큰소리로 딜하는 과정을 콜링 하라고 미리 당부받았었다. 그래서 언제나 힘껏 콜링을 외쳤던 기억이 난다. 그렇게 큰 목소리로 콜링을 하면 손님들은 "잠이 확 깬다.", "귀에 쏙 들어온다." 등의 좋은 반응도 있었지만, "여기 딜러들 다 조용히 일하는데 너만 콜한다."고 지적하는 사람도 있었고, 심지어 일부 손님은 시끄럽다고 화를 내기까지 했다. 처음에는 손님의 작은 반응 하나하나에도 신경이 쓰일 수밖에 없었다. 게임 진행에 있어 딜러로서 해야 할 일을 한 것이지만, 결국 손님을 의식하지 않을 수 없기 때문이었다. 뭔가 마음속에는 잘하고 싶은 열정이 가득한데 현실에서는 낯선 환경에서의 적응이 쉽지 않았다.

사실, 카지노에서 일하면서 손님 때문에 큰 스트레스를 받았던 적은 거의 없었다. 그동안 해왔던 다양한 서비스 경험 덕에 일터에서의 개인적인 감정이 무뎌진 이유도 있었지만, 업장에서 20분마다 딜러가 근무하는 테이블이 바뀌는 시스템을 채용하고 있기 때문이기도 했다. 어차피 시간이 지나 교대가 오면 다른 테이블에 가서 일할 것이고, 그러면 진상 손님을 만나더라도 하루에 몇 번 만나지 않으니까 크게 신경 쓸 필요가 없었다. 입사하고 손님 때문에 울었던 적은 한 번도 없었다. 실수해도 그건 내 잘못임을 인정하고 정중히 사과하면 될 일이었고 울어서 해결될 건 하나도 없다고 생각하는 편이었다.

그런데 사실 입사하고 몇 번이나 울 일이 있었다. 손님 때문이 아니라, 바로 무서운 선배들 때문이었다. 쉬는 시간에 휴게실로 올라오면 몇몇 선배들이 우편물이 쌓여 있던 창고로 나를 부르곤 했다.

"네가 너무 시끄러워서 내가 딜에 집중할 수 없잖아."

"너 왜 그렇게 혼자 오바해? 그렇게 튀고 싶어?"

처음에는 '내가 선배한테 방해가 됐나'라는 생각에 안절부절못하며 죄송하다고 말씀드렸다. 그러나 몇 번이고 창고나 여자 락커에 불려 다니며 알게 되었다. 나를 자꾸 불러대던 그 몇몇 선배들은 내가 딜을 하는 모습이 싫고, 오버하는 모습도 싫고, 목소리가 커서 싫다며 그냥 나라는 사람 자체를 싫어했던 것이었다.

무언가 실수를 해서가 아니라 존재 자체로 혼나게 되면 사람의 자존감이 크게 바닥을 치게 된다. 회사에서 정해준 나의 입사 멘토님도 나 때문에 몇 번이고 여자 선배들에게 불려가서 멘티 관리 좀 잘하라며 혼났다는 말을 들었을 때는 정말 회의감까지 들었다. 동기들은 내가 회사생활을 오래 버티지 못하고 가장 빨리 그만둘 것 같다는 말까지 할 정도였다. 그때는 휴게실에 쉬러 올라가기가 싫었다. 밑에서 계속해서 일하면 선배들 만날 일이 없기 때문이었다. 그렇게 신입 시절을 마음고생하며 보냈다. 출근할 때는 오늘 잘해봐야지 하다가도 쉬는 시간에 이곳저곳 불려 다니고 나면 그냥 쉬는 시간 내내 화장실 안에서 눈에 띄지 않게 숨어있고 싶었다. 진짜 공기처럼 있는 듯 없는 듯 살고 싶었다. 영업장에 내려가면 간부님들은 열심히 하는 신입사원을 반기며 초심을 잃지 말라고 다독여 주셨지만, 휴게실로 올라오면 여기저기 불려 다니며 혼나게 되니 어느 장단에 맞춰야 할지 모를 일이었다.

몇몇 선배들한테 나는 눈엣가시였지만 그래도 버티고 싶었다. 이곳에서도 만약 그만두게 된다면, 더 이상 서비스직에서 갈 곳이 없을 것 같았다. 혼자 집에서 머리를 굴리며 이 곳에서 살아남을 방법을 생각해 보았다. 내가 내린 결론은 먼저 인사하기였다. 호텔에서 근무할 때도 먼저 다가가 인사하는 나를 나쁘게 보는 사람은 한 분도 없었다. 오히려 타 부서 분들도 "아, 그 인사 잘하는 애?" 하면서 나를 기억하고 좋게 평가해 주셨다. 언제까지 이렇게 피할 수도 없고 회사를 다니려면 계속 마주쳐야 하는데 오히려 정면으로 부딪쳐 보자고 마음 먹었다. 그분들이 내 인사를 받아주든, 받아주지 않든 쉬는 시간뿐만 아니라 마주칠 때마다 하루에 대여섯 번씩 허리 굽혀 인사했다. 심지어 화장실에서 보고 몇 분 뒤 정수기 앞에서 다시 봐도 인사할 정도였다. 그러자 조금씩 변화가 일어났다. 열심히 한다고 나를 좋게 봐주시는 분들도 하나둘씩 생겨났다.

지금은 나를 싫어했던 분들 중 몇 분은 인사도 받아주고 가벼운 대화 정도는 할 수 있게 되었다. 모든 사람들이 다 나를 좋아할 수는 없다. 나를 싫어하는 사람 때문에 의기소침해지고, 자존감을 잃고, 일까지 그만두게 된다면 결국 본인의 손해이다. 대신 회사에서 주어진 일을 열심히 하고 계속해서 성실한 모습으로 임해 나에 대해 좋은 인상을 받고 있는 내 사람들을 많이 만들면 된다. 그러면 개인적으로 나를 싫어하는 사람도 대다수의 평가에 반하여 함부로 내 험담을 할 수 없을 것이다.

현재는 휴게실을 리모델링하며 내가 자주 불려가 혼나던 창고와 자기계발실이 아예 사라졌다. 창고와 자기계발실이 사라지던 날, 참 기분이 묘했다. 더 이상 저곳에 불려가는 후배들이 없을 것이라고 생각하니 속이 시원하면서도 신입 시절 내가 그렇게도 무서워하던 공간이 한순간 사라지니 뭔가 허무한 기분이 들기도 했다.

이제는 회사 내 분위기 자체가 후배들을 크게 혼내거나 개인적으로 터치하지 않게 바뀌었다. 나 또한 후배에게 일을 시키거나 지적하지 않고, 필요한 일이 있으면 직접 하려고 한다. 필요한 사람이 스스로 하는 게 마음도 편하고 서로 좋기 때문이다. 우리에게는 외부 고객도 중요하지만 주변의 내부 고객도 중요하다는 걸 잊지 말아야 한다.

딜러에게 요구되는 자질

"저 손님 웃는 거 처음 봤어."

평소처럼 테이블에서 20분간 근무를 하고 있는데 교대시간이 돼서 교대를 오신 과장님이 나에게 속삭였다.

"그래요? 매너 괜찮던데요."

"완전 까칠한 손님이야."

20분 동안 내가 마주한 그분은 간간이 웃기도 하고 일을 진행하는데 아무 문제 없이 점잖은 손님이었다. 그 손님이 어떤 분인지 몰랐기 때문에, 선입견 없이 친절하게 응대했고 그런 내 모습에 손님도 마음을 여신 것이다. 만약 테이블에 들어가기 전에 이 손님이 예민한 걸 미리 알았다면 나도 방어적인 태도로 근무했을지 모르겠다. 가끔은 선입견이 고객과의 관계를 멀게 하는 느낌이 든다.

생각해보면 입사 후, 카지노 딜러로 일하면서 내가 고객을 응대하던 방식은 호텔에서 하던 서비스와 비슷했다. 고객에게는 언제나 정중하게 존댓말로 응대하며 항상 웃으면서 친절한 YES걸이었다. 그런 내 모습을 보고 어떤 손님은 백화점 직원 같다고 말했던 적이 있었다. 그 당시 나는 서비스 매뉴얼이 있으면 어떤 직원이 고객을 응대하던지 고객에게 상향 평준화된 서비스를 제공할 수 있다고 생각했었다.

그러던 어느 날, 이런 내 생각을 어느 정도 바꾸게 된 계기가 있었다. 테이블 뒤에서 환전 업무를 하며 다른 딜러를 보조하던 날이었다. 한 손님이 자신이 주문한 음료가 너무 늦게 나온다고 컴플레인을 하셔서 식음료 주문내역을 보니 애초에 음료 주문이 되어있지 않았다. 그 순간, 그동안 해왔던 대로 손님께 "죄송합니다, 바로 준비해 드릴게요."라며 죄송한 표정을 보이고 바로 조치를 취하겠다고 말씀드리려 했었다. 그런데 갑자기 그 테이블에서 게임을 진행하던 딜러가 그 손님께 이렇게 너스레를 떨며 웃는 게 아닌가.

"제가 바보여서 한 번 이야기하시면 기억을 못 해요."

순간 당황해서 주위를 살폈는데, 내 예상과 달리 그 손님은 웃으시면서 좋아하셨다. 뭔가 뒤통수를 맞은 기분이었다. 카지노 손님 중에는 자신이 특별히 좋아하는 딜러가 있는 경우가 종종 있다. 어떤 분들은 자신이 좋아하는 딜러를 따라 테이블까지 옮겨 다니며 같이 게임을 하고 싶어 하신다. 그렇다면, 손님들이 좋아하는 딜러는 어떤 사람일까?

카지노 서비스는 일반 재화나 서비스를 판매하는 업장과는 그 성격이 다르다. 라스베이거스에서는 딜러가 고객들이 게임을 하는 동안 친구처럼 하이파이브도 하며 즐겁게 게임을 진행한다고 한다. 너무 딱딱하게 정해진 게임만 진행하며 응대하는 것보다 고객과 소통하는 것이 더 중요한 것이다. 과거에 내가 경험했던 딱딱하고 정형화된 서비스들과는 달리, 딜러에게는 고객과 친구처럼 소통할 수 있는 인간적인 서비스가 더 요구되었다. 밤이 깊고 새벽이 다가오면 업장 내 테이블에서 조는 손님들이 한두 명씩 생긴다. 이런 경우 손님을 깨워야 하는데, 보통 환전 업무자가 다가가서 살짝 손님을 깨운다. 이때, "손님 여기서 주무시면 안 됩니다."라며 손님을 깨우기보다는 살짝 다가가 "손님 피곤해 보이시는데 커피라도 좀 시켜

드릴까요?"라며 말을 거는 것이 더 효과적이었다. 어느 날은 손님이 드시던 아이스커피에 얼음이 거의 다 녹아 커피색이 연해진 걸 발견했다. 저 정도 녹았으면 맛이 없겠다고 생각되어 컵을 치워드리면서 "손님, 커피가 너무 녹아서 맛이 없어졌겠어요. 새로 주문해 드릴게요."라고 말하자 손님은 그런 내 배려를 무척 고마워했다. 결국, 고객들은 인간적으로 다가가는 세세한 서비스에 감동한다.

정말 '아' 다르고 '어' 다르다고 고객은 딜러의 작은 말 한마디에 위로받고, 또 응원받는다는 걸 느끼곤 한다. 예전에 인터넷 뉴스에서 카지노용 로봇이 개발되었다는 기사를 본 적이 있다. 그게 몇 년 전 일로 기억하는데 아직 카지노용 로봇은 상용화되지 않고 있다. 이는 아무리 인공지능이 발전했다고 해도 결국 인간이 느끼는 세세한 감정을 전달하기에는 한계가 있기 때문일 것이다.

포커 게임에는 게임 승패 외에 잭팟이라고 불리는 부가적인 보너스가 있다. 한 테이블에서 밤새 게임을 하던 손님이 한 분 계셨는데 갑자기 다른 손님이 오셔서 원래 있던 손님들의 자리가 한 자리씩 옆으로 밀리게 되었다. 자리가 바뀌니 원래 손님이 받았을 카드를 새로 오신 손님이 받게 되었는데 우연히도 그 타이밍에 잭팟이 나와 버렸다. 내내 게임을 하던 손님들은 모두 황당해했고, 그 카드를 받았어야 하는 당사자는 화를 감추지 못하였다. 그 상황에서 얼떨결에 잭팟을 잡게 된 새로 오신 손님은 민망해하며, 분위기상 기분 좋은 내색을 하지 못하셨다. 새 카드를 준비하느라 다른 손님들이 자리를 비운 틈을 타, 그분께 축하 인사를 건넸다.

"손님이 오지 않았으면 아예 보너스가 안 나왔을 수도 있어요. 다 손님 복이니까 너무 신경 쓰지 마세요."

주변 손님들의 눈치를 보고 있던 그 손님은 그렇게 말해주니 너무 고맙다며, 비로소 마음이 한결 낫다고 말씀하셨다. 로봇이라면 과연 이렇게 손님들의 상황과 입장을 헤아리는 말로 손님을 축하해 드릴 수 있을까? 상황별 축하 인사말을 설정한다고 하더라도 이런 경우까지 다 고려할 수는 없을 것이다. 만약 이런 상황에서 로봇이 단순 축하 인사만을 건넨다면, 이미 짜증이 나 있는 다른 손님에게는 오히려 불난 집에 부채질하는 격이었을 것이다.

한창 딜러로서의 서비스가 익숙해질 때쯤 이런 일이 있었다. 게임을 진행하는데 원래 손님이 잠시 자리를 비운 사이에 다른 손님이 그 자리에 앉아 버렸다. 원래 손님의 물건도 남겨진 터라 신경이 안 쓰일 수가 없었다. 그런데 갑자기 그 다른 손님이 원래 자리의 손님이 사용하고 있던 종이에 뭔가 전화번호를 적더니 그만큼 종이를 찢는 것이었다. 그 순간 너무 당황해서 이렇게 말했다.

"손님. 여기 다른 손님 자리인데 그렇게 찢으시면 어떻게 해요. 저한테 종이를 달라고 하시지 그러셨어요."

그 손님은 민망했는지, 별다른 말없이 황급히 자리를 일어나 다른 곳으로 가버리셨다. 이 상황을 어떻게 하지 고민하고 있는데, 잠시 뒤 그분이 다시 돌아와 내가 다른 사람들 앞에서 자신에게 면박을 줘서 지금 심장이 떨린다며 소리를 지르고 바닥에 드러눕는 것이었다. 그 당시에는 급변한 손님의 태도에 너무 놀라기도 했고, 자신이 잘못하고도 그런 태도를 보이는 것을 이해할 수 없었다. 흔한 말로 '잘못 걸렸다'라는 생각도 들었다. 그러나 나중에 생각해보니, 내가 그 순간 원래 자리하던 손님만 신경 썼고 새로 오신 손님의 마음은 신경 쓰지 못했구나 싶었다. 그 후로는 손님을 응대할 때 한 손님의 입장이 아닌 다른 손님의 상황도 생각하고 행동하게 되었다.

딜러는 주변 상황도 봐야 하고, 손님 개개인의 상황도 살펴야 한다. 이게 바로 로봇으로 대체 불가능한 딜러가 필요한 이유일 것이다.

딜링 중 실수할 때 대처법

업장 내에서는 손님이 없는 빈 테이블에 앉아 있어도 자세를 함부로 할 수가 없다. 업장에서 일어나는 모든 상황을 감시하고 또 녹화하고 있는 카메라가 있기 때문이다. 실제로 카지노에는 수많은 CCTV가 24시간 돌아간다. 가끔 손님이 없는 새벽에 천장을 쳐다보면 딜러보다 카메라가 더 많은 것 같다고 느낄 때도 있다. 가끔은 감시당하는 느낌도 들긴 하지만, 업장에서 예상치 못한 상황이 발생할 경우 먼저 카메라를 보고 일을 처리하기 때문에 가장 든든한 존재이기도 하다.

입사 초기, 바카라 게임을 진행하던 때의 일이다. 게임 결과를 확인하고 손님들의 칩에 페이를 하려는데 뭔가 기분이 싸했다. 분위기가 이상해서 페이를 하려다 말고 가만히 손님들을 쳐다봤더니, 손님 중 한 명이 칩을 쓰윽 다시 가져가는 것이었다. 당시 나는 흰 블라우스에 검정 나비넥타이를 맨, 누가 봐도 신입 딜러였다. 그 손님은 내가 안 보는 사이, 몰래 이긴 쪽에 칩을 가져다 놓은 것이었는데 그때는 너무 당황해서 간부에게 보고할 생각도 하지 못했다. 단지 그 손님이 나를 만만하게 보고 장난을 한 것 같아 분하기만 했다. 내가 바로 이상함을 눈치채자 결국 손님이 칩을 뺐지만, 끝까지 칩을 빼지 않고 모른 척했을 경우에는 결국 카메라의 도움을 받을 수밖에 없었을 것이다. 이처럼 카메라는 고객이 부정을 저지르는 경우 증거를 확보하기 위한 수단으로서의 역할을 한다.

또한, 카메라는 딜러가 실수한 후 제대로 된 사후 처리를 하기 위한 수단이기도 하다. 입사 후, 정말 많은 실수를 했다. '딜러라면 실수하면 안 되는 거 아냐?'라고 생각할 수 있겠지만, 실수는 정말 찰나의 순간에 생각하지 못한 방식으로 벌어지곤 한다. 어제 동기가 했던 실수를 들으면서 '아, 저런 실수도 하는구나'라고 생각했다가도, 며칠 후 동기가 했던 것과 같은 실수를 하는 나를 발견하면 놀랍기까지 하다.

카지노 게임 종목대로 실수담을 말해보자면, 우선 룰렛에서 공을 스핀 하려다가 손이 미끄러져 게임을 하던 손님에게 공을 맞힌 일 정도는 애교이다. 블랙잭 게임을 진행할 때는 게임을 하던 손님이 먼저 내 실수를 발견하고 지적한 적도 있었다. 당시 신입이어서 카드를 예쁘게 드로잉 하는 것에 온 신경을 쏟으며 일하고 있을 때였다. 카드 드로잉을 다 마치고 순서대로 게임을 진행하려는데 손님이 나를 빤히 쳐다보더니 말했다.

"너 쳌[13] 해야겠다."

나는 눈을 동그랗게 뜨고 "왜요?"라고 되물었는데 그 순간 손님의 손가락이 가리키는 곳을 쳐다보니 칩이 배팅 되지 않은 빈 핸드까지 카드가 드로잉 되어 있었다. 다행히 간부님이 절차에 맞게 잘 해결해주셔서 게임을 진행할 수 있었지만, 절대 반복되면 안 되는 큰 실수였다.

아무리 숙련된 딜러라도 집중력이 흐트러지는 순간 실수를 하게 되어 있다. 실수했을 경우, 중요한 건 실수를 한 후의 처리이다. 몇 달 전에는 황당한 실수를 한 적이 있었다. 진 쪽의 칩을 가져와야 하는데 그만 이긴 것처럼 페이를 해버린 것이었다. 페이를 하고 나서 카드를 걷으려고 보니 내가 원래 해야 할 행동과 반대로 한 것을 알아차렸다. 일반인이 보기에는 카드도 걷지 않았고, 칩을 그냥 다시 가져오기만 하면 되는 간단한 상황이었다. 그러나 카지노 일은 처리가 생각처럼 간단하지가 않다. 실수를 하면 바로 손을 들어 뒤에서 근무하는 간부에게 보고해야 한다. 이후, 바로 처리할 수 있는 일은 간부의 지시에 따라 처리하고, 조금 복잡한 일은 카메라를 보

---

13 · 미스테이크 상황이나 간부의 확인이 필요할 때 딜러가 손을 들고 알리는 것

고 상황을 따져서 간부가 결정하게 되어 있다.

처음에는 실수를 보고하는 것이 뭔가 창피하고 부끄러웠다. 그리고 간부님께 민폐를 끼치는 것 같아 실수를 그냥 덮으면 되는 것 아닌가 하는 생각도 했었다. 그러나 실수를 덮으려다 문제가 더 커지게 되면, 상황은 돌이킬 수 없게 됨이 불 보듯 뻔했다. 절차 없이 자기 혼자 처리하는 딜러를 보면 손님들은 무슨 생각을 하겠는가. '이 카지노는 굉장히 일을 어설프게 처리하는구나. 저 딜러가 진행하는 게임은 믿을 수 없겠는데' 이런 생각을 하게 될 것이다. 다른 직장들도 마찬가지겠지만 카지노는 그 중에도 유독 정직과 신뢰가 중요하다. 바로 돈을 만지는 일이기 때문에 회사와 직원, 그리고 손님까지도 정확한 절차에 따라 일이 진행된다는 것을 보여드려 믿음을 드려야 한다.

그래서 바로 손을 들어 "첵" 콜을 했다.

"부장님, 제가 잘못 페이 했습니다."

다가오신 부장님은 상황을 파악하신 후 깔끔하게 실수를 처리해주셨다. 근무가 끝나고 부장님께 다가가 "죄송합니다."라고 말씀드리자 부장님은 웃으면서 이렇게 말씀해주셨다.

"완벽한 줄만 알았는데 이제 보니, 인간미도 있네."

그 말을 듣자 마음이 후련해지면서 실수를 털어내고 다음 근무에 다시 집중할 수 있었다. 만약 임의처리를 했다면 어떻게 되었을까? 그 순간은 모면할 수 있었겠지만, 만약 간부가 뒤에서 보고 있었다

면 따로 불려가 더 크게 혼나게 되고, 낮은 근무 평가점수를 얻게
되는 등, 분명 더 큰 마이너스로 돌아왔을 것이다.

얼마 전, 영업장에 올라온 지 두 달밖에 안 된 후배의 테이블 교
대를 해주다가 우연히 후배의 실수를 보게 되었다. 그 후배는 빨리
다음 테이블 교대를 가야 한다는 생각에 급박했는지 갑자기 혼자서
실수를 처리하려고 했다. 즉, 임의처리를 하려 했던 것이다. 뒤에서
지켜보고 있다가 후배에게 한마디 했다.

"지금 입사한 지 얼마 되지도 않았는데 임의처리하면 이미지 나
빠져요. 빨리 첵 하세요."

실수는 누구나 할 수 있다. 단, 실수가 발생했을 때 어떻게 처리
하는지가 중요하다. 만약 당장 그 순간은 어떻게 해결되었다고 하
더라도, 카메라는 24시간 녹화되고 있다는 것을 잊어서는 안 된다.
그리고 뒤에서 간부가 우연히 임의처리 광경을 보게 된다면, 그날
로 본인은 믿을 수 없는 직원으로 낙인 찍혀 버리는 것이다. 차라리
실수를 인정하고 잠깐 혼나는 것이 낫다. 호미로 막을 것을 가래로
막는다는 말처럼 잠깐의 잘못된 판단으로 금방 해결될 수 있는 일
을 걷잡을 수 없이 키우는 일은 없어야 할 것이다.

실수가 발생하여 간부의 도움을 받아 일을 처리한다고 하더라도,
결국 이를 받아들이는 것은 고객들의 몫이다. 따라서 실수에 효과
적으로 대응하기 위해서라도 평소 고객과의 관계가 중요하다. 평
소 게임을 하면서 손님들께 친절했던 딜러는 실수 상황에서도 해결

이 빠르다. 바카라 게임을 할 때는 스퀴즈라고 손님이 칩을 배팅한 쪽의 카드를 직접 보실 수가 있다. 그 날은 손님께 "おめでとうございます!(축하드립니다!)"라고 몇 번의 축하 인사도 말하며 친절하게 일하고 있었다. 그러다가 실수를 하고 말았다. 선택한 카드가 아닌 반대쪽 카드를 손님께 드린 것이었다. 이 경우, 고객이 컴플레인 해도 딜러는 할 말이 없는 상황이다. 그 순간 무척 당황했는데, 그 손님은 실수를 처리하러 오신 간부님께 그냥 원래의 카드를 달라고 하셔서 별문제 없이 넘어갈 수 있었다. 생각해보면 나는 운이 좋게도 실수할 때마다 손님들께서 별 클레임 없이 넘어가 주셨다. 심지어 간부님께 딜러 혼내지 말라며 내 편을 들어주신 손님도 계셨다. 결국은 실수의 대응에서도 자기하기 나름인 것이다. 사람은 누구나 똑같다. 입장을 바꿔서 온종일 뚱하니 말도 안 하고 내 일에 관심도 없던 딜러가 실수하고 나서야 죄송하다며 불쌍한 표정을 한다면 누가 신경이나 써주겠는가. 반대로 온종일 같이 일하며 웃어주고, 자신이 칩을 딸 때마다 축하해주던 딜러가 미안해하며 실수를 사과한다면 더 유연하게 반응해 주시는 것은 너무나도 당연한 일이다.

　실수는 사람이면 누구나 할 수 있다. 그렇지만 직업의 특성상 실수가 나지 않게 더욱 집중해야 하며, 만약 실수가 벌어졌을 때는 바로 손을 들어 보고하는 습관을 지녀야 한다. 그리고 실수는 회사를 찾아주신 손님께 죄송한 일이므로 진심으로 사과드리고, 반복되지 않도록 노력해야 한다.

밖에서는 모르는 카지노 일

내 직업이 카지노 딜러라고 하면, 주위 사람 중 일부는 속임수나 손기술이 있냐며 물어보곤 한다. 미리 답을 하자면, 정말 맹세코 그런 건 없다. 10여 년 전 '타짜'라는 도박 관련 영화가 개봉하여 큰 인기를 누렸었다. 평범했던 청년이 스승을 만나 손기술을 배우며 도박판에서 크게 성공하는 그 영화의 스토리 탓인지, 카지노도 그와 동등하게 여겨 속임수나 손기술이 있다고 믿는 사람들이 적지 않은 듯하다. 심지어, 손님 중 일부는 가끔 딜러에게 밑장을 빼는 게 아닌지 물어보곤 한다. 딜러라고 하면 화려한 카드 셔플 기술이나 손기술을 기대하곤 하는데 실제로는 카드 셔플은 기계가 랜덤으로 하고 딜러는 그 카드 그대로 게임을 진행한다. 딜러가 카드를 만지고 섞을 수 있는 상황 자체가 없다. 딜러는 정해진 게임 순서에 따라 게임을 진행하는 진행자일 뿐이다.

이외에도 외국인 카지노를 방문하는 손님들에 대해서도 궁금해하곤 한다. 헐리우드 영화 속의 카지노 장면처럼 샴페인을 들고 잘 차려입은 백인 손님들을 상상하는 사람도 적지 않다. 한마디로 말하자면, 영화는 영화일 뿐이다. 카지노에서 일하다 보면 다양한 국적의 손님들을 만나게 된다. 내가 일하는 외국인 카지노에는 중국인, 일본인 그 외에도 몽골이나 베트남, 미국 등의 국적을 갖고 있는 손님들이 찾아오곤 한다. 어느 서비스 직장보다 외국인을 많이 접하는 현장에서 일하다 보니 정말 나라마다 손님들의 특성도 정말 다르다고 느껴진다. 입사 초에는 긴장한 나머지 중국 손님에게 일본 말로 인사하고, 일본 손님께 중국어로 응대하는 실수를 하곤 했는데, 이제는 손님의 얼굴만 봐도 어느 나라에서 오셨겠거니 판단하고 그것에 맞게 행동할 수 있을 정도가 되었다.

중국인 손님들은 한때 우리나라 명동거리 쇼핑을 온통 휩쓸었던 큰손이었던 것처럼, 카지노에 오셔도 게임을 하는 액션도 제일 크고 배팅 액수도 큰 편이다. 그러니 돈을 따도 크게 따게 되지만 잃으면 타격이 크다. 중국 손님들과 일할 때면 큰 목소리와 행동에 귀가 아프고 정신이 없다가도, 또 몇 번 잘해 드리면 그분들도 그걸 느끼고 팁도 잘 주시곤 하신다. 중국손님들 중에는 한국말을 잘하는 손님들도 많으니 말할 때 조심해야 한다.

일본인 손님 같은 경우에는 조용하게 게임을 하는 편이지만 응대하기 제일 까다롭다고 느껴진다. 작은 부분에도 컴플레인을 하셔서 매 순간 기분이 상하지 않도록 신경 써야 한다. 앞에서는 별말씀 없으시다가도, 나가실 때 컴플레인 레터를 작성하거나 마케터를 통해 따로 불만을 제기하시는 걸 보면 가끔은 그 속을 모르겠다는 생각이 들기도 한다. 대다수 일본 손님들은 남자들도 잘 다듬어진 눈썹과 헤어스타일, 세련된 옷차림를 하고 있어 외모에 관심이 많다고 느껴진다. 짧은 헤어스타일을 하고 있으면 중국인이고 헤어스타일에 신경을 쓴 사람은 일본인이라는 생각을 해도 거의 맞다고 보면 된다.

미국인들은 바카라보다는 주로 블랙잭이나 포커 게임을 한다. 게임을 하면서 이야기도 많이 하고 즐거운 시간을 보내려 카지노를 방문했다는 느낌이 강하다. 심지어 게임의 승패를 떠나 딜러를 대하는 매너도 제일 깔끔하다. 카지노에서 이런 손님들을 보면 게임을 진행하는데 더 가볍고 즐거운 마음으로 임할 수 있다.

캐나다 카지노에서 몇 년 일했던 동료는 외국에서 인식되는 카지노는 즐기는 문화라고 말한다. 유럽의 경우는 한적한 도시에도 카지노가 있으며 그 내부는 굉장히 여유롭고 조용하다. 이에 반해, 미국에는 누구나 다 아는 유명한 라스베이거스 카지노가 있다. 여기는 화려한 도시의 분위기와는 달리 나이가 지긋하신 할아버지, 할머니 딜러도 있고 손님과 하이파이브도 하며 고객과 딜러가 서로 친구처럼 어울리는 전반적으로 즐기는 분위기라고 한다. 그곳은 카지노가 꼭 돈을 따기 위한 곳이 아니며, 호텔에서의 휴식, 다양한 공연 등 볼거리, 게임을 즐기며 주말에 즐거운 시간을 보내는 복합 관광 시설로 인식된다.

이에 반해, 한국에서 인식되는 카지노의 이미지는 좋지 못하다. 사실 우리나라 사람들이 유럽 등의 외국 사람들보다 도박 중독률이 3배는 더 높다는 연구기관의 조사 결과가 있을 정도로 한국인의 도박 중독은 심한 편이다. 상대적으로 동양 사람들은 카지노를 게임을 즐기기 위한 곳이라기보다는 돈을 따러 가는 곳이라고 인식하는 경우가 많다. 그렇기 때문에 사회적으로 카지노가 그런 부정적 이미지로만 비추어지는 것 같다.

우리나라를 제외한 세계적인 카지노 산업은 황금알을 낳는 관광 산업으로 긍정적으로 평가된다. 2010년 싱가포르가 마리나베이 샌즈와 리조트 월드 센토사를 개장하며 관광산업에서 크게 성공하자, 여러 나라가 앞다투어 카지노 산업에 뛰어들고 있다. 싱가포르의 경우에는 카지노를 포함한 복합 리조트를 개장한 후, 외국인 관광객도 크게 늘고 관광수입도 배 이상으로 늘어났다. 이로 인해 카지노가 없던 일본에서도 카지노가 생길 예정이라고 한다. 다른 나라에서는 카지노를 외화벌이, 관광흑자 산업으로 보는데 우리나라의 경우를 생각하면 너무 아쉽기만 하다.

확실히 부정적인 이미지가 널리 퍼진 상황에서 카지노 딜러는 일반인에게는 생소한 직업이다. 문득 궁금해져서 검색 창에 카지노 딜러를 쳐보았다. 카지노 딜러가 되고 싶다는 초등학생 남자 어린아이가 쓴 질문 글을 보게 되었다. 그 아이가 올린 여러 질문 중에 첫 번째 질문을 보고 마음이 씁쓸해졌다.

"카지노 딜러가 되고 싶은데 카지노 딜러는 나쁜 직업인가요?"

이 질문을 한 아이는, 아마 방송에서 주로 나오는 도박중독 등 부정적 모습을 접하고 걱정하는 듯했다. 혹은 주변 어른들이 왜 그런 직업을 선택하려고 하냐며 꾸짖었을 수도 있고, 부정적인 답변을 해주었을 수도 있을 것이다. 자기가 하고 싶은 직업임에도 불구하고 사회적으로 부정적인 시각으로 인해 직업에 대해 정확히 알기도 전에 포기할 수도 있다는 사실이 너무 안타까웠다. 물론 아직 어리고 가능성이 커서 다른 직업을 가질 수도 있지만, 도전해 보기도 전에 남의 의견에 의해 좋고 나쁨이 재단되어 포기할 수도 있다는 사실이 안타까우면서 씁쓸하기도 하다.

알면 알수록 매력적인 직업, 카지노 딜러

예전에 SBS에서 방영한 '올인'이라는 카지노 배경 드라마가 있었다. 지금도 인기가 많은 송혜교, 이병헌이 남녀 주인공이었고, 당시 시청률이 47.7%까지 나오는 초대박 인기 드라마였다. 예쁜 송혜교가 연기하는 카지노 딜러는 화려하고 멋있어 보여서 그 드라마를 보고 카지노 딜러를 지원한 사람도 적지 않았다. 외국인 카지노 딜러로 일하면서 매번 느끼는 것이지만 이 직업은 참 매력적이다. 잘 알려지지 않은 직업 카지노 딜러, 이 직업은 어떤 직업일까.

예전에 어느 부장님이 입사한 지 얼마 안 된 우리에게 해주신 말이 있다.

"딜러는 배우와 같다. 한 테이블당 7명의 손님을 응대하며 그분들이 자리에 앉은 순간부터 게임을 하신 후 돌아가실 때까지 책임감을 갖고 최고의 연극을 연기하듯이, 모든 상황이 닥칠 때마다 완벽하게 연기하고 대응해야 한다."

손님은 딜러가 게임을 진행하는 스타일에 따라 더 재미를 느끼거나, 또는 피곤함을 느낄 수 있다.

딜러 선배 중에 얼굴이 빼어나게 예쁜 사람이 있는데, 그 선배의 다음 타자로 테이블에 근무를 들어간 적이 있었다. 손님이 물어보는 말에 대답도 잘 해드리고 웃으면서 응대해드리니, 그 손님이 팁을 주시며 이렇게 말씀하셨다.

"앞에 딜러는 시크하던데 딜러님은 상냥하시네요. 딜러님께만 팁을 드리고 싶네요."

손님은 결국 자신이 하는 게임을 응원해주고 함께 소통하는 딜러를 원한다. 처음 입사했을 때는 딜러는 딜링만 실수 없이 하면 될 줄 알았는데, 직장생활을 하면 할수록 이 직업은 다양한 직업의 특성이 혼재된 어려운 직업이라는 생각이 들었다. 고객이 이길 때는 기쁘게 응원해주는 응원단, 고객이 돈을 잃을 때는 고객을 다독이며 위로하는 상담사, 딜러랑 말이라도 주고받으며 친근한 분위기에서 게임 하시기를 원하시는 고객에게는 친구, 카지노 게임을 잘 모르시는 고객에게는 게임을 설명해주는 안내원이 되어야 했다. 심지어 딜러 중에는 영어, 중국어, 일본어 3개 국어를 하는 딜러도 종종 있고 2개 국어를 하는 딜러는 절반 이상이다. 그런 점에서 우리는 고객들이 손만 뻗으면 닿을 수 있는 통역사가 되기도 해야 했다. 이런 다양한 직업적 센스를 갖춤과 동시에, 원활한 게임 진행을 하면서 손님들이 즐거운 시간을 보낼 수 있게 항상 적절한 미소와 순발력, 매너를 갖춰야 했다.

　솔직히 말하면 나는 카지노 딜러 일이 잘 맞는 편이다. 그렇기 때문에 지금까지 했던 일 중에 가장 오래 일하기도 했고, 여전히 현재도 근무하고 있다. 승무원이나 호텔리어는 어느 정도 각자가 담당하는 섹션이 있긴 하지만, 항상 팀으로 일하며 일하는 과정에서 팀원들과 자주 마주치게 된다. 반면 카지노 딜러 일은 그와는 약간 다르다. 개인마다 근무하는 테이블이 있어서 딜러는 그 테이블만 담당하면 된다. 어떻게 보면 독립된 사무실 같은 느낌이다. 그렇다고 사무실에서 뭔가 생산해내야 하는 창작의 스트레스가 있는 것도 아니다. 일하는 20분 동안 실수를 하거나 고객 트러블이 있지 않은 이상 누구도 내 테이블을 지적하지 않는다. 이런 독립된 근무 방식이 나와 잘 맞았다.

　다만 테이블을 혼자 운영하기 때문에 몇 가지 주의 사항이 있다. 그중에 제일 중요한 부분은 교대 근무에 있어 인수인계이다. 20분 간격으로 교대근무를 하다 보니 새로 온 딜러는 방금까지 내가 진행하던 테이블의 진행 및 손님 상황 등을 알 수 없다. 그렇기 때문에 교대하는 짧은 순간 교대자에게 전달하는 인수인계가 중요하다.

　어느 날, 교대를 하며 선배가 전달사항을 이야기하는데 잘 들리지 않았다. 바로 앞에 손님이 앉아있어서 작은 소리로 말하려는 것 같았는데 정작 교대자인 나에게도 들리지 않을 정도였다. 붙잡고 물어보려 하니 선배는 이미 다음 교대를 위해 가버린 후였다. 앉아서 게임을 진행하는데 바로 손님이 말씀하셨다.

"카드를 바짝 낮게 달라니까 왜 그렇게 줘."

잘 들리지 않던 인수인계 사항이 바로 그것이었다. 그런 사항은 작게 말할 것이 아니었다. 오히려 손님이 듣게 되도 '나에게 신경 써주는구나'하고 좋게 생각하실 수 있는데 왜 그렇게 작게 말해주고 가셨는지 모르겠다. 정확히 못 들었으면 다시 붙잡고 물어봐야 했는데 그렇게 하지 못한 내 잘못도 있다. 작은 부분에도 예민한 손님들이 계시기 때문에 인수인계는 정말 정확하고 빠르게 해야 한다.

어느 직업이든 계속 일을 하다 보면 슬럼프가 오기 마련이다. 보통 직장생활을 하면 3년 주기로 온다고 한다. 그럼에도 불구하고 나는 딜러를 그만두고 싶다고 생각할 만큼 슬럼프를 겪은 적이 아직 없다. 그 이유는 딜러 업무는 삶과 일의 조화가 가능하기 때문이다. 하루 8시간이면 연장근무도 없이 일이 끝나기 때문에, 남는 시간에 적절한 취미 생활을 하며 자기 인생을 즐기는 것이 가능하다. 예전에 호텔에서 근무할 때는 잔업이 정말 많았는데, 카지노 딜러로 일하는 지금은 칼같이 정해진 시간이 되면 퇴근할 수 있어서 여유시간에 공부를 하거나 취미 생활을 하는 사람들을 많이 볼 수 있다.

또 다른 큰 장점은 남녀 고용 평등이다. 아직 많은 곳에서 같은 직장에서 같은 일을 하는 데도 남성보다 여성이 진급도 늦고 급여도 적은 경우가 많다. 그렇지만 카지노는 여자가 많이 일하는 서비스 직종이어서 남녀 간 급여나 진급의 차이가 없이 공정하다는 것도 장점이다. 무에서 유를 창조해 내는 일이 아닌 몸에 익고 직접 경험한 경력이 중요하기 때문에 서비스직에서는 남성이냐 여성이냐는 별로 중요한 문제가 아니다.

물론 단점도 있다. 서비스직은 남들이 쉴 때 일하고 남들이 일할 때 쉬는 직업이다. 보통 연휴나 크리스마스, 연말 등 남들이 다 당연하게 쉬는 날에는 물론이고, 우리나라에는 해당 사항이 없는 중국, 일본 연휴에도 성수기처럼 바쁘게 일해야 한다. 사랑하는 가족들과 친구들과 만나고 싶어도 시간이 맞지 않아 자주 볼 수가 없다. 생활 사이클이 다르다보니 점점 밖의 친구들보다 회사 사람들과 어울리게 되고, 외부 사람들과의 인간관계를 유지하려면 따로 노력을 해야 한다.

3교대 일을 해야 하는 것도 그렇다. 호텔 같은 경우에는 프론트직, 그리고 라운지가 아니면 보통 2교대 업무를 한다. 그러나 카지노는 손님들이 저녁에 오시는 경우가 많아서 일 년의 절반 정도는 밤 근무를 할 수밖에 없다. 처음에는 남들 다 자는 야간에 일해야 한다는 게 너무 졸리고 힘들었다. 중학교 시절 시험 기간에 처음으로 커피 한 캔 먹었다가 가슴이 두근거리고 24시간 잠을 못 잔 경험을 한 이후로 다시는 입에는 대지 않았던 커피가 하루 2잔까지 늘어났다. 딜러 일을 하면서 제일 적응이 안 되고 힘들었던 부분이 바로 이 야간근무였다. 그렇지만 야간근무를 하면 수당을 포함한 급여가 제일 많이 나오기 때문에 올빼미형 직원들은 야간근무를 선호하기도 한다.

서비스직이라면 안고 가는 직업병도 빼놓을 수 없을 것이다. 회사에 입사한 후로 매년 건강검진을 받고 있는데, 직원들 대부분이 매번 결과를 받게 되는 질병은 위염이다. 내 주변에는 위가 멀쩡한 사람이 없다. 승무원은 기내에서 손님께 서비스하다 잠깐 주어지는 시간에 갤리에 서서 밥을 먹게 된다. 호텔리어도 마찬가지다. 잠깐 주어진 브레이크 타임에 식당까지 뛰어가서 밥을 먹고 돌아와야 한다. 카지노 딜러 또한 따로 식사시간이라고 빼주는 시간이 없어서 쉬는 시간에 식당에 내려가 밥을 먹어야 한다. 그러다 급식 줄이 길기라도 하면 밥을 푸고 나서 10분 만에 먹는 걸 해결해야 할 때도 종종 있다. 그럼 밥을 입으로 먹는지 코로 먹는지 반찬이 맛있는지 없는지도 모르고 먹게 된다. 이 경우, 제대로 씹지 않고 음식을 삼키게 되고 이런 식사습관은 위에 부담을 줄 수밖에 없다. 그래서 어떤 선후배들은 회사에서 밥을 굶고 버티는 쪽을 택하기도 한다. 이 경우도, 퇴근하고 폭식하는 버릇이 생기다 보니 위가 건강하게 남아있을 수가 없다. 나는 밥을 무척 빨리 먹는 편이다. 원래도 빨리 먹는 편이었지만, 회사에 다니면서 밥 먹는 속도가 더 빨라졌다. 그래서 올해 건강검진에는 작년보다 더 안 좋아진 위내시경 결과에 충격을 받았다. 내가 택한 방법은 회사에서는 어쩔 수 없지만, 회사 밖에서는 한식 위주로 천천히 먹으려고 노력하는 것이다.

요새 많은 대학에서 카지노학과도 생기고 딜러라는 직업에 대한 관심도 커지고 있다. 개인적으로 느낀 딜러는 참 매력적인 직업이다. 물론 힘든 순간도 있다. 서비스직이니까 겪게 되는 감정노동이나, 교대근무가 그것 중 하나이다. 이런 부분들은 어느 서비스직을 선택해도 마찬가지이다. 외국어에 어느 정도 실력이 있고 서비스직 중에서도 개인 시간이 많은 직업을 찾고 있다면 딜러를 추천하고 싶다.

인생 이력서는 아직도 진행 중

신입일 때, 제일 많이 들었던 소리는 내가 누구 부장님을 닮았다는 소리였다. 그 사람이 누구지? 이미 회사를 그만두신 후여서 얼굴 뵐 일은 없었지만, 이야기는 무성하게 들을 수 있었다. 우리 회사 최초 여성부장이셨고, 지금은 중국으로 공부하러 떠나셨다고 했다. 보통 회사를 그만두면 쉬고 싶으실 텐데, 바로 중국으로 공부하러 떠나셨다니, 말만 들어도 정말 대단하신 분이라는 생각이 들었다. 앞으로 평생 뵐 일이 없을 줄 알았는데 그러던 어느날, 그분께서 중국마케터로 회사에 돌아오시게 되었다는 소리를 듣게 됐다. 중국어를 한마디도 못하던 분이 중국 마케터로 돌아오다니. 회사 사람 누구든 부장님을 아는 사람이라면 정말 대단하다고 인정했다. 그분이 자신을 닮았다는 내 소문을 듣고 나를 찾아주셔서 드디어 그분을 뵐 수 있었다. 부장님을 만나 뵙고 느낀 첫인상은 확실히 세련되고 자기관리가 잘된 모습이라는 것이었다. 너무 멋있으셨다. 그 당시 입사 일 년 차였던 막내 사원에게 핏보스까지 하셨던 부장님이 보이신 애정은 지금 생각해도 감사하다.

어느 날 퇴근하고 부장님이 즐겨가는 사우나에 같이 간 적이 있었다. 같이 목욕도 하고 닭발도 먹고 시간을 보내다가 바닥에 같이 누워 있을 때 부장님은 회사생활에 대한 조언을 해주셨다. 회사에 들어온 것으로 만족하지 말고 중국어도 더 열심히 공부하고 골프도 배우는 것이 좋겠다고 말씀해주셨다. 중국 고객들의 파워를 중국에서 직접 보고 오셔서 하신 말씀이라 더 와 닿았다. 당시 부모님을 포함한 가족들은 대전에 있어 자주 볼 수 없었고, 20살 때 사회로 나온 후로는 한 번도 가족들에게 힘든 내색을 해 본 적이 없었다. 혹시나 힘든 일들을 이야기하면 내 서울 생활을 걱정하실까 봐, 회사 일이나 고민거리들은 절대 집에서 꺼낼 수 있는 대화 주제가 아니었다. 그런데 가족이 아닌데도 진심으로 나에게 조언해 주는 분을 만난 게 너무 감사했다. 서울 엄마 같은 느낌이었다. 그리고 한 번 더 시간을 함께 보낼 기회를 얻게 되었다. 회사에서 1박 2일 연수를 가는데 부장님과 같은 방에 배정된 것이다. 밤에 부장님과 거실에서 마주 앉아서 하던 이야기들이 지금도 생생하게 기억난다. 인생 이야기, 세상 이야기...... 그러다 이야기의 마무리는 꼭 제자리에 머무르지 말고 자기계발을 하라는 당부로 끝났다.

부장님은 싱글이셨다. 예전에 대한항공에도 여승무원 최초로 항공사 임원이 된 분이 있었다. 항공운항과 시절, 그분은 나의 롤 모델이었다. 나는 부장님을 보면서 그분을 떠올리지 않을 수 없었다. 두 분 모두 싱글이셨고, 회사에서 인정받았으며, 여성이라는 보이지 않던 벽을 처음으로 깨셨던 분들이셨다. 안타깝게도 부장님은 다시 회사를 그만두셨다. 소식을 들으니 요즘은 일본어를 배우고 계신다고 한다. 소식을 듣자마자 '역시 부장님답다!' 싶었다. 평생 싱글로 자신의 커리어를 화려하게 쌓아 오신 부장님처럼 내가 살아갈 수 있을지 모르겠다. 하지만 부장님을 마음속의 롤 모델로 간직하고 있는 만큼 언젠가 나를 자랑스럽게 여길 수 있도록 계속해서 성장하고 싶다.

보통 선배들은 자기계발의 수단으로 대학원을 진학한다. 경기대나 세종대 등 유명대학원에서 공부하며 석·박사 학위를 따신 분들도 많이 있다. 방통대 학위도 언젠가 대학원을 갈 생각으로 취득한 것이기 때문에, 대학원에 진학해 볼까 진지하게 고민해 보았다. 오랜 시간을 고민한 결과, 조금 미루기로 결정했다. 지금은 앞서 나가기 위해 뛰는 법을 배우기보단, 뒤에 따라오는 친구들에게 그동안 걸어온 길에 대해 생생하게 알려줘야 할 때라고 판단했기 때문이다. 이렇게 결정하게 된 이유는 예전에 한 대학교에서 강연을 했던 경험이 크게 영향을 미쳤다. 신입생 관련 오리엔테이션에 간단한 강의와 실습을 도와주러 나갔었다. 그곳에서 강의를 하기 전에 교수님은 다른 강의실로 나를 부르더니, 안의 재학생들에게 내 소개를 해주셨다.

"오늘 오신 강사님은 인하공전 항공운항과를 나와, 신라호텔에서 호텔리어로 근무하시고, 현재 서울의 외국인 카지노에서 근무하고 계십니다."

각 커리어를 설명할 때마다 학생들의 환성이 쏟아졌다. 학교 내에 이미 각 분야에서 오랜 시간 근무하신 교수님들이 많으실 텐데도 나에게 이것저것 궁금해하며 질문을 쏟아 내었다. 아무래도 내가 현직에서 근무하고 있기 때문에 생생한 경험담을 통해 궁금증을 해소할 수 있고, 나이 차이가 별로 나지 않기 때문에 더 다가오기 편했을 것으로 생각한다. 나중에 교수실에서 교수님은 나더러 대학원에 진학하는 게 어떻겠냐고 조언해주셨다. 인하공전 항공운항과는 서비스직을 꿈꾸는 사람에게는 유명한 학과이지만, 전문대에 방통대를 나온 나는 언젠가 좋은 기회가 와도 학벌이 너무 부족한 건 사실이었다. 그렇지만 대학원 진학은 다소 뒤로 미루더라도 운항과, 승무원 최종면접, 호텔 생활, 카지노 생활의 느낌이 생생하게 기억에 남아있는 지금이 아니면, 후배들에게 현실적인 조언과 경험을 공유해줄 수 없겠다는 생각이 들었다.

이런 결정을 내린 후 멘토링, 직업 특강 등에 대해 알아보게 되었다. 이런 일을 알아보게 된 데는 예전에 인터넷에서 본 초등학생 아이가 올린 질문이 여전히 내 가슴 속 안타까움으로 깊이 자리 잡고 있어서인지 모르겠다. 카지노 딜러가 되고 싶지만 나쁜 직업이냐고 물어보던 현실이 너무 안타까웠다. 어떻게 생각하면 속상하기도 했다. 이 직업, 그리고 다른 서비스직이라도 혹시 고민하는 친구들이 있다면 내가 했던 면접과 경험을 토대로 도움이 되고 싶었다. 그리고 미약하나마 이 직업에 대한 인식을 좋게 하는데 이바지하고 싶었다.

나의 큰언니는 사립 여자고등학교 영어 선생님이었다. 언니는 자기 동생이 인하공전 항공운항과를 나와서 승무원 최종면접도 가고, 특급호텔도 다니고 지금은 외국인 카지노에 일하고 있다고 하면 학생들이 너무 궁금해한다면서, 언제든지 수요일에 시간이 빌 때 학교에 와서 아이들에게 강의해달라고 부탁하곤 했다. 이제 나도 아이들을 만나고 카지노 딜러에 대한 좋은 인상을 주기 위해 더 준비하기로 했다. 아이들이 궁금해할 만한 내용을 직접 찾아보고, 도서관에 앉아 전문 서적을 보며 준비했다. 서비스 관련 직업에 대한 다양한 책들은 많았지만 이런 인기 직업들과 면접 과정에 대해 다 경험해 본 사람은 나밖에 없는 것 같았다. 자신이 생겼다.

이렇게 학생들에게 도움이 되기 위해서는 관련 공부 이외에도 나 자신을 위한 공부도 잊지 않아야 했다. 내 본업은 누가 뭐라 해도 카지노 딜러이기 때문에, 딜러로서의 자기계발 역시 게을리할 수 없었다. 카지노 딜러는 딜링 스킬은 물론이고 외국어가 요구된다. 회사에 일본어 점수 하나만 가지고 입사한 후배도 회사생활을 하며 영어, 중국어까지 다 마스터하는 경우를 여럿 봤다. 나는 입사할 때 이미 3개의 외국어 점수를 가지고 있었지만, 독학으로 공부하였기 때문에 유학을 다녀온 친구들보다는 확실히 실력이 부족했다. 밤 근무를 하면서도 자다 일어나 강남에 중국어 회화 학원에 다니고, 그러다가 회사에서 무료로 제공하는 어학 강의를 들으면서 꾸준히 공부했으며, 지금도 어학 공부는 계속되고 있다.

　현재 카지노를 포함하여 관광업계에서는 중국인을 대상으로 하는 시장이 워낙 커져 국내외로 중국어를 많이 공부하는 추세이다. 요새 중국어 학원에는 자리가 없어 못들을 정도라고 한다. 내가 신입이던 시절에는 중국인보다는 일본인이 주된 고객이다 보니, 중국어보다 일본어를 많이 공부하는 분위기였다. 그런데 불과 몇 년 사이에 중국인들이 압도적으로 많아져, 회사 내에서도 중국어에 대한 요구가 강해지고 있다. 중국인, 일본인 외에도 한국을 찾아주시는 외국인분들이 많은 나라의 언어라면 어떤 언어든지 배워야 할 것이다. 이렇게 입사한 후에도 공부는 끝이 없다.

Q 대학교나 전공 선택이 중요한가요?

A 한마디로 대학이나 학과는 관계없다고 말하고 싶다. 내 경우만 봐도 2년제 항공운항과를 졸업해서 4년제 방송통신대 관광학과를 편입/졸업한 후에 외국인 전용 카지노 딜러로 입사하였다. 주변 선후배들을 보면 정말 다양한 국내외 대학을 졸업했으며, 전공학과 역시 공통점을 찾을 수 없을 정도로 다양하기만 하다. 그 중 굳이 전공을 뽑자면 외국어 전공을 한 친구들이 많은 편이다. 아무래도 일하고 있는 곳이 외국인 전용 카지노여서 그런지 외국어를 전공으로 오래 공부한 사람들이 많은 편이긴 하다. 그렇지만 현직에는 특정의 전공과는 관계없는 사람들이 다수이기 때문에 반드시 카지노 계열 관련 전공이 아니더라도 지원에 문제없다고 말하고 싶다.

Q 카지노과가 있는 대학교는 어디가 있나요?

A 「2년제」

소재지	학교 및 관련 학과
인천	경인여자대학 호텔&카지노학과
경기	국제대학 호텔관광학과(카지노전공)
부산	부산여자대학 호텔카지노학과
대구	영남이공대학 카지노&서베이런스과
충북	대원대학교 호텔카지노경영과
경북	서라벌대학 카지노과, 경북과학대 보안카지노경영과

소재지	학교 및 관련 학과
강원	강원관광대학 카지노관광과, 세경대학 호텔카지노 경영과
제주	제주관광대학 카지노경영과

A

「4년제」

소재지	학교 및 관련 학과
충남	한서대학교 호텔카지노관광학과

* 이외에도 카지노 과가 있는 직업학교들이 다수 있다.

Q 면접 볼 때 신장이나 외모가 중요한가요?

A 입사 지원서 상에 신체 조건을 명시하는 부분은 없다. 영업장에는 키가 작은 직원도 많이 있고 모델처럼 키가 큰 직원들도 여럿 있다. 대부분의 게임은 딜러가 앉아서 진행하기 때문에 신장이 중요하진 않다. 다만 서서 일하는 룰렛의 경우는 키가 너무 작으면, 팔 길이가 짧아 구석까지 팔이 잘 닿지 않을 수도 있기 때문에 일하는 데 불편을 느낄 수 있다. 외모의 경우 딜러도 서비스직이기 때문에 밝은 인상을 선호하는 것은 있지만, 특별히 미인이나 미남을 선발하는 것은 아니므로 너무 부담을 갖지 않아도 된다. 너무 과도하거나 혹은 불필요한 시술을 받기보다는 자연스러운 자신만의 개성과 매력을 어필할 수 있도록 하는 것이 중요하다. 외모보다는 친절한 태도와 밝은 표정 등이 면접에서 더 중요하다는 점을 참고 바란다. 이외의 신체적인 조건과 관련해서는 색약이나 색맹은 입사가 제한될 수 있고, 손에 흉터가 심하면 조금 곤란할 수 있다. 아무래도 손님들은 딜러의 얼굴보다 손을 주로 보기 때문일 것이다.

Q 나이가 너무 적거나 많아도 괜찮나요?

A 흔히 취직하는 나이 정도면 적당할 것 같다. 전문대(2년제)를 나오고 입사한 직원들은 아무래도 나이가 어린 편이다. 요즘에는 유학을 다녀온 친구들도 많아서 신입사원의 나이가 많아도 어느 정도 이해되는 부분이 있다. 내가 입사할 때 같이 입사한 여자 동기들은 제일 어린 직원이 24살, 제일 많았던 직원은 27살이었다. 남자 동기들은 25살에서 31살 정도였던 걸로 기억한다. 그 후에 들어온 후배들은 그보다 나이가 적은 사람도, 많은 사람도 있었다. 나이보다 중요한 것은 지원자의 열정과 실력이라고 말하고 싶다.

Q 필요한 자질은 무엇인가요?

A 카지노 딜러도 서비스직이다. 그러므로 다른 서비스직들과 마찬가지로 서비스 태도와 친절한 마인드가 중요하다. 그렇기 때문에 회사 측에서도 이러한 지원자의 자질을 파악하기 위해 면접 과정에 롤플레이 면접, 합숙 면접, 토론 면접 등을 거쳐 지원자들을 선별하고 있다.

Q 필요한 자격증이 있나요?

A 외국인 카지노의 경우, 외국어 자격이 있어야 한다. 현재 내가 일하고 있는 카지노는 아래 중 하나 이상의 조건을 충족시켜야 지원이 가능하고, 2가지 외국어 이상에 능통할 경우 우대조건이 된다.

- 영어(Toeic 600, Toeic speaking 110, OPic IM 1)
- 일본어(JPT 400, JLPT 3급)
- 중국어(HSK 4급)

Q 외국어를 잘해야 하나요?

A 서울에 있는 외국인 카지노에 지원하려면 솔직하게 외국어는 잘해야 한다고 말하고 싶다. 입사할 때 외국어 에세이도 작성하고, 외국어 1:1 면접도 보게 된다. 입사 후에도 주로 영업장을 찾는 중국 및 일본 손님들을 응대하기 위해 중국어나 일본어를 잘하면 유리하다. 한 가지 언어로 입사해서도 회사에서 외국어 공부를 독려하고 있기 때문에, 입사 후에 주된 언어 이외의 다른 외국어 자격증을 따는 직원들도 많이 있다. 그렇기 때문에 외국어는 꾸준히 열심히 하라고 말하고 싶다.

Q 경력이나 경험이 중요한가요?

A 내가 지원할 때는 이전 직장 경험이 있었던 지원자들이 많이 없었다. 대학교 졸업반이거나 갓 졸업하고 바로 회사를 지원한 지원자들이 대다수였다. 함께 면접에 들어간 지원자들 중 이전 직장 경험이 있었던 사람은 나밖에 없었고, 따라서 다른 지원자들은 전공과의 연관성 등을 주로 질문받은 반면, 나는 전 직장에서의 경험을 주로 질문받게 되었다. 직장 경험이 없어도 대부분의 지원자들은 아르바이트 경험이 한두 번은 있기 때문에 이를 잘 녹여서 자신의 매력을 어필하면 좋다고 생각한다. 아무래도 면접관이 보기에는 서비스 경험이 전혀 없는 사람보다는 적어도 한 번의 경험은 있고 그 과정을 통해 자신의 능력과 자질을 발견하고 지원한 사람이 더 신뢰가 가는 것은 어쩔 수 없다고 생각한다.

Q 카지노 딜러가 하는 일은 무엇인가요?

A 카지노 딜러란 카지노에서 국제적인 게임 규칙(Rule)에 따라 다양한 게임을 진행하는 사람이다. 그렇기 때문에 다양한 카지노 게임의 규칙을 완벽하게 숙지해야 하며, 카드와 칩을 능숙하게 다루는 스킬이 필요하다. 물론, 게임 진행뿐만 아니라 부

수적으로 고객이 게임을 하는 동안 불편하지 않게 각종 서비스를 제공하는 일도 하고 있다.

Q 카지노 게임을 모르는데 게임 방법을 배우나요? 수학을 잘 못하는데 잘 할 수 있나요?

A 입사 전에 모든 카지노 게임을 숙지할 필요는 없다. 나 역시 입사 전에는 카지노 게임에 대한 지식이 전무했다. 일단 입사를 하게 되면 유능한 강사님들로부터 딜러로서의 기본 교육과 실무 교육을 받게 된다. 나의 경우 두 달간의 교육과정을 거쳐 영업장에 올라가게 되었다. 대부분의 직원들이 카지노 게임이라는 것이 생소한 상태에서 입사하여 교육 과정을 수료할 때가 되면 다들 게임 진행을 무리 없이 할 수 있게 된다. 교육 과정 중에 배우는 것들은 게임의 규칙을 숙지하고 카드와 칩을 다루는 스킬 이외에 업무를 할 때 하게 되는 계산 등을 배우게 되는데 이는 덧셈, 뺄셈, 곱셈 정도의 간단한 산수 수준이다. 다만 빠르게 숫자를 파악하기 위해 연습과정을 거치는 것인데, 숙련되면 누구나 문제없이 딜러로 근무할 수 있다.

Q 어떤 게임들을 주로 진행하게 되나요?

A 바카라, 블랙잭, 룰렛 게임이 딜러가 진행하는 주된 게임이다. 그 외에도 T/P나 C/P 같은 카드 게임 등도 있다.

Q 카지노 딜러의 근무시간은 어떤가요?

A 카지노 딜러의 근무시간은 일일 8시간(3교대 근무), 주5일 근무제이다. 대부분 빨간 날이나 공휴일에 못 쉬는 것은 다른 서비스직들과 동일한데, 외국인 카지노에서 일하게 되면 외국 손님들을 응대하는 특성상, 국내외 명절이나 기념일 등에도 대

부분 근무를 해야 한다는 점이 다른 서비스직과 차이가 있다.

Q 여직원은 결혼하고 임신하면 그만두어야 하나요?

A 아니다. 결혼하고도 직장을 다니는 여직원이 50%가 넘는다고 할 정도로 현재 결혼한 직원들이 많다. 직원이 임신하게 되면 약 2년간의 육아휴직을 다녀올 수 있고, 육아휴직을 다녀오게 되면, 교육원에서 재교육을 받고 다시 딜러 업무에 투입된다. 여직원이 많은 직장인만큼 결혼이나 출산 등의 복지가 잘 되어 있는 편이다.

Q 카지노 딜러의 장단점은 뭔가요?

A 장점으로는 일일 8시간(주5일제) 근무를 해서 여유시간이 많은 편이다. 연장근무가 없이 칼퇴근할 수 있기 때문에, 여유시간을 이용해서 학원에 다니거나 취미를 하는 등의 여가활동을 하는 것이 가능하다. 단점으로는 3교대 근무와 야간 근무를 꼽을 수 있다. 아무래도 스케줄로 일하는 생활이 불규칙하다 보니 적응하는 것이 어려울 수 있다. 일하면서 직접적으로 느끼는 어려운 부분은 서비스직이라면 어쩔 수 없이 겪게 되는 감정노동일 것이다.

Q 카지노 딜러 급여 수준이나 복지는 어떤가요?

A 국내의 내외국인 전용 카지노 기업의 딜러 연봉은 각 기업별로 다르다. 카지노 업계에서 지원자들에게 인기가 많은 곳은 급여나 복지가 다른 곳들 보다 좋은 편이다. 직원 복지도 회사마다 다르지만, 동호회 지원, 통근버스, 직원기숙사 등 다양한 복지혜택이 있다

Q 카지노 딜러의 정년은 언제까지인가요?

Ⓐ 카지노 딜러는 정년을 어느 정도 보장하고 있다. 다만, 딜러로 일하다가 연차가 되면 간부로 승진할 수 있고, 이 경우, 게임을 진행하는 딜러들을 뒤에서 지원 및 관리하는 업무를 하게 된다. 딜러가 본인의 적성에 맞고 계속 딜러로 일하고 싶다면 전문딜러를 신청해서 딜러로 정년퇴직하는 방법도 있다.

Ⓠ **카지노 딜러의 비전이나 전망은 어떤가요?**

Ⓐ 카지노 딜러는 직업박람회에서 '미래 유망직업'에 뽑힌 적이 있을 정도로 매력적인 직업이다. 앞으로 대형 복합 카지노들이 순차적으로 개장 예정이기 때문에, 카지노에서 중요한 역할을 담당하는 딜러의 전망도 유망할 것이라고 생각한다.

Ⓠ **국내에 일할 수 있는 카지노는 어느 곳들이 있나요?**

Ⓐ 국내에는 현재 총 17개 내외국인 전용 카지노가 있다. 이중 외국인 전용은 16곳, 내국인 가능 지역은 1곳이 있으니 참고 바란다.

〈외국인 카지노〉

지역	카지노	호텔 & 리조트
서울	파라다이스 워커힐 카지노	쉐라톤 그랜드 워커힐 호텔
	세븐럭카지노 코엑스점	오크우드 프리미어 호텔
	세븐럭카지노 힐튼점	밀레니엄 힐튼 호텔
부산	파라다이스 부산 카지노	부산 파라다이스 호텔
	세븐럭카지노 부산 카지노	부산 롯데 호텔
제주	파라다이스 제주 카지노	제주 메종 글래드 호텔
	롯데호텔 제주 카지노	제주 롯데 호텔
	썬 카지노	제주 썬 호텔
	메가럭 카지노	제주 칼 호텔
	로얄팔레스 카지노	제주 오리엔탈 호텔
	더케이 카지노	제주 더 케이 호텔
	마제스타 카지노	제주 신라 호텔
	랜딩 카지노	제주 하얏트 리젠시 호텔
인천	파라다이스 시티 카지노	인천 파라다이스시티 호텔
대구	인터불고 카지노	대구 인터불고 호텔
강원도	알펜시아 카지노	알펜시아 홀리데이 인 리조트

〈내국인 카지노〉

지역	카지노	호텔 & 리조트
강원도	강원랜드	하이원 리조트

현직 카지노딜러 인터뷰

카지노 딜러를 꿈꾸는 지망생에게는 무엇보다 현직에서 활약하는 선배들의 조언이 큰 도움이 될 것이라 생각한다. 따라서 현재 카지노 딜러로 일하고 있는 몇몇 분에게 지망생들이 가장 궁금해 하는 내용들을 바탕으로 인터뷰를 진행하였다.

인터뷰에 협조해주신 분들

· 외국인 카지노에서 근무하는 딜러
· 내국인 카지노에서 근무하는 딜러

외국인 카지노에서 근무하는 딜러

Q 처음 카지노 딜러를 시작한 계기가 있나요?

A 학창시절 운동을 했었는데 고3 때 크게 다쳐서 회복할 때까지 체대 입시를 못하게 되었습니다. 그때 생각이 정말 많았는데 '다친 것을 계기로 내가 좀 더 하고 싶었던 일을 찾아보자!'라고 생각을 하게 되었고, '내가 좋아하는 게임을 하면서 돈을 벌 수 있는 일이 어디 없을까?'하고 찾아보다가 카지노 딜러로 진로를 정하게 되었습니다.

Q 카드게임은 할 줄도 모르고 해 본 적도 없는데, 카지노 딜러 할 수 있나요?

Ⓐ 어차피 카지노 딜러로 회사에 입사하게 되면 게임 규칙, 진행 방법 등 몇 달간 게임을 배우게 됩니다. 교육 기간은 회사마다 다르긴 하지만 보통 아예 게임 규칙을 모르고 들어오는 사람도 어느 정도 능숙하게 할 수 있을 만큼 오랜 기간 교육을 하면서 카지노 딜러를 양성합니다. 이 때문에 카드게임을 할 줄 모르고 해 본 적이 없더라도 아무 상관이 없습니다. 오히려 어중간하게 알고 있는 게임 경험이 독이 될 수도 있습니다.

Ⓠ **카지노 딜러로 일하면 잘못된 길로 빠질 수도 있나요?**

Ⓐ 오히려 손님들이 돈을 잃는 모습을 지켜보게 되면서 '아, 절대 도박은 하면 안 되겠구나'라고 느끼는 사람들이 대부분입니다. 하지만 카지노 딜러로 계속 일하다 보면 카지노 게임을 빠삭하게 알게 되기 때문에 호기심에 카지노에 가게 되다가 자제력을 잃고 잘못된 길로 빠지는 사람도 아주 극소수이긴 하지만 실제로 있습니다. 하지만 그런 사람들은 기본적인 자제력이 부족해서 일어난 것이지 꼭 카지노 딜러라서 잘못된 길로 빠졌다고 보기에는 무리가 있습니다.

Ⓠ **카지노 딜러를 하면서 이 직업을 선택하길 잘했다고 느끼실 때는 언제인가요?**

Ⓐ 친한 손님들이 생기고, 그 손님들이 그날 결과가 좋아서 종일 웃으면서 게임을 하는 모습을 볼 때, 시간 가는 줄 모르고 근무할 때가 있는데 그럴 때마다 종종 느낍니다.

Ⓠ **힘들어서 포기하고 싶으셨던 때는 없나요? 있다면 언제였나요?**

Ⓐ 보통 카지노 딜러를 하게 되면 이 일이 생각했던 것과는 다르게 반복적인 일의 연속이라 딜러 2년 차 정도가 되면 일이 지루하게 느껴집니다. 너무 익숙해서 지루해

질 때 그만하고 싶었습니다.

Q 기억나는 에피소드가 있나요?

A 일본 손님 중에 저를 엄청나게 좋아해 주시는 손님들이 몇 분 계십니다. 그래서 저랑 같이 게임을 할 때 돈을 잃으셔도 제가 손님에게 미안한 마음을 가질까 봐 웃으면서 먼저 괜찮다고 말해주고, 손님이 돈을 계속 잃는 과정에도 제 생각을 해주고 제 편을 들어줄 때가 가장 기억에 남았습니다.

Q 카지노 딜러의 일과는 어떻게 되나요? 일반인과 다른 생활패턴이 있나요?

A 보통 8시간씩 3교대로 근무를 하는데, 2달 정도 기준으로 출퇴근 시간과 잠자는 시간이 바뀌기 때문에 체력적으로도 힘든 직업입니다. 그리고 명절 및 황금연휴에 다른 직장인들은 친척들도 만나고 편하게 쉬지만, 카지노 딜러는 가장 바쁜 하루를 회사에서 보내게 됩니다. 제가 일하는 외국인 카지노의 경우, 우리나라 연휴와 외국의 연휴가 겹치는 경우도 많아서 더욱 그렇습니다.

Q 카지노 딜러란 직업의 장단점을 알려주세요.

A 장점은 딱 8시간만 일한다는 것인데, 매일 정시 퇴근할 수 있는 것이 큰 장점입니다. 그리고 퇴근하고 나서는 회사 일에 얽매일 일이 없고요. 단점은 교대 근무로 불면증에 시달리며 체력과 정신력을 많이 요구하는 직업이고, 식사시간이 따로 주어지지 않기 때문에 짧은 쉬는 시간 내에 식사를 마치고 다음 근무에 들어가야 해서 직업병처럼 소화불량과 불면증에 시달릴 수 있다는 점입니다.

Q 카지노 딜러에 적합한 성격이나 소질은 어떤 것인가요?

Ⓐ 우선 멘탈이 강해야 합니다. 딜러가 멘탈이 약한 것을 베테랑 손님들이 알게 되면 그것을 이용하여 지속해서 실수를 유발하게 만들려고 합니다. 그렇게 되면 근무시간 내내 손님에게 끌려다니게 되며 일할 때 스트레스와 체력소모도 심해지게 됩니다. 또한, 긍정적인 성격이어야 돈을 잃은 손님들과도 트러블이 자주 발생하지 않게 됩니다.

Ⓠ 카지노 딜러로 일하기 위해 어떤 노력을 기울여야 하나요?

Ⓐ 우선 카지노 딜러로서 근무하는 데 필요한 게임 방법은 회사에 입사하게 되면 자세히 배우기 때문에 무조건 외국어 공부를 우선으로 공부하는 게 중요합니다. 만약 카지노 딜러가 되고 싶다면 준비 기간에는 어학 공부에 많은 시간을 투자하십시오.

Ⓠ 카지노 딜러를 지망하는 지원자들에게 조언하고 싶은 것이 있으신가요?

Ⓐ 카지노 딜러라면 많은 분이 막연하게 일하는 게 멋지고 재미있을 거라 생각하는데. 사실은 정말 많은 스트레스에 시달리며, 많은 체력을 요구하고, 반복적인 일이 많아 지루함을 느낄 수 있습니다. 하물며 다른 사람들은 명절날 다 쉬고 친척들과 가족들 만나면서 좋은 시간을 보내고 있을 때, 카지노 딜러 대부분은 평소보다 더 바쁜 하루를 보내고 있습니다. 막연하게 '편한 직업 + 재미있는 직업'이라 생각하고 진로를 쉽게 정하면 실망할 수도 있습니다. 하지만 보통 회사들과 다르게 야근이 없고 근무시간 외에 회사에 신경을 쓸 일도 없습니다. 주5일 출근에 근무시간 8시간이면 칼퇴근이 보통이기 때문에 시간을 잘만 활용한다면 회사에 다니면서도 취미 생활이나 자기계발에 투자할 시간이 많습니다. 그리고 보통 외국 사람들을 자주 만나게 되기 때문에 외국 사람에 대한 두려움이 없어지고, 외국 여행도 성수기를 피해서 자주 갈 수

있는 장점 또한 있습니다. 그러니 내가 원하는 것이 무엇인지 잘 생각해보고 카지노 딜러가 정말 적성에 맞는다고 생각하게 되면 당장 어학 공부부터 시작하십시오.

내국인 카지노에서 근무하는 딜러

Q 처음 카지노 딜러를 시작한 계기가 있나요?

A 대학 졸업 후 프리랜서로 서비스업과는 다른 직종에 있었습니다. 1년 정도 근무 후 프리랜서의 고통(?)을 깨닫고, 다시 한번 취업 준비를 하며 정규직 서비스업을 찾던 와중에 승무원, 서비스 강사, CS 담당부터 카지노 딜러까지 채용 공고를 보게 되었습니다. 별 계기 없이 '카지노 딜러=서비스업'이라고 생각하여 지원하게 되었고, 운 좋게 합격하게 되어 딜러 일을 시작하게 되었습니다.

Q 면접을 위해 따로 준비하신 것이 있나요?

A 정말 검색해도 면접 후기가 없는 것이 카지노 딜러입니다. 제가 면접 준비할 때 구글링해서 문서화해도 모은 것이 몇 페이지가 채 안 되었을 정도니까요. 일단 면접 후기를 모두 스크랩하여 예상 질문을 연습했습니다. 관련 자료를 찾고 복습하였고 스터디를 모집해서 모의 면접 연습을 했습니다. 또한, 친한 학교 선배 중에 타 카지노에 종사하는 분이 있어서 카지노 게임에 대해 질문도 많이 하고 조언도 많이 들었던 것이 정말 큰 도움이 되었습니다.

Q 내국인 카지노도 외국어를 잘해야 하나요?

A 합격한 친구들을 보면 대부분 외국어를 잘합니다. 하지만 실제로 영업장에서 쓸 일은 없다고 생각합니다. 외국인 존을 제외한 대부분의 고객은 내국인이기 때문에 사용할 일은 드물다고 생각합니다.

Q 카드게임은 할 줄도 모르고 해 본 적도 없는데, 카지노 딜러를 할 수 있나요?

A 저는 공대 출신으로서 카지노의 '카'도 몰랐던 사람이고, 또한 흔히 하는 고스톱, 포커도 할 줄 모릅니다. 합격하게 되면 영어를 배우기 위해 알파벳을 배우듯, 딜링의 기초부터 교육을 받게 됩니다. 약 4개월의 교육이 끝나면 업장에 올라가게 되는데, 그 후에도 끊임없이 배우고 경험을 하다 보니 누구나 할 수 있다고 생각합니다.

Q 카지노 딜러를 하면서 이 직업을 선택하길 잘했다고 느끼실 때는 언제인가요?

A 보통 직장인은 출퇴근 시간에 압박을 느끼곤 합니다. 하지만 카지노 딜러는 '칼출근, 칼퇴근, 칼교대'라는 장점이 있습니다. 또한, 퇴근 후 업무의 연장선인 업무가 전혀 없기 때문에 업무에 대한 스트레스가 없습니다. 따라서 근로시간 외에 개인 시간을 잘 활용할 수 있습니다. 보통 카드게임의 경우 40분 근무하고 20분은 락카에서 쉽니다. 일할 땐 일하고 쉴 땐 눈치 보지 않고 쉴 수 있습니다. 그리고 딜러복을 입고 테이블에서 고객들을 상대로 게임을 진행하는 것은 정말 멋있다고 생각합니다. 고객들이 딜러만 바라보고 있고 딜러를 중심으로 게임이 진행되기 때문에 딜러가 없으면 게임이 진행되지 않습니다. 게임을 진행하다 가끔 딜러를 하기 잘했다고 생각합니다.

Q 힘들어서 포기하고 싶으셨던 때는 없나요? 있다면 언제였나요?

A 나름 똑똑하게 살아왔다고 생각했는데, 단순하게 카드를 뽑고 칩스를 만지는 일인

데도 손을 바들바들 떨고 있는 내 모습을 볼 때 '나는 천생 딜러가 아니구나' 싶어서 포기하고 싶었습니다. 하지만 업장에 들어와서 수천, 수만 번의 게임을 진행하다 보니 점점 발전하여 이제는 눈감고도(?) 게임을 진행할 수 있을 거 같습니다. (웃음)

Q 카지노 딜러의 일과는 어떻게 되나요? 일반인과 다른 생활패턴이 있나요?

A 3교대 업무이고 휴무도 꼭 주말에 쉬는 건 아니기 때문에 일반인과 생활패턴은 매우 다르다고 생각합니다. 쉽게 말하면 남들 잘 때 일하고 남들 쉴 때 일하는 직업이긴 하지만 오히려 평일 오프일 때 사람들이 붐비지 않기도 하고, 매일 매일 새로워서 더 좋은 것 같습니다.

Q 카지노 딜러란 직업의 장단점을 알려주세요.

A 카지노 딜러라는 직업을 가진 사람은 우리나라뿐만 아니라 전 세계에서도 흔치 않은 직군인 만큼, 희귀한 직업입니다. 또한, 게임 룰과 칩스 사용법 등을 교육받지 않으면 절대로 할 수 없는 직업입니다. 즉, 전문성이 있고, 이는 시간이 지나도 변함없는 개인의 자산이라고 생각합니다. 단점은 '카지노 딜러 = 락카 생활'이라고 생각할 수 있습니다. 특히 남자 락카보다 여자 락카가 더 힘들고 기수 문화(쉽게 말해 군대 문화)가 있습니다. 기수가 높아지면 덜하긴 하지만 카지노 안에선 선배가 법(?)까지는 아니더라도 왕(?)입니다. (웃음)

Q 카지노 딜러로 보람을 느낄 때는 언제인가요?

A 대부분 딜러를 상대로 원망이 섞인 말과 표정을 하는 고객들이 많습니다. 딜러가 고객의 돈을 빼앗아 간다고 생각하기 때문입니다. 하지만 가끔 고객분들이 진심으로 딜러를 대해주고 감사해 할 때 보람을 느낍니다.

Q 카지노 딜러에 적합한 성격이나 소질은 어떤 것인가요?

A 많은 사람들 앞에 있는 것과 사람들의 시선이나 하는 말에 흔들림 없는 멘탈과 표정을 가져야 한다고 생각합니다. 또한, 만약 테이블에서 고객에게 안 좋은 말을 들었을 때 한 귀로 듣고 한 귀로 흘리는 능력이 꼭 필요하다고 생각합니다. 또한, 카지노의 기본은 인사라고 생각합니다. 전 직원과 좋은 유대관계가 있어야 하는 곳이 카지노이며, 인사로서 내 이미지가 평가되기 때문입니다.

Q 카지노 딜러로 일하기 위해 어떤 노력을 기울여야 하나요?

A 카지노 알바, 청년 인턴 등 경험도 중요하지만, 정규직에 채용되는 프로세스가 가장 좋다고 생각합니다. 카지노 딜러로 종사하는 분을 멘토로 삼고 다양한 이야기를 들으며 입사하는데 필요한 여러 가지를 준비하면 좋을 것 같습니다. 제가 했던 경험을 감안해서 조언해보자면, 만약 제가 딜러를 준비하는 시기로 돌아간다면 입사시험은 너무 기본적인 부분들이 많아서 인성 면접 위주로 준비할 것 같습니다. 딜러로서의 경험을 바탕으로 다시 생각해보면, 고객으로든 딜러로든 다양한 카지노의 경험을 해보고 싶습니다.

Q 카지노 딜러를 지망하는 지원자들에게 조언하고 싶은 것이 있으신가요?

A 생각보다 좋지 않을 수도 있습니다. 카지노에서 손님들을 응대하는 게 쉬운 일은 아니지요. 근데 또 아이러니하게 생각보다 좋습니다. 좋은 동료, 하다 보면 편한 일, 높은 임금, 충분히 보상받는 내 여유시간 등등. 아무튼, 정말 잘 생각해보고 지원했으면 좋겠습니다. 저는 카지노 딜러에 대해 정말 하나도 모르고 지원했지만, 후배분들은 정보 많이 얻으시고 꼭 합격했으면 좋겠습니다!

4장

서비스직 스펙 준비

성공은 당신이 아는 지식 덕분이 아니라, 당신이 아는 사람들과
그들에게 비춰지는 당신의 이미지를 통해 찾아온다.
리 아이아코카

이미지는 자기가 만들기 나름

혹시 구안와사라고 들어봤는가? 찬 곳에서 자면 입 돌아간다고 어
른들이 말하는 게 바로 이 구안와사이다. 안면 마비라고 말하면 더
이해가 빠르겠다. 고등학교 1학년 여름방학 때 서울에 놀러갔다 집
으로 돌아오는 고속버스 안은 유난히 추웠다. 기사님이 에어컨을
빵빵하게 켜놓은 차 속에서 피로에 지쳐 나도 모르게 왼쪽 창문을
베개 삼아 잠이 들었다. 그리고 며칠 후부터인가, 눈이 감기지 않
는 것이었다. 그뿐만이 아니라 말할 때 입꼬리도 올라가지 않았다.
어린 나이에 별일 아니겠거니 생각하여 엄마에게 "나 얼굴이 이상
하다." 하면서 웃었는데 옆에 있던 동생이 소리를 질렀다.

"누나가 웃는데 오른쪽 얼굴만 움직여. 삐에로 같아!"

그제야 사태의 심각성을 깨닫고 울음을 터뜨렸다. 다음날 대학생이던 언니 손을 잡고 동네 이비인후과를 몇 군데나 돌았다. 거짓말안 보태고 다섯 군데는 더 갔던 거로 기억한다. 굳이 이비인후과로찾아간 이유는 어디 갈지도 모르겠고 눈, 입 근육이 마비되었으니까 이비인후과로 가면 되겠거니 하고 찾아갔던 거로 기억한다. 귀를 포함하여 이것저것 검사했지만, 의사 선생님들은 마치 짠 것처럼 하나같이, 방법이 없다고 했다. 당시 내 나이 16살이었다. 몇 날며칠을 방안에 처박혀 울기만 했다. 얼굴 한쪽이 움직이지 않으니시집가긴 틀렸다 싶어 너무 충격적이었다. 그러다 이모가 대전 번화가에 유명한 한의원을 소개해줬고, 지푸라기라도 잡자는 심정으로 한의원을 찾아가게 되었다. 평소에는 주사나 침이라면 질색을하는데 그 당시에는 정말 절박했다. 놀랍게도 그 의사 선생님은 날보자마자 단번에 고칠 수 있다고 호언장담했다. 귀를 의심했다. 확신에 찬 선생님의 목소리에 미심쩍어하면서도 침을 맞으러 다니길한 달, 정말 눈도 감기고 입꼬리도 올라가기 시작했다.

이 어릴 적 내 일화로 이미지에 대한 이번 장을 시작한 이유가 있다. 마비까지 왔던 왼쪽 얼굴은 지금은 오른쪽 얼굴보다 더 입꼬리도 잘 올라가고 자연스러워졌다. 마비가 왔던 쪽은 의식하면서 더열심히 웃어 버릇했고, 상대적으로 오른쪽은 이보다는 덜 신경 쓴탓일 것이다. 이처럼 사람 얼굴은 사람의 노력으로 달라지기도 한다.

　손님 중에는 유독 나만 보면 예쁘다고 말씀해주시는 분이 있었다. 다른 여러 손님이 앉아 계시는데도 내가 딜러 의자에 앉기만 하면 대놓고 이렇게 물어보시곤 하셨다.

　"태어날 때부터 예뻐? 의사 선생님이 예쁘게 해줬어?"

　솔직히 내가 빼어나게 예쁜 얼굴이 아닌 건 나도 잘 안다. 항공운항과를 다니면서부터 얼굴 작고 눈, 코, 입 예쁜 애들을 오죽 많이 봐왔던 터라 누구보다 내 수준을 잘 알고 있다. 그 손님께 "부모님이 만들어 주신 거예요!"라고 부끄러워하면서 대답하자, "그러니까, 너 얼굴은 조화가 좋아 보여."라고 하시는 거였다.

　얼굴의 조화. 그 손님이 나를 예쁘다고 말씀하신 것은 눈 크고 코높고 얼굴 작은 그런 연예인 같은 얼굴이 아니라, 사람을 볼 때 편안하고 자연스럽다고 느껴지는 그런 부분이었던 것이다.

　자랑은 아니지만, 나는 지금까지 얼굴에 손을 댄 곳이 한 군데도 없다. 그리고 아마 앞으로도 없을 것이다. 아니 정확하게 말하자면 하고 싶어도 할 수 없을 것이다. 어린 시절에는 몰랐지만, 이모한테 시술받은 점이 흉터로 남으며 내가 켈로이드 체질이라는 걸 알게 되었기 때문이다. 얼굴을 성형하면 대형 흉터가 생길 수 있다고 해서 시도조차 할 수 없었다. 실제로 팔의 점을 뺄 때 같이 뺀 목 부위의 점도 옆 부분의 살과 다르게 동그랗게 흉터가 남았다. 그래서 학교에 입학할 때는 수시 입학생이라고 몇 번 눈길을 받았었는데 방학이 지나고 점점 눈도 예뻐지고 코도 예뻐지는 친구들 사이에서 나는 평범해졌다. 그 대신 나는 날 때부터 가진 얼굴로 조화로움을 가졌다는데 만족했다.

서비스함에 있어서, 얼굴은 보는 사람이 편하게 느낄 정도면 족하다. 물론 본인 스스로 콤플렉스인 부분이 있어서 정말 치명적인 단점이 될 것 같다 싶으면 한두 군데 작게만 하는 경우는 괜찮다. 그러나 여러 군데 손을 보며 변한 부자연스러운 얼굴은 오히려 서비스 일을 하는데 독이 될 것이다. 물론, 연예인같이 예쁜 얼굴을 갖게 될 수도 있겠지만 서비스를 받는 손님은 인형처럼 너무 예쁜 직원이 해주는 서비스는 오히려 부담스럽다고 느끼실 수도 있다.

서비스직으로 일하면서 흔히 받는 수술이 있다. 바로 라섹 같은 시력교정 수술과 치아교정이다. 나도 그렇고 학교 친구들, 회사 동료들 또한 마찬가지로 내 주변의 대부분이 받았다. 눈은 나빠지면 아무리 노력해도 좋아지기 어렵다. 서비스 일을 하다 보면, 한 해 두 해 지날수록 점점 많은 친구들이 시력교정 수술을 하는 걸 보게 된다. 나 같은 경우에도 예전에는 눈이 좋지 않아 매일 콘택트렌즈를 꼈었는데, 렌즈를 낀 채 건조한 환경에서 오랜 시간 일하는 것이 너무 고통스러웠다. 밤마다 렌즈를 뺄 때마다 충혈된 눈을 보면서 이대로는 안 되겠다 싶었다. 정말 귀중한 눈인 만큼 충분히 알아보고 시력교정 수술을 받았다. 물론 이 과정에서도 켈로이드 체질이라는 건 꼭 체크해야만 했다. 켈로이드 체질일 경우 라섹을 하는 방법도 약간 다르다고 한다. 신경을 써서 수술했다 하더라도 근시 재발률 등이 훨씬 높다고 하니 자신의 체질을 미리 알고 의사선생님과 상의해야 한다. 힘들게 수술한 결과, 시력교정은 정말 대만족이었다. 이제는 자다 일어나 안경을 찾지 않아도 되었고, 일을 할 때도 전보다 눈이 훨씬 덜 건조했다. 그렇지만 안경을 쓰고 근무하는 현직 직원분들도 많이 있으니 본인이 현장에서 근무를 해보고 결정해도 늦지 않을 것이다.

치아교정도 서비스직에 종사하는 사람들이 많이 하곤 한다. 굳이 서비스직이 아니어도 치아교정은 치아 건강 등의 이유로 일반 사람들도 많이 하고 있다. 대학교에 다닐 때는 라미네이트를 받는 친구들이 많이 있었다. 입학한 후, 짧은 시간 안에 항공사 면접을 보려고 준비하는 같은 과 친구들이 많이 하곤 하였다. 라미네이트를 하고 돌아온 친구들을 보면 웃을 때마다 보이는 하얗고 커다란 치아가 외모를 돋보이게 하는데 큰 역할을 했다. 그러나 부작용도 만만치 않았다. 시술을 받은 친구들 중 일부는 잇몸이 죽어서 보라색으로 변한 친구들도 있었다. 20살 어린 나이에 보라색 잇몸이라니. 꽤나 충격적이었다. 나는 치아교정을 24살에 했었다. 다행히 입 안에 켈로이드는 매우 드물다고 해서 안심하고 교정을 시작했던 기억이 있다. 치아 교정은 호텔에 입사한 후에 시작했기 때문에, 이미 항공운항과 면접, 항공사 최종면접, 호텔 면접은 원래의 치아 모습 그대로 면접을 치렀다. 심지어 카지노 딜러 면접은 교정기를 착용한 상태에서 면접을 보았었다. 그런데도 합격했었던 걸 보면 치아는 보기 심한 정도가 아니면 면접을 보는데 큰 영향이 없는 것 같다.

학교 선배는 송곳니가 있었는데 작은 얼굴에 웃을 때마다 보이는 송곳니가 매력 포인트였다. 그런데 정작 본인은 콤플렉스였는지 송곳니를 갈아 평범하게 만들어 버렸다. 그 당시 선배는 이미 항공사의 승무원으로 근무하고 있었다. 굳이 합격한 상황에서 멀쩡한 이를 건드릴 필요가 있나 싶었지만 결국은 자기만족이었다. 나 같은 경우는, 치아 자체는 고른 편이어서 부모님이 교정하는 걸 반대하셨다. 그런데도 교정을 굳이 받은 이유는 윗니와 아랫니 치아 사이에 면발을 끊어 먹기 불편할 정도의 틈이 있어 말을 할 때마다 발음이 새는 느낌이 들었기 때문이었다.

일하고 있을 때 교정을 시작하면 보통 설측 교정으로 많이 한다. 호텔에서 근무할 때도 치아 안쪽으로 교정한 친구들이 많이 있었다. 설측으로 교정하면 교정 장치가 바깥으로 드러나지 않는다는 장점은 있으나, 가격이 조금 더 비싸고 혀 바로 앞쪽에 교정 장치가 있어서 말할 때마다 매우 고통스럽다는 단점이 있었다. 이에 비해, 밖으로 교정하면 설측 교정보다 이가 더 가지런해진다는 장점이 있었다. 아무래도 울퉁불퉁한 안쪽 치아보다 편편한 바깥 부분에 하다 보니 그런 차이가 발생한다. 이러한 과정을 거쳐 치아 교정을 하면 치아에 자신감이 생겨서인지 웃을 때 미소도 좀 더 자연스럽게 지어지는 것 같았다. 그러나 이런 장점에도 불구하고 교정 과정에서 팔자주름이 진해지는 경우도 있다. 연예인 중에는 치아교정을 하면서 이미지가 완전히 달라진 연예인들도 몇 명 있다. 자신만의 개성 있는 모습을 잃어버릴 수도 있으니 신중하게 생각해서 결정해야 한다.

현직 서비스인들이 시력교정이나 치아교정을 많이 한다고 해서, 학생 때부터 조바심내서 미리 할 필요는 없다. 입사해서 일해보고 렌즈를 끼는 게 불편하지 않으면 굳이 하지 않아도 된다. 안경을 끼고 일할 수도 있고, 요새는 좋은 콘택트렌즈도 많이 나와 있다. 치아교정도 마찬가지이다. 이가 완벽하게 고르지 않았던 나도 면접에 계속 합격했고 송곳니가 있던 선배도 항공사 면접에 합격하는데 아무 문제가 없었다. 본인이 나중에 일해보고 결정해도 되는 일인데, 서비스직으로 일하려면 학생 때부터 미리 준비해야 한다고 부모님께 부담을 드릴까 걱정된다. 본인이 사회에 나와 직접 돈을 벌어 해도 늦지 않으니 너무 조급하게 서두르지 않았으면 한다.

나는 자연스러운 외모가 서비스인에게 어울린다고 생각하기 때문에, 많은 수술을 권하고 싶지는 않다. 콤플렉스가 있는 부분은 발달한 화장법만으로도 충분히 커버가 가능한 경우가 많다. 요새 유행하는 뷰티 블로거들의 글을 보면, 화장하기 전에는 밋밋하던 코가 화장하면 높은 일자 모양 코로, 작았던 눈이 화장하면 크고 또렷해지는 신기한 기술들이 많이 공유되고 있음을 알 수 있다. 그렇게 하나씩 따라 해보면서 본인에게 제일 잘 어울리는 모습을 찾아가는 게 중요하다고 생각한다.

사실, 외적으로 보이는 부분보다 중요한 건 바로 사람 자체에서 풍겨 나오는 이미지일 것이다. 면접관들이 면접장에서 가장 보기 싫어하는 표정은 웃으면서 경련이 나는 표정이라고 한다. 어색한 웃음을 보고 있으면 그 누구도 기분 좋을 리 없다. 예전에 나도 웃으면 일어나는 입 주변의 경련 때문에 무척이나 고생한 적이 있다. 평소에 웃으면 자연스러운데 면접이라면 (심지어 모의 면접이라도) 얼굴 전체가 긴장되어 한순간에 굳곤 했다. 그래서 나름 미소교정기도 사서 연습해보고 TV 프로그램 「스펀지」에 소개되었던 '개구리 뒷다리' 발음 동영상을 보면서 연습도 해보았는데 생각만큼 큰 효과를 볼 수 없었다.

내가 추천하고 싶은 방법은 혼자 방안에서 거울을 자주 보며 웃는 것이다. 혼자 방 안에 있으니 좋아하는 음악을 틀어놓으며 즐거운 분위기를 만들 수도 있다. 거울을 보고 웃어보면 처음에는 거울 속의 내가 어색할 것이다. 그러나 어차피 보는 사람은 나 혼자니까 마음 편하게 연습해보면 된다. 윙크도 해보고 볼에 풍선도 만들어본다. 입술을 상하좌우로 움직여보고 '아-에-이-오-우'도 크게 크게 입 근육을 움직이며 발음해 본다. 그렇게 얼굴 근육을 마음껏 움직이며 풀어준다. 그러고 난 후 거울을 보고 여러 가지 미소를 지어본다. 그러면서 자신에게 어울리는 미소를 찾아 나가는 것이다. 거울을 보며 마음에 드는 자신의 미소를 잘 기억해두고 거울이 없을 때도 같은 근육을 같은 정도로 사용해서 웃으면 된다. 어려울 것 같은가? 연습이 반복될수록 자연스럽게 미소를 짓고 있는 자신을 발견하게 될 것이다.

얼굴을 마음의 창이라고 한다. 서비스 일을 하면서 수많은 손님들의 얼굴을 보았다. 손님들의 얼굴을 보다보니 이마의 주름, 눈썹 모양만 봐도 손님의 성격이 보이는 듯하다. 무섭게 보여도 매너 있으신 분들이 일부 계시기는 했지만, 실제로 대부분은 신기하게도 처음의 내 예상이 맞는 경험을 많이 했다. 면접관들이 느끼는 것도 이와 같을 것이다. 오랜 시간 면접관을 하면서 얻은 나름의 경험을 바탕으로 '이 지원자는 이렇겠군.', '이 사람은 저렇겠군' 하며 첫인상으로 판단하게 된다. 면접장에서 첫인상만으로 합격과 불합격이 절반 이상 결정된다는 것이 이 때문일 것이다. 이제부터라도 '안 돼', '싫어', '짜증 나' 이런 부정적인 생각보다는 '잘 될 거야', '좋아', '할 수 있어' 이런 긍정의 소리로 자신을 가득 채우자. 그럼 이런 긍정의 소리는 몸속을 돌고 돌아 결국 마음의 창인 본인의 얼굴에까지 긍정의 이미지를 가득 채워 줄 것이다.

듣자마자 눈길이 가는 목소리

면접장에 들어갔다. 면접관들은 모니터를 통해 내 이력서를 보고 있다. "안녕하십니까." 이 말 한마디에 면접관들은 약속이나 한 듯 동시에 고개를 들어 나를 쳐다본다.

호감 있는 목소리는 타고 나는 것일까? 사람의 얼굴은 태어날 때부터 정해져 있어서 수술이 아니면 드라마틱한 변화를 줄 수 없듯이, 목소리도 평생 변함없이 나와 함께 가는 것일까? 아니다. 목소리는 누구나 바꿀 수 있다. 성대모사를 봐도 알 수 있듯, 누구나 여러 가지 목소리를 가지고 있고 상황에 맞춰서 소리를 낼 수 있다. '짱구는 못 말려' 만화를 보면 다양한 만화 캐릭터의 목소리를 들을 수 있다. 그중에 콧물을 흘리는 맹구의 맹맹한 목소리와 짱구 엄마의 똑 부러지는 목소리는 실은 동일한 성우에 의한 것이라고 한다.

혹시 따발총이라고 들어 봤는가? 요새 젊은 친구들은 이런 별명을 잘 모를 것 같다. 어릴 적 내 별명은 따발총이었다. 말이 무척 빨라서 친구들은 날 따발총이라고 불렀다. 예전에 TV 개그콘서트에서 개그맨 강성범 씨가 '수다맨'이라는 코너를 한 적이 있었다. 그는 코너 이름처럼 남들이 제대로 발음하기도 어려운 말을 한 번도 안 쉬고, 빨리 말하는 수다맨 그 자체였다. 하지만 그 코너를 보면서도 나는 전혀 놀랍지 않았다. 같이 거실에 앉아 TV를 보던 가족들도 "쟤보다 네가 더 잘 하겠다."라고 말할 정도로 나의 말하는 속도는 빨랐다.

그러나 서비스를 제공하는 사람이 말이 빠르면 어느 손님이 알아들을 수 있겠는가? 서비스직으로 진로를 정한 후, 이대로라면 어떤 면접에서도 떨어질 것이 불 보듯 뻔했기에 목소리를 바꿔야겠다고 마음을 먹게 됐다. 대학교 시절 친구들 사이에서 나는 소위 "말하면

깬다."는 소리까지 들었던 터라, 차분한 목소리에 대한 갈망은 더 컸다.

목소리를 바꾸기 위해 내가 선택한 첫 번째 방법은 다른 사람의 목소리를 모방하는 것이었다. 항공사 면접을 준비할 때는 좋아하는 승무원의 목소리를 담은 MP3 파일을 구해서 하루에도 몇 번씩 반복해 들으며 숨 쉬는 타이밍, 말하는 목소리의 높낮이를 계속 따라 했었다. 말하는 속도가 빨랐던 나에게는 다른 사람이 말하는 속도에 맞춰서 천천히 말하는 것이 익숙하지 않았지만, 너무 빠른 것보다 오히려 조금 느린 편이 고객에게 더 신뢰감을 준다는 생각으로 천천히 말하려고 노력했다.

그 다음 방법으로는 목소리 트레이닝 책을 사서 집에서 혼자 연습하는 것이었다. 당시 아나운서 출신이 운영하는 보이스 트레이닝 센터라는 곳도 있었으나, 비싼 비용이 부담될 수밖에 없었다. 그래서 차선책으로 책을 구매해서 따라 하며 혼자 녹음해보고 이를 들어보며 반복 연습했다. 옆에서 도와주는 강사님은 없었지만, 녹음기를 켜고 아무 대본이나 책들을 골라 읽어 보는 식으로 연습하곤 했었다. 녹음된 목소리를 들어보면 이게 진짜 내 목소리 인가 싶을 정도로 낯설기만 했다.

간혹 발음을 좋게 한다며 아나운서 발음 연습 문장이라고 볼펜을 물고 '간장 공장 공장장'을 찾는 경우가 있는데 저런 문장들은 말의 운율을 타면서 말의 속도만 더 빨라질 뿐 크게 도움이 되지 않았다.

경험상 뉴스 대본이나 라디오 대본을 읽는 방법이 효과가 좋았다. 각각의 상황별 멘트에 맞게 천천히 감정을 실어 말을 할 수 있어 더 생동감이 넘치게 읽을 수 있었다.

다음과 같은 식의 대본들을 꾸준히 연습해 보는 것을 추천한다. 연습할 때는 반드시 녹음하여 반복해 듣는 것을 추천한다.

〈뉴스 대본〉

"취업을 하는데 어학 실력뿐만 아니라 아르바이트 경험도 도움이 된다고 생각하는 직장인들이 50%가 넘는 것으로 집계되었다고 합니다. 지난 금요일 인터넷 취업 사이트의 자체 조사 결과에 따르면, 취업하기 전 직장인의 98%가 아르바이트를 한 경험이 있었습니다. 이 중에 54%는 취업하기 전 아르바이트 경험이 취직하는 데 도움이 됐다고 응답했습니다. 반면 도움이 되지 않는다고 답했던 이유는 주로 단순한 업무를 담당해서, 취업 준비에 투자할 시간을 뺏겨서라는 대답이 나왔습니다."

어떤가? 짧은 대본이어서 읽기에 쉬워 보이지만 생각보다 쉽지 않다. 녹음된 목소리가 본인이 머릿속으로 그려오던 목소리와 매우 다르다고 느끼지 않았는가? 생각보다 하이톤일 수도 있고 자신 감 없는 말투에 발음도 부정확하게 느껴질 수도 있다. TV 속 아나운서를 머릿속에 그려보자. 보통 낮은 목소리에 속도감은 생각보다 느리다. 뉴스 대본은 일상생활에서 많이 사용하지 않는 전문용어도 많아서 발음 하나하나를 더욱 신경 써서 발음해야 한다. 그러려면 당연히 천천히 또박또박 이야기할 수밖에 없고, 이런 목소리를 듣는 사람들은 신뢰를 느낄 수 있을 것이다.

다른 대본 스타일을 더 연습해보자.

〈라디오 대본〉

"구두를 신었을 때와 운동화를 신었을 때 나도 모르게 달라지는 태도 느끼셨나요? 물론 그렇지 않은 사람도 있겠지만요. 구두를 신으면 뭔가 일자로 걸으려고 노력하게 되더라고요. 이런 변화는 신발만은 아니죠. 어떤 옷을 입느냐에 따라서도 달라지고, 어떤 사람과 함께 있느냐에 따라서도 달라지더라고요. 결국, 사람은 정해져 있는 스타일이 있다기보다는 본인이 보이고 싶은 마음에 따라, 즉 마음가짐에 따라 많이 달라지는 것 같아요. 안녕하세요. O월 O일 라디오세상, 저는 OOO입니다."

확실히 뉴스 대본보다는 말투가 자연스러워졌음을 느낄 것이다. 내용도 옆에 있는 친구에게 하듯 편하다. 이처럼 밝고 자연스러운 목소리는 듣는 사람에게 친근한 인상을 줄 수 있을 것이다. 나 같은 경우에는 뉴스 대본으로는 단어 하나하나 발음을 하는 연습을 하고 라디오 대본이나 교양프로 대본을 보면서 친근하면서도 자연스러운 목소리 톤을 찾아 연습했다. 그 결과 카지노 신입사원 교육 수료식 때는 여자 사회자를 맡아 사회 식순을 진행할 수 있었다. 같은 테이블에 앉아있던 당시 사장님은 내 목소리를 듣고 아나운서를 해도 되겠다며 목소리가 참 좋다고 칭찬해 주셨다. 이쁜만 아니라, 입사 후에 영업장 상무님이 추천해줘서 찍게 된 일본 방송 인터뷰에서는 촬영이 끝나고 한국 스태프분들이 목소리가 너무 예쁘다고 따로 말씀해주시기까지 했다. 지금도 업장에서 게임을 진행하다 보면 손님들은 내 목소리가 꾀꼬리 같다고 좋아해 주신다. 따발총이었던 내가 목소리로 칭찬을 듣는 날이 오다니……. 이 모두가 노력의 결과이며, 누구나 다 할 수 있는 일이다.

〈신입사원 교육 수료식에서 사회를 보던 모습〉

인터넷 검색 창에 뉴스 대본, 라디오 대본을 쳐보면 이런 간단한 예시가 아니어도 무궁무진한 자료가 검색된다. 무료로 좋은 자료들을 다운받을 수 있으며, 의지만 있으면 언제 어디서든 연습할 수 있다. 연습할 때, 가장 중요한 것은 연습의 양이나 대본의 종류가 아니다. 바로 꾸준히 연습하는 것이 가장 중요하다. 하루아침에 확연한 변화를 느끼기엔 어려울 것이다. 연습하다 보면 본인이 변화를 체감하기도 힘들고 의욕이 떨어지는 것을 느낄 것이다. 그래서 녹음하는 습관이 중요하다. 매일 녹음하며 연습해 본다면 분명 첫날과 한 달 뒤, 두 달 뒤의 녹음 파일은 분명 달라져 있을 것이다. 결국에는 나쁜 목소리 습관은 사라지고 원하는 목소리를 갖게 될 것이다.

면접장에서는 '솔' 톤의 목소리로 면접에 임하라는 말을 많이 들었을 것이다. 그러나 너도나도 모두 '솔' 톤으로 말하면 면접관들의 주의를 끌기가 쉽지 않을 것이다. 심지어 자신의 목소리 톤이 '솔' 톤이 아닌데 어색하게 내는 하이톤 목소리는 분명 자기 몸에 맞지 않는 옷을 입은 것처럼 어색해 보일 것이다. 예전에 같이 면접을 준비하던 언니가 있었다. 그 언니는 연극학과를 나와 복식호흡에 단련되어 성량도 좋았었다. 모의 면접을 같이 해보니 그 언니는 '미' 정도의 낮은 톤 목소리로 대답하는데도 정확한 발음과 함께 낮은 목소리가 신뢰감을 주면서 또렷하게 귀에 잘 전해졌다. 무엇보다 거기에 언제나 자신감 넘치고 당당한 자세가 더해져 눈길을 끌 수밖에 없었다. 아니나 다를까. 그 언니는 단번에 승무원 면접을 통과했다.

목소리를 이야기하는데 연극학과 출신의 그 언니를 언급한 이유가 하나 더 있다. 면접을 보는 과정에서 목소리도 연기를 해야 한다는 것이다. 분명 내용은 슬픈 내용, 심각한 내용인데도 밝게 웃으면서 높은 톤으로 이야기하면 공감할 수가 없을 것이다. 면접장은 긴장되고 떨리겠지만 분명히 남들과 동일한 모습으로는 매력을 보여드릴 수 없다. 목소리 강약도 조절하면서 내용에 맞는 톤으로 대답하는 연습을 해보자.

전 세계 고객을 만나기 위한 준비, 외국어

예전에 외국계 체인 레스토랑에서 아르바이트했을 때 일이다. 그때 자주 오시던 독일 손님 한 분이 있었는데, 너무 친절하시고 매너도 좋은 손님이어서 나도 그분께 뭔가 성의를 보여드리고 싶었다. 그래서 독일어를 할 줄 알던 언니를 붙잡고, '안녕', '어떻게 지내요?', '또 봐요' 등의 기초 회화를 배운 후, 다음번에 손님이 오셨을 때, 'Hallo(안녕)'하고 다가가 인사를 했다. 그 손님은 자주 오던 단골 식당에서 일한 지 얼마 되지도 않은 직원이 자신을 위해 독일어 인사를 배워왔다는 사실에 감동했다. 물론 내가 할 줄 아는 독일어는 몇 단어 안 되었지만, 그 후로 손님은 오실 때마다 내 테이블에 앉으셔서 팁도 주시고, 독일에 다녀올 때면 한가득 과자 선물도 안겨 주시곤 하셨다.

외국어의 힘은 이렇게 대단하다. 손님이 한국 분이어서 한국어로 세심하게 응대해드리면 좋겠지만 안타깝게도 서비스직, 그중에서도 우리가 바라는 승무원, 호텔리어, 외국인 전용 카지노 딜러는 외국 고객들을 상대할 기회가 많고, 그 고객들이 원하는 서비스를 기대 이상으로 제공하기 위해서는 외국어 능력이 필수다. 외국 고객을 상대할 때는 어설퍼도 그 고객의 언어로 말하려고 노력하면, 같은 서비스를 제공하더라도 확실히 더 고마워하시는 것을 자주 경험한다. 특히 단골손님들이라면 잊지 않고 나에게 더 친근감을 표현해 주셨다. 지금도 회사의 중국 손님 중 단골손님들은 내가 지나가기만 해도 "Bao yu!!" (寶玉이라는 이름의 중국어 발음)라고 부르며 아는 척을 하신다.

카지노에 입사한 동료들을 보면, 정말 다양한 외국어를 공부해야 겠다는 생각이 들 때가 있다. 표준 중국어(普通話) 이외에도 광둥어나, 몽골어, 태국어 등을 전공한 친구들이 현장에서 그 언어를 사용하는 것을 보면 대단하다는 생각이 절로 든다. 그러나 소수의 고객분들을 전담하는 마케터나 직원이 아니라면 업장을 찾아주시는 대다수의 고객분들을 위한 언어를 공부해야 한다. 물론 완벽하게 외국어를 구사하면 더 좋겠지만 적어도 손님이 불편함을 느끼지 않게 해줄 정도의 외국어 정도는 공부해야 한다. 군이 꼽자면 영어, 중국어, 일본어가 보통 현장에서 많이 사용하는 언어이다.

영어

영어는 정말 중학교 때부터 취직 때까지 인생 전반을 지배하는 애증의 언어인 것 같다. 중, 고등학교 때 「성문기본영어」 책을 펴서 공부하던 기억이 난다. 내 책은 앞부분은 새까맣고 뒷부분은 줄 한 번 그어있지 않은 새 책이었다. 책을 펼치고 처음 몇 장은 줄을 긋고 열심히 공부하는데, 계속해서 문법 내용을 공부하다 보면 졸음이 쏟아지기 일쑤였다. 영어는 아무래도 학교에서 평가를 해야 하다 보니 문법 위주의 교육을 받게 되면서 점점 흥미를 잃게 되는 것 같다.

첫 토익 점수가 500점이었던 내가 독학으로 860점까지 올렸던 비결은 바로 영어 듣기였다. 그 당시 미국 시트콤 「프렌즈 Friends」를 즐겨보던 언니를 따라 반복해서 보고, 토익 문제집을 사서 LC 부분의 MP3 파일을 몇 번이고 반복해서 들었었다. 버스에서도 듣고 카페에서 친구를 기다리면서도 듣고 계속해서 반복해 들었더니 LC 실력이 저절로 향상되었다. 확실히 듣기 영역은 조금씩이라도 매일 꾸준히 공부한 결과 빠른 시일 안에 효과를 볼 수 있었다. 문법 영역은 따로 공부하지 않았다. 만약 학원에 다녔더라면, 더 높은 토익 점수를 보유했을지도 모르겠다. 하지만 듣고 말할 수 있을 정도면 충분했기 때문에 그 정도 점수에서 만족했다.

만약 영어 공부에 더 관심이 있다면 요새 뜨고 있는 공부법인 '영화 보며 외국어 공부하기'도 추천하고 싶다. 추천하는 영화는 「인턴」, 「악마는 프라다를 입는다」, 「노팅힐」, 「러브액츄얼리」 같은 일상적인 회화가 많이 나오는 영화이다. 보기에는 흥미진진하고 재미있는 영화여도 일상과 동떨어진 판타지나 SF영화는 생활 영어 향상에 크게 도움이 되지 않는다. 효과적으로 실력 향상을 위해서는 마음에 드는 하나의 영화를 정해서 몇 번이고 반복해서 봐야 한다. 어느 영어 강사는 「시애틀의 잠 못 이루는 밤」을 6개월 동안 봤다고 했다. 그 강사는 TV 자막이 나오는 부분을 테이프로 붙여 놓고 공부를 해서 나중에 짐 정리할 때 테이프가 떼어지지 않아 TV를 버렸다는 얘기까지 하셨다. '설마 그 정도까지 해야겠어?' 싶겠지만 한 영화를 반복해서 보면 확실히 효과가 있다. 처음에는 자막을 보며 대략의 줄거리를 파악하고, 그 후부터는 자막을 가리고 보면서 '이 단어가 이런 상황에서 나오는구나'하고 귀로 익히고 외워야 한다. 실제로 친언니가 토익 만점에 가까운 점수를 보유하고 있는데, 언니는 유학 한번 가지 않은 한국 토박이이다. 언니는 미국 시트콤 「프렌즈Friends」의 배우들이 말하는 대사를 반복하여 받아 적으며 봤다고 했다. 대충 귀로 알아듣는 것과 받아 적으면서 자기가 어느 부분을 모르나 정확하게 체크하고 넘어가는 것은 다르다. 나도 처음 영어 받아 적기를 했을 때 생각보다 많이 채우지 못한 빈칸에 충격을 받았었다. 이런 식으로 현지인들이 쓰는 생활 영어를 공부한다면, 어느새 외국인을 만나도 자신도 모르는 사이에 떨지 않고 말이 나오는 경험을 할 수 있을 것이다.

중국어

서비스직에서 요즘 제일 인기 있는 외국어는 아마 중국어일 것이다. 항공사나 호텔, 카지노 업계도 이와 다르지 않다. 중국어를 잘하면 채용에 있어서 조금 더 유리한 점수를 주는 곳도 있으니 어떤 외국어를 공부할지 아직 정하지 못했다면 중국어를 공부하는 것을 추천한다.

보통 중국어 공부를 위해 학원을 등록하면, "你好!(안녕!)" 인사말부터 시작하게 된다. 취업을 준비할 당시 나는 면접에서 필요한 어학점수를 빨리 취득해서 취직을 하고 싶은데 학원에서 정해진 커리큘럼에 따라 공부하면 시간이 너무 오래 걸릴 것 같았다. 그래서 학원을 등록하는 대신에 HSK 5급 문제집을 한 권 사서 집에서 독학했다. 보통 HSK 시험을 준비하면 4급을 먼저 준비하고 뒤이어 5급 공부를 하는데, 결국 목표는 5급이니까 5급부터 시작한다는 마음으로 지금 생각해도 무식하게 시작했다. 당연히 책을 펴면 빼곡한 한자에 한숨이 절로 나왔고, 전혀 진도가 나가질 않았다. 아는 한자라고는 주민등록증에 적혀 있는 내 이름 석 자뿐이었다. 문법은 하나도 모르니 단어부터 시작하기로 하고, 문제집 부록으로 딸려온 5급 필수 단어장을 피고 매일 반복해서 단어를 외웠다. 오늘 외우면 내일은 까먹는 일의 연속이었다. 중국어는 비슷해 보여도 작은 획 하나에 뜻이 달라지는 것이 너무 헷갈렸다.

그래도 매일 꾸준하게 본 결과, 단어가 점점 눈에 익게 되고, 나중에는 단어만 들어도 머릿속에 한자가 그려지는 경험을 할 수 있었다. 사실, 단어 암기도 중요하지만, 중국어 점수를 올리는 데 있어 듣기만한 것이 없다. 독해나 작문 영역은 많은 지문을 읽고 그 정답을 찾기 위해 고민이 필요한 문제들로 구성되는 반면, 듣기는 지문을 듣자마자 별다른 고민 없이 답을 체크할 수 있는 문제들로 구성되어 있다 보니 정확하게만 들을 수 있다면, 훨씬 효과적으로 짧은 시간에 점수를 올릴 수 있었다. 다만 그러기까지 많은 유형을 들으며 자주 쓰이는 단어를 파악해야 했는데, 나는 철저하게 문제집 MP3를 계속 반복해서 들었다. 얼핏 보면 영어 듣기 공부와 비슷하다고 생각할 수 있으나, 영어는 평소에 영화나 미드 등을 접할 기회가 많아서 영어 MP3 파일을 들어도 그렇게 어렵지 않았던 반면, 중국어는 처음부터 끝까지 한마디도 알아들을 수 없는 생소한 말들이었다. 처음에는 듣자마자 MP3를 벽으로 던져버리고 다 포기해 버리고 싶었다. 학원에서 남들이 하는 커리큘럼대로 할 걸 혼자 이게 무슨 고생인가 싶어 한숨이 절로 나왔었다. 당시 호텔을 그만둔 상황에서 중국어 공부를 시작했기 때문에 빠른 시일 내에 공부를 마쳐 새로운 직업을 찾아야 했다. 그렇기 때문에, 무작정 토익 공부하던 대로 단어 암기와 듣기를 병행하여 독학했다. 조용하게 공부를 할 수 있는 곳에서는 책을 펴고 단어를 외우고 이동하거나 잠깐잠깐 비는 시간이 생기면 무조건 귀에 이어폰을 꽂았다. 그렇게 2달 정도 지나자 문제집을 푸는 데 어느 정도 반 이상은 맞게 됐다.

문제는 작문이었다. 외운 중국어로 글을 써도 이게 맞는 문장인지 봐줄 수 있는 선생님이 없었다. 그래서 마지막 한 달은 중국어 학원에 등록해 선생님께 집에서 미리 써간 작문을 봐달라고 부탁했었다. 당시 나처럼 중국어 작문을 매일 써가는 학생은 없었다. 다들 학원에서 시키는 것만 했는데 나는 주제를 다양하게 바꿔가면서 작문을 해 다음 날 선생님께 첨삭을 부탁드렸다. 작문 공부를 할 때는 자주 사용하는 표현을 복습하면서 선생님이 수정해준 부분은 잊지 않고 암기하는 것이 포인트였다. 이렇게 두 달간 혼자 공부하고 한 달 동안 학원에서 문제 유형과 작문을 배운 후, HSK 5급 시험을 보러 갔다. 결과는 합격이었다. 물론 300점 만점에 200점 초반대의 점수를 얻었으니 그리 높은 점수라 할 수는 없었지만, 그래도 중국어 공부 시작 3개월 만에 이뤄낸 성과였다. 중국어를 공부하려는 사람이 있다면 나는 무조건 HSK 5급부터 공부하기를 추천한다. 어차피 HSK 3급, 4급 단어가 다 HSK 5급 단어 안에 포함되어 있다. 순서대로 코스를 밟으면 시간도 오래 걸리고 마음도 늘어지게 된다. 그럴 바에는 처음부터 목표를 높게 잡고 도전하기를 추천한다. 어차피 이력서에는 HSK 5급 정도는 있어야 중국어를 어느 정도 할 수 있는 지원자로 봐준다. 간절하면 누구나 할 수 있다.

나중에 입사하고 보니 동기들은 보통 중국어과를 나와서 중국유학까지 다녀온 유학파들이 대다수였다. 나는 방구석에서 혼자 중국어 공부를 하다 보니 확실히 회화할 때 그들보다 성조나 발음이 좋지 않았다. 그래서 그 차이를 극복하고자 중국 드라마를 보면서 대사를 따라 해 본 것이 도움이 되었다. 내가 주로 연습했던 드라마는 「환락송 (欢乐颂)」이라고 상하이 아파트에 사는 20대 여자들 이야기였는데 일상회화를 연습하는데 괜찮았다. 로맨스물로는 「하이생소묵—마이 선샤인(何以笙箫默)」이나 「미미일소흔경성(微微一笑很倾城)」이 보기에 괜찮았다. 중국 드라마는 청나라 시절 같은 옛 궁중 물이 특히 재미있고 인기가 많다. 나도 재미있게 본 궁중 드라마는 몇 개 있지만, 궁중에서 사용하는 옛날 말투나 상황들이 일상생활과 맞지 않아 중국어 공부용으로 보기에 크게 추천하고 싶지는 않다.

일본어

 사실 일본어는 따로 시간을 들여 공부한 적이 없다. 고등학교 때 제2 외국어로 일본어가 제일 인기가 많아 수업시간에 공부했던 것이 전부였다. 그 외에는 대학교 시절 교과목으로 일본어 기초와 일본어 회화를 잠깐 배웠었는데 그 당시에는 일본어 자체에 큰 관심이 없었다. 그러다가 지금의 한류 열풍처럼 한창 일본 드라마가 큰 인기였던 때가 있었다. 당시 좋아하는 일본 배우가 나오던 드라마를 챙겨 보면서, 일본어 회화 실력이 크게 늘었다.

 이 책을 쓰면서 일본어를 잘하는 후배들에게 그동안 일본어 공부를 어떻게 해왔는지 일본어 공부법에 대해 참고삼아 물어보았다. 후배들 10명에 8명은 "일본 드라마를 보세요."라고 대답했다. 나 역시 드라마로 일본어 회화를 공부한 터라, 드라마를 통해 일본어 회화를 공부하고자 한다면 내가 본 드라마를 추천하고 싶다. 우선, 예전 드라마이긴 하지만 「아빠와 딸의 7일간 (パパとムスメの7日間)」이라는 드라마와 「만능사원 오오마에-파견의 품격(ハケンの品格)」이라는 드라마를 추천하고 싶다. 일상회화도 나오면서 동시에 회사에서 쓰이는 직장 회화도 많이 나와서 도움이 될 것이다. 물론, 요즘 젊은 배우들이 나오는 드라마도 괜찮은 작품들이 많이 있다. 다만 드라마를 선택할 때는 특정한 직업 장르보다는 일상적인 내용의 드라마 위주로 보는 것이 당연히 최우선이겠다. 어린아이를 대상으로 제작된 애니메이션의 경우는 확실히 발음도 좋고, 상황도 쉬워서 일

본어에 입문하는 사람이 보기에 괜찮은 것 같다.

물론 유학까지 다녀온 동료들보다는 많이 부족하지만, 드라마로 익힌 일본어 실력은 의외로 유용했다. 주문 내용의 이해나 게임 설명, 간단한 일상회화를 하는 데 지장이 없었다. 그래서 내가 응대한 손님들은 내가 일본어도 잘하는 줄 알고 있다. 사실 어학 점수는 그렇게 높지 않지만, 외국어 점수도 기준치를 넘고 실제 손님들과 대화도 잘하기 때문에 아직도 몇몇 주변 동료들은 내가 일본어 특기자로 입사한 줄 알고 있다. 이건 전부 일본 드라마에서 배운 덕이다.

외국인 카지노에 근무해서인지 내 주위에는 영어, 중국어, 일본어가 모두 가능한 능력자들이 적지 않다. 입사할 때는 일본어 한 개로 입사해서 입사 후에 영어, 중국어 자격까지 다 따내는 후배들을 보면 진짜 대단하다는 생각이 절로 든다. 직장을 다니면서도 이렇게 공부할 수 있는데 아직 취직하기 전이라면 누구든지 할 수 있다. 그리고 이직을 준비 중이라고 하면 더 필사적으로 간절하게 해야 한다. 서비스직에서는 경험이 많은 사람들이 다수이기 때문에 이전 직장의 이력만으로는 경쟁력을 갖기 힘들기 때문이다. 한때 중국인 관광객들이 명동에 넘쳐날 때, 많은 가게들이 중국어 가능자를 서로 구하느라 애를 먹었다고 한다. 아무리 좋은 서비스를 할 줄 알아도 정작 외국어 실력이 부족해서 서비스직에 취직이 안 될 수도 있으니 언제나 외국어 공부는 생활화해야겠다.

어떤 전문적인 자격증이 있을까

요즘은 그야말로 취직을 위한 스펙 전쟁의 시대이다. 이력서에 뭐라도 한 줄 적어 넣어야 할 것 같아서 자기가 지원하는 직종과 전혀 관련이 없는 자격증에도 매달리게 되는 것이 요즘 현실인 것 같다. 사실 나도 이력서에 한 줄이라도 더 적어 넣기 위해 자격증에 목매던 경험이 있다. 풍선아트 3급 자격증이 있는데 이 자격증은 하루 수업을 듣고 실습하면 받을 수 있던 자격증이었다. 서비스 현장에 어린 고객이 오면 풍선 아트로 어필해야지 하는 마음으로 따게 되었다. 나쁘지 않은 생각이긴 했지만 그래도 내가 지원했던 승무원, 호텔리어, 카지노 딜러에는 큰 도움이 되는 자격증은 아니었던 것 같다.

항공운항과에 입학해서 승무원을 준비할 때 도움이 되었던 자격증은 응급처치 관련 부분이었다. 고등학교 때 청소년적십자 RCY로 동아리 활동을 3년간 했었다. 그때 대한 적십자사에서 주관하는 응급처치 대회에 나가 은상을 탄 적이 있었다. 학교에서 미리 강사님을 초청해서 며칠간 삼각끈을 이용한 응급처치법, 자세교정법, 심폐소생술과 AED(자동제세동기) 사용법을 익히고 대회 준비를 위해 한 달 넘는 시간 동안 팀을 짜 응급처치 상황별 처치법 등을 연습했던 기억이 있다. 대회 당일은 정해진 규정대로 모든 것을 수행하고 평가를 받게 되는데, 다행히 좋은 결과를 받았었다. 물론 항공사에 입사하면 더 자세히 배울 기회가 있겠지만, 항공운항과 재학 중에도 응급환자 대처법이라는 과목을 따로 배웠던 걸 보면 기내에서는 확실히 서비스만큼 중요한 것이 안전이니까 미리 준비하는 것도 나쁘지 않다고 생각한다.

항공사 지상직 승무원 자격증으로는 CRS 자격증이 유명하다. CRS는 항공권을 예약하고 발권하는 컴퓨터 프로그램이다. 그래서 항공사뿐 아니라 호텔, 여행사, 크루즈 등 관광 분야에서 다양하게 쓰이고 있는데 이 때문에 몇몇 항공운항과나 관광과에서는 미리 CRS 프로그램을 교육하고 자격증을 발급받을 수 있도록 준비한다고 한다고 한다.

〈자격증에 목매던 시절에 틈틈이 따두었던 풍선아트 3급 자격증 및 수화교육 수료증. 하지만 직무 연관성이 적어 취업에 도움은 되지 못했다〉

호텔리어로 일하고자 한다면 아무래도 식음료를 많이 다루게 되니까 관련 자격증으로는 바리스타, 소믈리에, 조주 기능사 등이 있다. 나는 안타깝게도 소믈리에나 조주 기능사 자격증은 없다. 일단 술을 한 잔도 마시지 못하기 때문에, 술의 맛 구별은커녕 입에 가져다 대기만 해도 어지러운데 그런 전문 자격증을 따는 것은 무리였다.

와인 파트에서 일하는 선배가 다양한 와인의 종류를 설명하고 고객에게 서비스하는 모습을 보면 너무 멋있어 보였다. 조주 기능사는 생소할 수 있지만, 칵테일을 전문적으로 만들 줄 아는 자격이다. 예전에 외국계 패밀리 레스토랑에서 일했을 때 동갑인 친구가 그곳에 있는 바에서 칵테일 만드는 일을 했었다. 그 친구는 조주 기능사 자격증이 있었는데, 전문적으로 여러 술을 다루는 모습에 자연스레 눈길이 가게 되었다. 동갑인데도 불구하고 존경심이 들 정도였다. 이런 자격증을 취득하면, 본인 자신도 고객을 더 전문적으로 응대할 수 있다는 자부심이 생긴다.

카지노 딜러로 입사할 때는 외국어 능력이 제일 중요했다. 21살 때 아무 준비 없이 카지노에 지원했던 적이 있었다. 그 당시 토익이 860점이었기 때문에 서류심사 정도는 당연히 합격할 거라 기대했었다. 그때는 지금처럼 지원 서류를 이메일로 접수하는 것이 아니라 직접 방문해서 서류를 접수하는 시스템이었다. 대기실에서 오랜 시간 기다렸다 마주한 인사과 직원 앞에 서류를 내미니 그 직원은 내 이력서 영어 점수에 동그라미를 치고 위에 영어라고 적었다. 그리고 결과는 서류탈락이었다. 면접 볼 기회조차 얻지 못했다. 그 후에 승무원 최종면접, 호텔 면접을 거치며 내 이력서는 점점 업그레이드되었고, 다시 한번 같은 회사에 이력서를 냈을 때 내 이력서는 '영어, 중국어, 일본어 3개 국어 가능자'였다. 그리고 결과는 합격이었다. 물론 같이 입사한 동기 중에는 토익 자격만 가지고도 입사한 동기들도 있다. 그렇지만 그 수는 많지 않았다. 입사하고 나서도 제일 중요한 자격증은 외국어였다. 중국어, 일본어 등 그 즈음해서 자주 찾아오시는 손님들 국적에 맞게 상시 외국어 교육을 받아야 했으며 자격을 취득할 것을 요구받게 되었다. 이런 모습들을 지켜봐온 결과, 딜러로 입사하는 데 필요한 건 역시 공인 외국어점수라고 말하고 싶다.

지금은 자격증의 홍수 시대이다. 검색해보면 정말 많은 종류의 서비스 자격증들이 있다. 하지만 다양한 면접을 보면서 경험해 본 결과 자격증은 크게 중요하지 않았다. 실제로 입사를 하고 봐도 이력서에 운전면허 자격증만 써넣었다는 동기도 있었다. 동점자가 있어서 고민이 된다면 뭐라도 하나 더 적힌 사람이 약간 더 유리할 수는 있겠지만 그런 이유로 비싼 돈 들여 자격증을 따는 것은 정말 시간 낭비, 돈 낭비이다. 우리가 지원하는 서비스직은 이력서에 적힌 자격증보다 면접 당일의 이미지와 경험, 외국어 실력 등이 제일 중요한 요소가 된다. 어차피 비슷비슷한 조건의 20대 지원자들 속에서 이름도 처음 듣는 생소한 자격증을 준비하는 것보다는 외국어 실력, 면접 당일의 모습, 열정이 더 중요하기 때문에 너무 자격증 수집에 목매지 않았으면 한다.

다양한 서비스 경험이 곧 명함

승무원이나 호텔리어와 같은 서비스직은 서비스를 해 본 경험이 중요하다. 항상 서비스를 받아만 보던 온실 속 화초 같은 사람이 과연 손님 앞에서 친절하게 서비스를 할 수 있겠는가? 서비스직을 지원하면서 서비스의 경험이 없다면, 면접관 입장에서도 '이 사람이 과연 우리 회사에서 잘 해낼 수 있을까?'하고 의구심을 품게 될 것이다. 나는 20살 때부터 부모님께 만 원짜리 한 장 받지 않고 경제적으로 독립했었다. 정말 웬만한 서비스 아르바이트는 다 해 본 것 같다. 이런 아르바이트 경험을 통해서 고객을 배우고 본인 자신도 서비스직이 본인에게 잘 맞는지 미리 체험할 수 있다.

첫 아르바이트 경험은 고3 수능이 끝나고 시작한 패밀리레스토랑 서빙 아르바이트였다. 대기업 계열이어서 그런지 아르바이트인데도 서비스 교육을 따로 받았었다. 어쩌면 항공운항과를 가기도 전에 받았던 내 인생 첫 번째 서비스 교육이었다고 할 수 있다. 그리고 대학교에 다닐 무렵은 신촌에 위치한 유명 패밀리 레스토랑에서도 일하고, 방학에는 대형 영화관에서 매표 일도 했었다. 내가 아르바이트했던 이들 기업은 어느 정도 규모가 있던 터라, 자신의 기업을 대표해 일하는 직원들에게 수시로 서비스에 대한 전문 교육을 시켰다. 아무리 아르바이트 직원이라고 하더라도 말 한마디, 자세 하나까지 정직원처럼 체계적으로 서비스 교육을 받아야만 했다. 또 이들 기업에서는 매일 근무 전에 철저한 용모 복장 검사를 했다. 이런 과정을 통해 본인 스스로 이미지를 관리하는 방법을 배우게 된다. 근로계약서를 쓰고 일하기 때문에 급여도 최저시급 이상은 보장되며 연장근무 등에 따른 시급 계산도 철저하다. 나름 직원 복지도 있었다. 이런 대우를 받으며 일을 해 본 경험이 있는 사람은 다음 아르바이트나 직장을 구하게 될 때도 급여와 복지 혜택에 신경 쓰며 좋은 조건의 회사를 가려낼 수 있다. 유명한 곳은 물론 손님도 많고, 일도 많아 힘들 때가 많다. 그렇지만 그만큼 경험할 수 있는 일들이 많아 얻는 것이 참 많았다.

물론 모든 아르바이트가 좋았던 것은 아니었다. 거의 일주일 만에 그만둔 아르바이트도 있었다. 인하대학교 후문 근처 호프집에서 잠깐 일을 한 적이 있었는데, 사장님은 나를 웃으면서 입구에 서서 손님들을 맞이하는 호객꾼처럼 쓰고 싶어 하셨다. 지나가는 대학생들을 가게로 오게 끌어들이는 예쁜 마네킹 역할을 하라는 것이었다. 그런 곳에서 무슨 서비스를 배울 수 있겠는가? 당시 시급이 5,000원 정도 하던 때였는데 파격적으로 시급 10,000원을 받고 문 옆에 서 있기만 하면 되는 일이었다. 돈이 급해 시작했지만, 일주일 만에 그만뒀다. 도저히 배울 게 없었다. 이 일을 하더라도 이력서에 대학가 OO호프집에서 일했다는 건 큰 도움이 되지 않을 것 같았다.

대학가 주점에서 일하더라도 나처럼 입구 옆에 서 있는 일이 아닌 손님을 직접 응대할 수 있는 일이라면 분명 배울 것도 있으니 선택해도 나쁘지 않다. 다만 나의 경우에는 표준화된 교육을 받고 유니폼을 입고 일하는 대기업 프랜차이즈 레스토랑이나 영화관이 경험을 쌓는데 특히 도움이 되었다.

그 외에도 경기장 VIP 의전 아르바이트는 승무원이나 호텔의 VIP

서비스와 관련해 배울 수 있는 것들이 있었다. 나에게는 참 아픈 기억이지만 기차역 설문조사 아르바이트, 마트 판촉행사 아르바이트는 손님에게 거절당하면서도 웃을 수 있는 법을 배운 것 같다. 요새 인터넷 아르바이트 사이트를 보면 참 많은 분야에서 다양한 아르바이트를 모집하고 있다. 그중에는 이색적이면서도 괜찮은 일도 종종 찾을 수 있다.

예전에 모 증권사에서 후원하는 초등생 대상 프로그램에서 단기 아르바이트를 구한 적이 있다. 3박 4일 동안 상해를 다니면서 아이들을 돌봐주는 선생님 역할을 하는 것이었다. 당시 중국어를 공부하고 있을 때여서 면접장에서 '호랑이 두 마리(两只老虎)'라는 제목의 중국 동요를 연습해 갔던 기억이 난다. 나중에 교육을 받으러 가서 보니 보통 연세대, 고려대, 외대 등 빵빵한 학벌의 외국어 잘하는 대학생들이 대부분이었다. 학벌도 제일 부족하고 중국어도 제일 못하던 내가 그 가이드 선생님 중 한 명으로 뽑힐 수 있었던 건 다른 지원자들과는 다르게 다양한 서비스 경험을 해 본 만큼 아이들을 잘 보살피겠다고 말한 덕분일 것이다. 이 아르바이트를 통해서 상해 현지에서 현지인들에게 대화도 해보고, 아이들을 보살피면서, 그리고 같은 가이드 선생님들과 어울리면서 협동심을 배울 수 있었다. 이 행사는 지금도 매년 진행되고 있다. 중국어나 영어가 가능하다면 아이들을 보살피며 배려하고, 글로벌한 감각도 배울 수 있는 좋은 기회이니 도전해보기 바란다.

〈중국 상해로 아이들을 인솔하는 아르바이트를 하던 모습〉

이외에도 영어, 중국어, 일본어 자격증을 따고 나서 이를 이용해 창덕궁 근처 한옥 게스트 하우스에서 일한 적도 있었다. 사무실에 앉아 컴퓨터로 온종일 외국인들이 보낸 문의 사항 등에 답장해드리는 일과 찾아오는 손님들께 게스트 하우스 이용 안내 사항 등을 알려 드리는 역할을 했다. 내가 일했던 게스트하우스는 한국문화 체험도 같이 진행하고 있어서 가끔 김치 담그기, 한복 입기 등 체험을 하시는 손님이있을 경우 옆에서 간단한 통역 일도 같이하곤 했었다. 컴퓨터 앞에 앉아 고객 개인마다 다른 요청사항에 답장하고 방마다 예약을 넣는 일은 그다지 어렵지 않았다. 보통 찾아오는 고객들은 영어와 일본어를 쓰는 개인 관광객이 많았다. 중국인들은 보통 단체로 여행하며 여행사 단위로 움직이는 경우가 많아 게스트

하우스에서는 두 번 정도 응대해 본 것이 전부였다.

외국어를 활용하는 아르바이트를 하고 싶다면 안국역 쪽 게스트 하우스에서 통역/사무 아르바이트를 지원해 보는 것도 좋을 것 같다. 단순한 노동일보다 시급도 좋았고 일도 편했다. 그리고 제일 좋았던 점은 외국인을 만나 대화하면서 그동안 혼자 공부한 외국어를 연습할 기회를 얻을 수 있다는 점이었다. 어떤 면에서는 외국인 고객을 예약에서부터 현장에 도착해서 가실 때까지 응대한다는 점이 호텔에서 호텔리어로 근무할 때의 일과 비슷하기도 했다. 요새는 서울 이외의 지방 곳곳에도 게스트 하우스가 많이 생겼다. 이런 곳에서 일하면서 다양한 고객을 응대하는 경험도 추천한다. 외국인 게스트하우스에서 내가 외국어를 활용할 기회를 가질 수 있었던 것처럼 게스트하우스에서 아르바이트를 할 생각이라면, 자신의 능력을 활용할 수 있는 곳으로 선택하길 바란다.

다만 아르바이트를 하기 전에 당부하고 싶은 점이 있다. 예전에 한 인터넷 기사를 통해 어느 지역 게스트하우스에서 여행하면서 일하는 조건으로 열정페이를 받는 청춘들의 이야기를 본 적이 있다. 실상은 지역 여행은커녕 게스트하우스의 일이 너무 많아 여행할 시간은 얻지도 못한 채 적은 돈을 받으며 고통받고 있었다. 이런 경우가 제일 화가 난다. 일하면서 본인의 노력에 합당한 대가를 받는 것은 당연하다. 서비스 경험을 쌓는다고 최저시급보다 낮은 열정페이로는 절대 일하지 않길 바란다. 이런 대우에 익숙해지면 장기적으로도 본인의 눈을 키우고 취직을 하는데도 소극적이게 된다.

이밖에 사무직 아르바이트로 보험회사에서 비서 일을 해 본 적도 있었다. 이 일은 오전–오후반으로 나뉘어 있어서 학원에 다니거나 다른 일이 있어도 겸업을 할 수 있어서 좋았다. 컴퓨터 파워포인트를 이용해 자료를 만들고 서류 만드는 작업을 주로 했었는데 정말 온전한 사무직 일을 경험해 본 것은 그때가 처음이었다. 그곳에서도 항상 웃고 있다며 근무 평은 좋았지만 내 입장에서는 제일 힘들었던 일이었다. 게스트 하우스 일은 그래도 기본적으로 외국인들을 매일 만나고 응대할 일이 있었는데, 이 일은 종일 컴퓨터 앞에 앉아 자료를 수집하고 작성해내는 게 마치 회사원이 된 느낌이었다. 이 일을 하면서 '아, 나는 책상 앞에 앉아서 일할 체질은 아니구나……' 라는 것을 깨달았다. 컴퓨터 앞에 앉아 키보드를 두드리는 일은 눈도 아프고 어깨도 아팠다. 이 일을 마지막으로 다시는 사무직 아르바이트를 지원하지 않았다. 물론 나와 달리, 사무직 아르바이트를 하면서 컴퓨터를 다루고 문서 작업하는 일이 본인에게 맞는다고 생각하는 사람도 있을 수 있다. 사실 서비스직은 서서 웃으면서 고객을 상대하는 일인 반면, 사무직은 앉아서 일하며 누군가의 감정을 살필 일이 없기 때문에 감정노동도 상대적으로 덜하다. 나의 경우, 사무직은 나와 맞지 않는다는 것을 다시 한번 확인하는 경험이 되었지만, 그 누군가는 사무직이 본인에게 맞는다고 확인할 수 있는 경험이 될 수 있기 때문에 역시 다양한 곳에서 일해 보는 것을 추천한다. 의외로 입사해서 손님들 앞에서 웃으며 서비스하고 일하는 게 본인의 적성에 맞지 않아 그만두는 사람이 있다. 그런 이유로 호텔이나 카지노에서는 면접 과정 중에 롤플레이 과정을 넣으면서 이 사람이 서비스직에 잘 맞는지 확인해 보는 것이다. 다양한 곳에서 고객을 만나며 본인 스스로 성장할 수 있는 경험을 많이 쌓길 바란다.

봉사활동과 여행을 통해 배운 배려

무전여행을 떠난 적이 있었다. 학교는 졸업했지만, 승무원 취직은 못 하고 마음이 너무 답답하고 자신감도 많이 떨어져 있을 때였다. 뭔가 해냈다는 성취감을 얻고 싶어서 친구와 단둘이 무전여행을 떠났다. 그동안 여자 둘이서 말로만 해보자 하던 게 진짜로 실행되는 순간이었다. 말 그대로 배낭 하나에 속옷과 양말 몇 개만을 챙겨 매고 해남 땅끝마을까지 가는 편도 차비만 가지고 무작정 출발했다. 당시 21살이었던 젊은 여자 둘이서 무전여행이라니, 지금 생각해도 미쳤었다. 하지만 그때는 학교를 막 졸업하고 뭔가 해내고 싶다는 철없는 생각만 가득했다. 나름 여행의 계획은 있었다. 땅끝마을 전망대에서 시작해서 보성 녹차마을, 그리고 마무리는 쌍계사 벚꽃길을 구경하는 것이었다. 그렇게 떠난 여행에서 우리는 생각보다 좋은 인연을 많이 만났다. 우선 차비도, 밥 사 먹을 돈도 없었던 우리는 모든 부분에서 그곳의 관광객분들과 현지인들에게서 도움을 얻었다. 가고 싶은 곳이 있으면 히치하이킹 하고, 차가 잡히지 않으면

걷고 또 걸었다. 밤에는 잠을 잘 곳이 없어 불 켜진 교회에 들어가 저녁 준비를 도와주고 교회 내 어린이 놀이방에서 잠을 얻어 잤다. 산을 오르다가 배가 고프면 식사하는 등산객분들께 말을 걸어 넉살좋게 같이 자리에 앉아 밥을 얻어먹고, 세상사는 조언도 들었다. 당시 아무것도 없던 젊은 여자 둘이 무전여행을 하고 있다는데 많은 분들이 놀라시고, 용기를 북돋아 주셨다. 말을 걸기까지는 속에서 오만가지 생각이 들고 주저하게 되는데, 막상 용기를 내서 말을 걸면 의외로 많은 분들이 잘 곳도 도와주시고 오히려 끼니 걱정까지 해주시며 선뜻 음식을 나눠주셨다. 아무것도 없이 시작한 여행이었지만 그 과정에서 다양한 경험을 얻었다. 무엇이든지 용기를 내 도전하면 얻을 수 있는 게 많다는 것을 깨달았다.

결국, 우리는 일주일 만에 여행을 떠날 때 목표한 대로 돈 한 푼 없이 보성 녹차 밭도 방문하고 하동까지 진출하게 됐다. 벚꽃이 흩날리는 쌍계사 십 리 벚꽃길 아래에서 친구와 나는 우리 인생의 꽃 필 봄날을 기약했다. 돌아오는 과정도 대전까지 겨우 히치하이킹을 해서 부모님 집에서 하루 자고, 서울로 돌아올 수 있었다. 수중에 단돈 만 원도 없이 딱 편도 여행비만 가지고 떠난 일주일간의 여행. 해남에서 보성, 하동까지 차로는 하루 만에도 끝낼 수 있는 여정이지만 나는 그때 길에서 정말 따뜻한 사람들을 만나고, 그리고 용기를 얻었다.

그렇지만, 무전여행을 지금 추천하고 싶진 않다. 당시가 딱 십 년 전이었는데, 그때에도 우리를 만난 어른들은 요즘 세상이 험한데 무전여행을 한다고 걱정하셨다. 하물며 십 년이 흐르는 동안 내가 봐도 세상이 더 험해졌다고 느끼게 된다. 꼭 이런 경험이 아니어도 충분히 각자의 인생에서 좋은 경험을 할 수 있다. 학생들이 여행하며 경험을 쌓고 싶다면 내일로 패스를 추천한다. 만 29세 이하 청년들에게 일반 열차를 7일간 무제한으로 이용할 수 있도록 하는 철도 자유여행 패스이다. 이 티켓과 연계되어 지역별로 숙박이나 식사를 저렴하게 할 수 있도록 혜택이 많이 있다. 나도 내일로 티켓을 이용해서 여행해 본 적이 있었다. 서울-전주-남원-순천-여수-부산 코스를 짜서 일주일간 여행했었는데 무전여행보다 훨씬 다양하게 전국 곳곳을 여행하며 새로운 것들을 경험하고 견문을 넓힐 수 있었다. 서비스 경험도 좋지만, 직장을 다니기 전에 경험하는 여행은 인생을 윤택하게 만든다. 이때 모르는 분들에게 받았던 배려는 나중에 모르는 분들을 고객으로 맞아 서비스하는 마음가짐에도 큰 도움이 될 수 있었다.

서비스직만큼 봉사 활동하는 모습이 잘 어울리는 직업은 없다. 항공사에도 봉사단체가 있고, 내가 일하던 호텔에도, 그리고 지금 근무하는 카지노에도 자발적 봉사 단체들이 있다. 남을 배려하고 섬기는 모습이 당연한 서비스직 사람들에게 봉사 활동은 어쩌면 당연한 것 같다.

한동안 인터넷 봉사단체에서 노숙자 배식 봉사를 다녔던 적이 있었다. 일주일에 하루 정해진 날 저녁에 모여서 다 같이 음식을 만들었다. 가보면 회사를 퇴근하고 바로 온 회사원, 대학생, 봉사단체 사람들, 정말 다양한 분들이 모여 있었다. 밥과 국, 반찬 2~3가지 종류를 만들어서 저녁 식사를 준비하는데 양이 많다 보니 이 과정만도 2~3시간이 소요됐다. 예전에는 영등포역에서 급식처럼 음식을 배식해 드렸는데, 요새는 을지로역 주변에서 노숙자분들께 직접 찾아가서 도시락을 배식해 드린다. 처음에는 노숙자라는데 선입견이 들었지만, 의외로 가는 곳마다 은근히 반갑게 맞아주시는 모습에서 정이 많이 고프신 분들이라는 생각이 들었다. 헤어질 때는 공부 열심히 하라는 말까지 하는 걸 보면 마음 한편이 찡했다. 생활이 어렵고 혼자 지내던 분들은 보통 마음을 많이 닫고 계신 걸 느낀다. 지금 근무하고 있는 회사에서도 봉사 활동을 하러 청양에 간 적이 있었다. 그곳에서 만난 할머니의 집수리와 청소를 도와드렸는데 그 할머니도 처음에는 남들에게 집을 공개하기 꺼리셨다고 한다. 하지만 막상 우리가 가서 집안일과 밭일을 도와드리고 반나절이 지난 후에 다시 서울로 돌아갈 때는 우리가 탄 버스가 사라질 때까지 마을 어귀에서 손을 흔드셨던 모습이 아직도 눈에 선하다. 봉사 활동은 남을 무조건 도와주며 자신을 희생하는 것이 아니라 오히려 자기가 더 많은 것을 배울 수 있는 과정이라는 걸 기억하자. 자원봉사의 시작은 대단한 준비가 필요한 것이 아니다. 그냥 누군가를 진심으로 도울 마음만 있으면 된다. 인터넷 자원봉사 단체만 쳐도 많은 곳이 도움의 손길을 기다리고 있다.

〈집수리 및 청소 봉사 활동을 하던 모습〉

다만 봉사 활동을 남을 아끼고 본인 스스로 성장하기 위한 과정이
아닌 스펙 쌓기만을 위한 것으로 여긴다면 다시 생각해 보길 바란
다. 최근에 본 기사에서 대학생들 자원봉사는 해마다 늘고 있지만
약속한 기간만큼 하지 않고 취직이나 다른 이유로 중간에 그만두는
경우가 많다는 글을 읽게 되었다. 개인의 이기적인 행동은 결국 남
아있는 사람들에게 상처를 주게 된다. 정말 마음에서 우러나와서
진심으로 남을 도울 준비가 되어 있을 때 봉사를 하고 남을 도우면
서 본인이 더 행복해지는 경험을 해보길 진심으로 바란다.

강한 체력으로 서비스직에서 살아남기

어느 직업에서든 반복된 업무를 하다 보면 직업병이 생기기 마련이
다. 특히 서비스직에서 근무하는 여성들은 서 있는 자세가 더 예뻐

보이도록 굽이 있는 구두를 신게 되는데, 이런 경우 체중이 발의 앞쪽으로 실리면서 발가락이 받는 압박이 심해져, 장기간 근무시 발가락 변형이나 휜 다리 등의 변화가 올 수 있다. 내 경우에도 고등학교에 다닐 때까지는 운동화만 신어서 발가락 모양이 가지런했는데 구두를 신으면서 엄지발가락과 새끼발가락 모양이 변하게 되었다. 번거롭더라도 회사를 퇴근하고 친구들을 만나거나 이동하는 시간에는 운동화나 여분의 플랫슈즈를 챙겨서 꼭 갈아 신는 습관이 본인의 발과 다리를 위해 필요하다.

승무원이나 호텔리어는 장시간 서서 고객을 응대하는 것이 근무 대부분을 차지하고 있어서 허리와 골반이 아프기에 십상이다. 사실 근무 자세뿐만 아니라 일을 하면서도 허리를 쓰게 되는 일이 많다. 예를 들어, 승무원은 손님의 짐을 선반으로 들어 올리고 기내 물품들을 옮길 때 무거운 것을 많이 들게 되고, 호텔리어도 무거운 호텔 식기들을 다루다 보니 이를 지탱하기 위해 허리를 많이 쓰게 된다. 그래서 허리 디스크 같은 고질병들을 앓고 있는 분들도 적지 않다.

이외에도 승무원이나 호텔리어가 겪는 직업병은 여럿있었다. 장기간 서 있을 때, 아침에 신은 신발이 오후에는 발이 부어 잘 맞지 않는 경험을 해 본 적이 있을 것이다. 다리가 저리고 무거운 느낌이 들고 부종이 생기거나 다리 혈관이 튀어나와 보이기도 한다. 이게 더 심해지면 하지 정맥류로 발전하기도 한다. 호텔에서 근무할 때 나도 하지정맥류 초기 증상이 있었다. 다리가 너무 무거워 질질 끌고 다니는 기분이었다. 분명 내 다리인데 다른 사람의 다리같이 무겁고 짐스럽게 느껴졌다. 몇몇 선배들의 조언을 구해서 바지 유니폼 속으로 압박스타킹을 착용한 적이 있었다. 압박스타킹은 허벅지 종아리 발목 등의 부위별 압박의 강도가 다른 기능성 스타킹이다. 각 부분에 맞게 압박을 주어 혈액순환에 도움이 된다고 한다. 하지만 자기 사이즈에 잘 맞는 것을 잘 알아보고 구매해야 한다. 착용을 해보고 구매할 수 있는 제품이 아니라서 사이즈 선택에 실패하면 본인의 다리에 맞는 제품이 아니라 효과를 볼 수 없다. 또한, 무제한 사용할 수 있는 제품이 아니라 어느 정도 사용하다가 늘어나면 압박 효과가 사라져 새로 구매해야 한다. 나는 압박 스타킹을 신어도 다리가 무겁고 부어서 고생했었다. 집에 오면 아픈 다리를 주무르는 데만 30분씩 소모하기 일쑤였다. 가만히 있는데도 가끔 왼쪽 다리에 찌릿하고 전기가 통하는 느낌이었다. 이 문제를 실제로 병원에 방문해서 이 문제를 상담해 본 적도 있었다. 다행히 수술할 정도로 심한 정도는 아니었지만 상태가 더 심각해지지 않게 관리를 할 필요성을 느끼게 되었다. 발가락이나 종아리에 쥐가 자주 나고 종아리가 붓거나 쿡쿡 쑤시면 자기 전에 다리를 벽에 기대어 심장보다 높이 들어 올리는 방법도 괜찮다. 종일 다리 아래로 쏠린 피를 중력의 힘을 이용해 다시 원래로 돌려놓는 것인데 하루 10분 정도만 해도 확실히 다음 날 다리가 조금 더 가벼운 느낌이었다. 잠버릇이 심하지 않다면 잘 때 다리에 베개를 받치고 자는 것도 도움이 된다. 이렇게 집에서 스스로 다리를 관리하는 것뿐만 아니라 근무하는 틈틈이 발목 돌리기 등 가벼운 운동으로 다리를 계속 움직여서 피가 잘 통하게 하는 생활습관을 유지해야 한다.

카지노 딜러는 몇몇 테이블 종목을 제외하고는 앉아서 근무한다. 평생 서서 서비스 일을 해 왔는데, 이젠 앉아서 일할 수 있다니……. 그동안 서 있으면서 겪었던 다리의 고통에서 해방될 수 있다는 생각에, 처음에는 엄청난 장점이라고 생각했었다. 그러나 딜러는 테이블에 앉아 게임을 진행하고 고객을 응대하다 보니 자연스레 상체와 목을 숙이게 되는 경우가 많았다. 그래서 지금은 일자목이나 굽은 등 같은 어깨, 허리 통증의 직업병이 생겼다. 나 이외에도 허리통증을 호소하는 사람이 많다. 승무원이나 호텔리어처럼 서서 무거운 물품들을 들고 서비스하는 게 아닌데 왜 딜러도 디스크 환자가 있나 의아할 수 있겠지만, 사실 서기, 눕기, 앉기 등 다양한 자세 중에 제일 허리에 무리를 주는 자세가 앉아 있는 것이다. 앉아 있으면 서 있을 때보다 허리 압력이 증가해 허리가 약해진다고 한다. 그래서 허리 통증의 완화를 위해서라도, 수시로 스트레칭을 해야 함은 물론, 앉을 때 허리 등받이까지 깊숙이 앉으면서 허리를 곧게 펴고 있어야만 한다.

이런 딜러의 고충을 덜어주려고 업장에는 높낮이를 조정할 수 있고 허리 등받이 부분이 편하게 제작된 딜러용 근무 의자를 배치하고 있지만, 뭐니 뭐니 해도 허리디스크를 예방하려면 본인 스스로

가 허리를 단련하는 운동을 할 필요가 있다. 무엇보다 평소에 바른 자세로 생활하는 게 중요하다. 어딘가에 기대서거나 짝다리로 서서 한쪽에 체중을 싣는 자세는 좋지 않다. 허리에 좋은 운동으로는 수영이 있다. 체중의 부담이 줄어드는 물속에서 허리에 전달되는 힘을 줄여주기 때문에 추천하고 싶다. 나 역시 허리 통증 때문에 병원을 찾았을 때, 의사 선생님의 추천으로 한동안 수영을 꾸준히 한 적이 있다. 그 의사 선생님께서는 접영이나 평영은 허리를 뒤로 젖히는 자세에서 무리가 갈 수 있기 때문에 배영이나 자유형을 추천하셨고, 수영을 못한다면 물속을 걷기만 해도 좋다고 말씀하셨다. 요즘은 바빠서 수영을 자주 나가지 못하지만, 그때 당시, 확실히 허리 통증이 완화되는 것을 경험했기 때문에, 만약 허리 통증이 심한 사람이 있다면 수영을 권하고 싶다.

요새는 스마트 폰을 사용하는 사람들이 많아져서 손목 통증을 호소하는 손목터널증후군을 앓는 사람이 늘어났다. 예전에는 보통 손을 자주 사용하는 직장인이나 집안일을 자주 사용하던 주부들이 겪던 병으로 알려져 있었다. 무거운 식기를 들고 서비스하는 호텔리어도 그렇겠지만, 카지노 딜러로 일하면 손을 쓰지 않는 순간이 한 순간도 없다. 게임을 진행하다 보면, 손님이 테이블에 앉으셨다 가시는 순간까지 어쩌면 얼굴 근육보다 손 근육을 더 많이 사용하는 것 같다. 나도 몇 년간 딜러 생활을 하면서 손목이 약해진 걸 느낀다. 한번은 스마트 폰으로 문자를 하는데 핸드폰이 마치 벽돌을 들고 있는 것처럼 무겁게 느껴지기도 했다. 그래서 예쁜 장식이 달린 케이스를 벗어 던지고 조금이라도 가볍게 들고 다닐 수 있도록 핸드폰 케이스를 바꿨다. 요즘은 어쩌다 요리라도 덜기 위해서 프라이팬을 들고 있을 때면 손을 부들부들 떨고 있는 나를 발견하고 놀라곤 한다. 꼭 서비스직뿐만 아니라 컴퓨터를 많이 사용하는 사무직이나, 핸드폰을 자주 사용하는 젊은이들에게 자주 생길 수 있는 증상이니, 평소에 손목을 자주 풀어주는 스트레칭을 하는 습관이 필요하다. 또 무거운 물건을 많이 들어 손목에 무리를 주지 않도록 평소에 조심하는 생활 습관을 지녀야겠다.

이런 통증으로 드러나는 육체적인 직업병 외에도 보이지 않는 직업병 역시 무시 못 할 것이다. 특히 서비스직에서 일하다 보면 고객을 상대하면서 때때로 느끼는 스트레스도 물론이지만, 공통으로 불규칙한 생활 습관이 문제가 된다. 다양한 나라를 이동하며 시차가 바뀌는 게 일상인 승무원도 그렇고, 24시간 영업하며 3교대 근무를 하게 되는 호텔리어나 카지노 딜러도 마찬가지다. 근무 스케줄에 따라 어느 날은 잠을 자고 또 어느 날은 그 시간에 출근하는 등 일정한 생활 패턴을 갖고 유지하는 것이 거의 불가능하다. 불규칙한 생활 습관을 하게 되면 면역력이 떨어지고, 이로 인해서 수면장애 등을 겪는 동료도 주위에 몇 명 있다. 이를 극복하기 위해 정말 꾸준히 운동하면서 체력을 키우는 것이 중요하다. 대부분의 젊은 여성이 그러하듯 나 역시 운동을 좋아하지 않는다. 그렇지만 스트레스 해소를 위한 것뿐만 아니라 체력적 한계를 이겨내기 위해서라도 무엇이든 해야만 했다. 그렇다 보니, 다양한 종류의 운동을 시도해 봤다. 수영, 요가, 발레, 필라테스, 헬스, 테니스, 골프, 자전거. 운동을 쉬다가도 하고 싶은 운동이 있으면 다시 시작했다. 한 운동을 꾸준히 해도 좋겠지만 운동 종목에 상관 없이 계속하고 있다는 점이 더 중요한 것 같다.

요가, 발레, 필라테스는 요새 젊은 여성들에게 인기가 많다. TV 속 연예인도 자주 하는 운동으로 앞다투어 소개되는 단골 운동들이다. 이런 운동들은 몸매교정과 매끈한 바디라인을 만들어주는 유산소 운동으로 효과가 좋았다. 특히 자주 사용하지 않는 부위를 움직여줘서 가늘고 예쁜 근육을 만들어 준다.

요가는 보통 우리가 일상생활에서 하는 흉식호흡이 아닌 배로 하는 복식호흡을 배우게 된다. 운동 자체의 효과도 있지만, '호흡-동작-명상'의 과정을 통해 심신의 안정, 마음의 평화를 느끼는 데 도움이 된다. 당시 취업 준비생이었던 나는 항상 머릿속에 고민이 가득 차 있었다. 때문에 요가 호흡을 하면서 잡념과 생각을 비워내고 마음이 고요해지는 그 시간이 참 좋았다.

발레를 할 때는 수업이 끝날 때마다 선생님이 당부하던 말이 있었다. 항상 머리를 위에서 누가 잡아당기는 것처럼 목을 늘리고 어깨 펴고 다니라고 하셨는데, 이 수업은 일자 목을 교정하고 굽은 어깨를 교정하는데 도움이 되었다. 실제로 기사가 나올 때마다 거북목을 하고 있던 어느 유명 연예인이 발레를 시작한 후로 일자 목으로 당당하게 포토라인에 서는 사진이 화제가 된 적이 있다. 물론 성인이 되어서 발레를 배우면 실력이 어린아이들처럼 금방 늘 수는 없지만, 굳어있는 몸을 풀어주고 자세 교정하는데 의미가 있다고 본다.

필라테스는 원래 재활에 목적을 둔 운동이다. 그래서 신체의 전 근육을 과학적으로 단련하는 데 주력한다. 처음 필라테스를 시작하게 된 계기는 내 몸이 왼쪽으로 기울어지는 느낌을 받았기 때문이다. 아마도 근무할 때 테이블 왼쪽에 위치한 슈에 몸을 기대어 일하기 때문인 듯했다. 신발 밑창만 봐도 오른쪽과 왼쪽이 균일하게 닳아진 것이 아니라, 한쪽이 확연히 더 닳아 있었다. 이는 한쪽으로 무게가 더 쏠려 있다는 증거이고, 결국 골반이 틀어졌다는 증거였다. 주변 동기들의 조언을 받아 집 근처의 필라테스 학원에 등록했다. 여러 기구들을 이용해 자세를 바로 잡고, 몸 구석구석의 근육을 늘려주는 필라테스를 하고나면, 운동을 마치고도 개운한 기분이 들었다. 사실 필라테스는 살을 빼려고 하는 운동은 아니다. 바르게 교정되는 자세와 몸매라인을 잡는 데 특히 효과적이었다.

헬스는 내가 제일 싫어하던 운동이었다. 체육관에서 시끄러운 음악 소리를 들으면서 지겹고 힘든 과정을 반복하는 건 퇴근하고 또 다른 일을 하고 있는 기분이었다. 하지만 여성에게 제일 필요한 운동이 헬스라고 하니 정말 충격이다. 여자들이 근력운동을 해야 하는 이유는 호르몬과 관계가 있다고 한다. 여성 호르몬이 나오면서 근육이 위축되고 그 자리에 지방이 쌓이는 결과가 남는다. 근육량이 적어질수록 대사량도 적어지므로 다이어트 효과도 떨어진다고 한다. 물론 유산소 운동도 도움이 되긴 하지만, 여성에게 근육은 중요한 부분이므로, 집에서 500ml 생수병이라도 이용해서 운동하는 근력 운동이 필요하다. 이외에도 적당히 근력 운동도 하면서 유산소 운동도 할 수 있는 테니스, 골프, 자전거를 추천한다. 이들 운동은 일단 여럿이 단체로 할 수 있기 때문에 혼자서 하는 헬스보다는 같이 즐길 수 있다는 데 매력이 있었다.

테니스는 처음 동호회를 다니면서 관심을 갖게 되어 강습까지 받게 되었다. 우리나라에서는 골프가 더 인기 있지만, 외국 고급호텔에 가면 테니스장이 거의 다 설치가 있을 정도로 외국에서는 테니스가 더 인기가 많다. 테니스나 골프는 고급 스포츠라는 생각이 들지만 배우는 강습비도 그렇게 비싸지 않다. 이런 스포츠들을 배우면 회사생활이나 사교 생활을 하는 데도 도움이 된다. 더구나 이런 운동들을 야외에서 하다 보면 실내에서 일하느라 부족한 비타민D도 흡수할 수 있고, 단체로 운동하며 동기부여나 즐거움도 두 배로 커질 수 있다.

요새는 책도 쓰고 강의 준비도 하느라 일이 많아져, 어느 한 곳에 등록해 다니며 운동하고 있지는 않다. 다만 집에서 간단한 홈 트레이닝 기구로 운동하고 있다. 요즘에는 유튜브나 인터넷 사이트에도 좋은 운동법들이 많이 소개되고 있으므로, 운동할 마음만 있다면 언제 어디서든지 따라 하면서 스트레칭으로 몸을 이완하거나 신체의 균형적 발달을 도모할 수 있다. 중요한 건 운동의 종목이 아니라 꾸준히 하는 것이다.

5장

실전 면접 준비

"세상에서 가장 어려운 일은 사람이 사람의 마음을 얻는 일이란다.
각각의 얼굴만큼 다양한 각양각색의 마음은 순간에도 수만 가지 생각이 떠오르는데
그 바람 같은 마음을 머물게 한다는 건 정말 어려운 거란다."

생텍쥐페리 「어린왕자」

자신의 경험을 스토리텔링으로 전달하기

현재 취업 시장에는 비슷한 조건의 지원자가 어림잡아도 수천 명
은 족히 넘을 것이다. 그런 지원자들 사이에서 어떻게 하면, 나를
더 돋보이게 할 수 있을까?

이는 나도 취업 시절에 계속 고민하던 질문이었다. 나는 정말 평
범한 지원자 중의 한 사람이었다. 학벌이 좋았던 것도 아니고, 유
학을 다녀온 것도 아닌, 어려운 가정형편에 내세울 것이라곤 남들
보다 더 많이 해 본 아르바이트 경험이 전부였다. 하지만 아르바이
트 경험은 누구나 한두 번씩은 다 있기 때문에 아르바이트 경험이
많다는 것 자체를 내세우기에는 뭔가 부족했다. 그래서 나는 내가

경험한 것들을 효과적으로 면접관들에게 전달하기 위한 방법을 강구했다. 수많은 지원자들 사이에서 내가 하고 싶은 말이 아닌, 면접관이 듣고 싶은 이야기를 할 수 있어야 한다.

면접을 보며 어찌 간절하지 않은 사람이 있겠는가? 저마다 사정이 있고 이유가 있는 지원자들 사이에서 자신의 구구절절한 사연을 늘어놓기보다는 면접관이 듣고 싶고, 공감할 수 있는 스토리를 준비하는 것이 필요하다. 입사 서류를 작성할 때도 그렇고, 면접장에서도 면접관들을 대할 때도 자신이 경험한 일들을 스토리로 엮어서 설득력 있게 말할 수 있으려면 그 전에 자신의 인생 경험들을 쭉 적어보고, 이를 스토리 형식으로 정리하는 연습이 필요하다.

예를 들어 보자. 언젠가 모 증권사에서 초등학생 아이들을 대상으로 하여 경제/금융 관련 기회를 제공하는 프로그램이 있었다. 이 프로그램에서 선정된 아이들을 인솔하여 중국어 멘토로 참가한 적이 있었다고 앞서 소개했었다. 이 경험을 가지고도 다양한 스토리텔링이 가능하다. 승무원을 지원한다면, 승무원 지원 동기를 이 경험의 스토리에 녹여 낼 수 있겠다.

"학교를 졸업하고, 아이들의 중국탐방 여행에 멘토 선생님으로 참가한 적이 있습니다. 아이들과 잊을 수 없는 3박 4일을 보낸 후, 아이들 부모님께 안부 전화를 드렸습니다. 부모님들께서는 아이에게 '중국여행에서 무엇이 제일 좋았어?'라고 물었었는데, '멘토 선생님과의 시간이 제일 좋았다'고 말했다며 저에게 무척이나 고마워하셨습니다. 그 말씀을 듣고, 승무원을 준비하는 사람으로서 '기내에서의 서비스로 고객님들께 추억을 선물해드릴 수도 있겠구나'라는 생각을 하였습니다."

만약 카지노 딜러에 지원하는 경우라면, 외국에 몇 년씩 다녀온 유학파와 외국어 전공자들 사이에서 본인의 외국어 실력을 어필할 수 있는 스토리로 엮어 대답할 수 있을 것이다.

"저는 비록 중국 유학은 다녀오지는 않았지만, HSK 5급 자격증이 있습니다. 그 덕분에 모 증권사에서 후원하는 중국탐방 여행에 중국어 담당 멘토 선생님으로 참가한 적이 있었습니다. 한국에서 혼자 공부하던 중국어 실력이라 걱정을 많이 했지만, 막상 현지에 가서 3박 4일간 맡은 바 역할을 아무 탈 없이 수행하고 나니, 중국 현지인들을 상대하는데 큰 자신감을 얻게 되었습니다. 현재는 회화 위주로 중국어를 공부하고 있으며, 입사해서도 고객분들을 응대하는데 문제가 없도록 열심히 노력하는 딜러가 되겠습니다."

분명 같은 경험인데도 지원하는 회사에 따라, 본인의 스토리를 담아 이야기하면 단순한 사실 전달이 아닌, 면접관들의 공감을 불러일으킬 수 있는 스토리로 바뀌게 된다.

이처럼 경험을 담은 스토리는 지원 동기뿐만 아니라, 다양한 주제로도 활용될 수 있을 것이다. 서비스직은 팀워크가 중요하다. 예를 들어, 면접에서 팀워크에 관련된 질문을 받게 된다면, 이렇게 대답할 수 있을 것이다.

"모 증권사에서 후원하는 중국탐방 여행에 중국어 멘토로 참가하였을 때, 팀워크와 관련된 좋은 추억이 있습니다. 제가 맡게 된 아이들 중에는 다운 증후군을 앓는 아이가 있었습니다. 저의 가장 큰 과제는 그 아이가 다른 친구들로부터 소외되지 않으면서 팀마다 주어진 프로젝트 과제를 성공적으로 수행할 수 있도록 하는 것이었습니다. 그래서 제가 선택한 방법은 매일 밤 주어진 멘토와의 시간에 모두를 아낌없이 칭찬해 주는 것이었습니다. 그러자 다른 아이들도 프로젝트 과제를 수행하며 선입견 없이 그 아이를 한 팀의 일원으로 인정하고, 그 아이에게 동등한 역할을 부여하는 것에 이견을 두지 않았습니다. 결국, 저희 조는 주어진 프로젝트를 모두 다 함께 멋지게 성취할 수 있었습니다."

이처럼 분명 한 가지 경험인데도 질문에 따라 다양한 주제로 풀어낼 수 있는 것이다. 즉, 이야기 속에 나만의 개성과 진정성을 담아 전달하면 나만의 스토리가 되는 것이다.

대답하는 방식도 중요하다. 앞서 내가 말한 답변의 예시들을 보면 단답형의 답변이 없음을 발견할 수 있을 것이다. 이력서에 기재된 봉사 활동 경험에 대해 질문을 받게 되는 경우를 가정해서 말해보자.

"제가 영등포역에서 노숙자 배식 활동을 몇 달간 한 적이 있습니다. 그 일을 통해서 많은 것을 배웠습니다."

　이렇게 답변한다면 그 답변은 큰 점수를 얻지 못할 것이다. 면접관들이 지원자에게 궁금한 건 지원자가 무슨 경험을 하고 그를 통해 무엇을 배웠는지 일 것인데 위와 같은 답변은 그 어떤 궁금증도 충족시키지 못한 추상적인 답변이다. 서비스직은 본래 남을 배려하고 돕는 봉사 활동과도 밀접한 관계가 있다. 본인의 자질을 말씀드릴 좋은 기회에 위와 같은 짧은 답변은 지원자가 면접에 임하는 열정이 없어 보이게 만들 수 있다. 나라면 이렇게 답변하겠다.

"저는 영등포 노숙자 배식 봉사 활동을 하면서 서로 배려하며 감동을 하였던 적이 있었습니다. 제가 맡은 역할은 음식을 다 만든 후, 영등포역 앞에서 따뜻한 차를 나눠 드리는 것이었습니다. 그런데 차를 받아 가시는 노숙자분들이 저의 손에 자신의 손이 닿을까 봐, 조심스러워 하시는 모습을 보고 마음이 너무 아팠습니다. 그래서 먼저 손을 잡아 드리며 '맛있게 드세요'라고 웃으며 말하자 그분들께서 무척 좋아하시던 모습이 아직도 생생합니다. 저는 봉사 활동과 서비스는 상대에게 진심으로 다가가야 통한다는 점에서 같다고 생각합니다. 앞으로 제가 모실 고객들께 진심을 담은 서비스로 그분들 모두 소중한 존재라는 만족을 드리고 싶습니다."

답변 방식에 대한 다른 예를 들어 보자. 아르바이트 경험에 대해 질문을 받게 되는 경우, 흔히 이렇게 말한다.

"호텔의 OO업장에서 고급스러운 서비스를 배웠습니다. 업장을 찾아 주시는 고객분들께도 고객을 위한 서비스를 할 수 있습니다."

하지만 이런 식으로 답변한다면 도대체 고급스러운 서비스는 뭐고 고객을 위한 서비스는 뭔지 애매할 뿐 아니라, 지원자가 무엇을 말하고자 하는지 알기 어렵다. 모호한 단어의 사용보다는 경험했던 특정 상황을 구체적으로 설명하는 게 좋다.

"oo호텔에서는 유모차를 대여하는 서비스를 하고 있는데 신분증을 맡긴 고객에 한하여 대여 서비스를 이용할 수 있었습니다. 어느 날 한 손님이 오셨는데, 신분증이 차에 있다고 하시고 아이도 3명이어서 벨 데스크까지 가시기 불편해 보였습니다. 원칙은 고객이 직접 가셔서 신분증을 맡긴 후에야 빌리실 수 있지만, 저는 제가 직접 벨 데스크에 가서 사번을 기입하고 유모차를 얻어다가 손님께 가져다드렸습니다. 그러자 그 손님이 생각하지 못했던 배려에 무척이나 고마워하셨습니다. 저는 호텔에서 일하며 이렇게 항상 고객의 입장에서 먼저 생각하는 자세를 배우게 되었습니다."

면접 예상 답변을 준비함에서도 약간의 센스가 필요하다. 잘 준비한 한 가지 대답이 결국 다른 질문의 대답이 되기도 한다. 말하자면 자기소개가 자기 PR, 자기 장점에 대한 대답이 될 수도 있고, 뒷부분만 잘 고치면 지원 동기가 될 수도 있다. 어차피 면접장에서 한 지원자에게 하는 질문은 몇 개 되지 않으며, 적어도 하나는 예상되는 질문일 가능성이 높다. 나를 어필할 수 있는 나만의 스토리로 질문에 적절하게 연관 지어 답변하면 된다.

좌우명에 대한 질문을 예로 들어보자.

"저의 좌우명은 '하면 된다'입니다. 어린 시절 집안 형편이 좋지 않아 언니들까지만 피아노 학원에 다니고 저와 동생은 다닐 수 없었습니다. 항상 피아노를 잘 치는 친구들을 보면서 부러워만 하다가 22살 때 여름, 피아노 학원 문을 두드리게 되었습니다. 유치원생과 초등학생들 사이에서 피아노를 배우는 것이 어떤 면에서는 부끄러웠지만, 성인이 되어 배우는 만큼 이해력이 빨라 결국에는 6개월 만에 체르니 30번까지 치게 되었습니다. 그때만큼 제가 성취감을 느낀 적이 없었고, 그 일을 계기로, 늦게라도 하면 된다는 것을 좌우명 삼아 노력하고 있습니다."

조금만 각색하면 인생에서 성취한 경험도 될 수 있고, 취미가 피아노 치기라고 말하면서 포기하지 않고 노력하는 자신의 모습을 어필할 수도 있을 것이다. 이처럼 비슷한 맥락에서 가지치기로 뻗어나가는 질문들이 많으니 핵심 스토리 하나만 잘 준비한다면 다양한 질문에 활용 가능할 것이다.

여기서 꼭 한 가지 당부하고 싶은 점이 있다. 꼭 사실에 근거해서 말해야 한다는 것이다. 면접관들은 면접 경력 수십 년의 고수들이다. 수천, 수만 명의 지원자를 경험하며, 그들이 말하는 태도, 목소리 톤만 봐도 사실인지 아닌지 단번에 파악할 수 있다. 만약 거짓 답변을 했는데 그에 관한 추가 질문을 받게 된다면, 분명 본인이 예상치 못한 상황에 답변을 버벅거리게 될 것이고, 그럼 면접관들에게 신뢰할 수 없는 지원자로 낙인찍힐 것이다. 자신을 포장하고자 특별한 경험을 거짓으로 만들어내 말하기보단 본인의 일상적이고 소소한 일이라도 그 일에서 자신이 느꼈던 감정 또는 배운 점 등을 진솔하게 풀어내는 것이 중요하다.

지금 당장 노트 한 권을 준비해 책상에 앉아 보자. 그 노트 안에 지금까지 자신이 살아오면서 경험했던 일들을 하나씩 되짚어 보자. 자신의 가능성을 보여 줄 수 있는 경험담에 진심을 섞어 진정성 있게 풀어내면 분명 듣는 사람에게도 좋은 인상을 남길 수 있을 것이다.

서비스 면접에 자주 나오는 질문

「기본 질문」

1. 자기소개 / 자기 PR 해보세요.

2. 왜 이 직업을 하고자 하나요? (지원동기)

3. 입사 후 어떤 직원이 되고 싶나요? (입사 후 포부)

「면접자에 관한 질문」

1. 기본 정보
- 성격은 어떤가요?

- 장/단점을 말해주세요.

- 취미는 무엇인가요?

- 특기는 무엇인가요?

2. 성장 과정

- 가훈이 있나요?

- 집안 분위기는 어떤가요?

3. 대학 생활

- 전공은 무엇인가요?

- 동아리 활동 경험이 있나요?

- 아르바이트 경험이 있나요? 자신이 했던 서비스에 대해 말해보세요.

- 없다면 받아봤던 서비스 중에 좋았던 서비스와 나빴던 서비스 말해보세요.

- 봉사 활동 경험이 있나요?

4. 가치관/좌우명은 무엇인가요?

5. 이 직업에 취직하기 위해 그동안 무엇을 준비했나요?

6. 졸업 후 무엇을 했나요? (졸업자의 경우)

7. 이전 직장을 그만둔 이유는 무엇인가요? (경력자의 경우)

「직업에 대한 질문」

1. 서비스란 무엇이라고 생각하나요?

2. 이 직업에 제일 필요한 자질은 무엇인가요?

3. 이 직업의 장단점은 무엇인가요?

4. 본인을 꼭 뽑아야 하는 이유가 있나요?

「회사에 관한 질문」

1. 회사의 이미지가 어떤가요?

2. 회사에 대해 알고 있는 것이 있나요?

「시사 질문」

1. 현 사회 이슈 관련 질문

– 저출산에 대해 어떻게 생각하시나요?

– 사교육에 대해 어떻게 생각하시나요?

– 성형수술에 대해 어떻게 생각하시나요?

2. 오늘 아침 신문을 보았나요?

「기타」

1. 이제까지 제일 기뻤던 때와 슬펐던 때는 언제인가요?

2. 취직하면 가장 먼저 하고 싶은 일은 무엇인가요?

3. 언제까지 일하고 싶은가요?

4. 체력관리를 어떻게 하나요?

5. 스트레스 관리를 어떻게 하나요?

6. 존경하는 사람을 말해보세요. (부모님 제외)

7. 가장 좋아하는 책/영화와 그 이유는 무엇인가요?

8. 제일 친한 친구를 소개해 주세요.

9. 10년 후 본인의 목표를 말해보세요.

10. 오늘 면접이 끝나면 무얼 할 계획인가요?

외국어 면접에 자주 나오는 질문

외국어 면접은 보통 면접관과 지원자가 1:1로 면접을 보게 되며, 면접 질문도 한두 문제 정도로 간단하다. 나오는 질문들도 평이한 편이니, 미리 준비해보면 실전에서 답변하는데 문제없을 것이다.

「자기소개」

Q. Tell me about yourself.

「성격」

Q. How can you say about your character?

「취미」

Q. Do you have any hobbies?

「장점」

Q. What are your strengths?

「단점」

Q. What are your weaknesses?

「대학교 전공」

Q. What is your major?

「지원동기」

Q. Why do you want this job?

「입사 후 포부」

Q. What kind of worker would you like to be?

「아르바이트 경험」

Q. Have you ever had a part time job?

「건강관리법」

Q. How do you stay healthy?

「기타 질문」

Q. How are you feeling today?

Q. How do you spend your free time?

Q. What kind of movie do you like?

Q. How do you release your stress?

Q. What did you do last weekend?

Q. What will you do after this interview?

Q. what do you usually do with friends?

Q. How would you describe yourself if one word? why?

Q. Who is your role model?

Q. advertise your hometown, please

Q. Which place do you want to visit the most and why?

Q. can you tell me about service?

Q. Do you prefer to work along or as a member of a team?

Q. Why should we hire you?

Q. If you are employed, how long are you going to work for us?

자기소개서 쓰는 법 예시 - 항공사

「무한도전」이란 TV 프로그램에서 '면접의 신'이라는 주제로 멤버들의 취업 도전기를 진행한 적이 있었다. 멤버들은 취업 도전의 첫 시작으로 자기소개서 작성부터 시작했다. 물론 개그 프로그램이어서, 대부분 장난이 섞인 자기소개서를 작성했지만, 그 내용이 너무 뻔한 레퍼토리여서 다소 아쉬웠던 기억이 난다. 심지어 국민 MC 유재석 씨 조차도 "여유롭지는 않지만 단란한 가정에서 부모님의 사랑 속에서 행복한 유년 시절을 보냈다. 지금까지도 항상 긍정적으로 하루하루를 감사하게 생각하며 살고 있다."라고 자기소개서 상의 성장 과정을 적었다. 이렇게 누구나 자기소개서를 막상 쓰기 시작하면, 무슨 내용을 써야 할지 막막하기만 하다.

그렇다고 해서, 누구든지 쓸 수 있는 뻔한 레퍼토리로 자기소개서를 채운다면, 그 글을 읽고 있는 서류 면접 담당자들은 무슨 생각을 하게 될까? 아마 면접의 기회 조차 얻기가 쉽지 않을 것이다. 서비스직은 지원자의 서비스 마인드나 경험을 많이 보는 데 주력하기 때문에 서류면접에는 관대한 편이지만, 간혹 서류 면접에서 탈락하는 지원자들도 있기 때문에 자기소개서 작성을 간단히 봐선 안 될 것이다.

보통 자기소개서에는 지원동기와 입사 후 포부가 필수적으로 들어간다. 이번 파트에서는 항공사에 지원할 때, 내가 직접 썼던 자기소개서들을 참조해 설명하고자 한다.

[지원동기]

지원동기를 보면 인사 서류 담당자들은 이 사람이 묻지마 지원을 한 것인지, 정말 회사와 업무에 관심을 두고 지원한 것인지 한눈에 파악할 수 있다고 한다. 자신의 특성, 경험 등을 통해서 자신이 이 회사의 지원 업무에 얼마나 잘 맞는 사람인지 구체적으로 설명해야 한다.

"23년 무사고 경력, 저희 아버지는 택시 운전을 하십니다. 손님께 준비한 사탕도 드리고 대화도 하며 언제나 진심을 다해 모셔다드리는 아버지의 모습을 보며 서비스를 처음 알게 되었고, 매일 다양한 사람들을 만나며 일하는 것이 무척 활기차고 새롭다는 생각을 하게 되었습니다.

제가 OO항공에 지원한 이유는 재능, 사랑, 행복, 희망이라는 다양한 테마를 '사람'을 통해 나누는 OO항공의 슬로건이, 제가 어렸을 때부터 바라보던 아버지의 서비스 모습에 맞닿아 있었기 때문입니다.

아버지의 모습뿐만 아니라, 2년간 수차례의 봉사 활동과 아르바이트를 경험하며, 저는 사람을 상대함에 있어서, 결국 진심을 다할 때만이 서비스가 상대방에게 온전히 전해진다는 것을 배우게 되었습니다. 제가 OO항공의 승무원이 된다면, OO항공이 제시하는 '사람'의 인재상에 걸맞도록 진심을 다하는 서비스로 다른 사람들에게 사랑, 행복, 희망을 전달할 수 있도록 하겠습니다."

만약 해당 항공사를 이용한 경험이 있다면, 그 당시의 경험을 자기소개서에 잘 녹여 다음과 같이 작성할 수도 있겠다.

"작년 여름, 한국으로 향하는 OO항공 기내에서, 저와 200여 명의 아이들은 잊지 못할 최고의 서비스를 받게 되었습니다. 그날은 아이들을 대상으로 하는 3박 4일간의 상해일정을 끝마치고, 한국으로 향하는 비행기에 올랐던 날이었습니다. 그 당시, 중국어 멘토로 참가하여 함께 하고 있었는데, 아이들은 일정이 많이 피곤하였는지 탑승하자마자 언제 한국에 도착하냐며 짜증을 내었습니다.

 그 순간, "글로벌 리더 대장정 손님 여러분, 상해에서의 추억은 즐거우셨습니까? 그리운 한국으로 돌아가는 OO항공 비행기에 탑승하신 것을 환영합니다."라는 기내방송이 들려왔습니다. 갑자기 그 피곤하다던 아이들이 "우와! 선생님 들으셨어요? 저희 이야기한 것 맞죠?"라며 신나서 좋아하던 모습이 지금도 눈에 선합니다. 저 역시 여행을 하며 그런 신선한 방송을 들었던 적은 처음이어서 무척 놀라고 감동이었습니다. 센스 있으신 OO항공 승무원들 덕분에 저희는 그날 무척 특별한 손님이 된 것같이 느껴졌고, 그 날 함께 계셨던 주최사의 담당자님은 그때의 기억 덕에 아이들과 캠프를 가는 프로그램 운영 시, 항상 OO항공을 이용한다고 합니다. 저 역시, 그때 OO항공에 감동한 고객으로서, OO항공의 승무원이 되어 제가 느낀 최고의 서비스를 다른 이에게 전하고 싶다는 생각을 하여 지원하게 되었습니다."

이렇게 해당 항공사를 이용한 경험을 활용하여 지원동기를 작성한다면, 회사에 관심이 많고 열정이 있는 지원자라는 모습을 보여줄 수 있다.

[입사 후 포부]

입사 후 포부는 개인적인 꿈보다는 회사의 업무에 대한 자신의 계획이나 목표를 담아야 한다. 단순한 의욕으로 끝나는 것이 아니라, 회사의 일원으로 회사와 함께 성장하고 싶다는 내용이어야 한다. 이때 지나친 열정을 보여 회사의 문제점들을 지적하며 앞장서 개선하겠다는 식의 의욕은 조금 곤란하겠다.

"초등학교 시절, 100m 달리기 시합이 끝나고 나면 제 팔뚝에는 항상 6등 도장이 찍혀 있었습니다. 그런 제가 마라톤 동호회에 가입했다고 했을 때, 가족들은 모두 놀랐습니다.

저는 매일 일과가 끝나면 남산 산책로를 뛰며 호흡을 조절하며 오래 뛰는 법을 꾸준히 연습하였고, 그 결과 올여름 마라톤 타임즈에서 주관한 혹한기 대비 마라톤 하프코스에서 1시간 58분의 기록으로 완주할 수 있었습니다.

그날 이후로 저의 좌우명은 '노력은 재능을 이긴다'가 되었습니다. 열심히 하면 언젠가는 결승선에 다다르게 되는 마라톤과 같이, OO항공에 입사한 후에도 자기계발로 저 자신을 보완하기 위하여 끊임없이 노력하겠습니다. 우선, OO항공의 이미지를 대변하는 승무원으로서 성장할 수 있도록 노력하겠습니다. 또한, 언어의 장벽에 구애받지 않고 손님들께 먼저 다가가기 위해, 다양한 언어를 구사할 수 있는 승무원이 되도록 노력하겠습니다. 현재 보유하고 있는 TOEIC과 HSK 이외에도 지금 공부하고 있는 JPT 자격증을 따고 완벽히 마스터해서 일본 손님들께도 세심하게 다가갈 수 있도록 할 것입니다."

자기소개서 쓰기 예시 : 호텔

내가 경험하기에 호텔은 항공사나 카지노 회사보다는 서비스 경험을 보다 중점적으로 보는 것 같았다. 그렇지만 기본적으로 면접 대상자를 거르는 서류 면접이 있으므로 그 판단의 기초가 되는 자기소개서를 성의 있게 작성해야 한다. 작성한 자기소개서는 면접 때 면접관들이 질문의 기초로 삼기 때문에 특히 질문 내용을 고려하면서 작성하는 요령이 필요할 것이다.

호텔을 지원하기로 했으면 지원하고자 하는 호텔의 서비스에 대해 생각해봐야 한다. 그 호텔에서 필요한 인재상은 어떤 사람일까? 홈페이지를 방문해서 그 호텔이 추구하는 방향이나 인재상을 참고하는 것도 도움이 될 것이다. 당시 내가 지원했던 호텔은 홈페이지에 인재상이 '서비스 지향형 인재 – 최고의 서비스로 고객을 감동시킬 수 있는 서비스 마인드를 갖춘 인재'라고 명시되어 있었다. 호텔에서 요구하는 인재상과 자신의 경험을 연관 지어서 자기소개서를 작성하는 것도 좋은 방법이다.

[성장 과정]

호텔에서 요구하는 인재상은 회사를 대표해서 고객에게 진심으로 서비스를 하는 사람일 것이다. 따라서 성장 과정에서는 지원자가 어떤 환경에서 자랐고, 왜 서비스직을 지원했는지를 나타내야 하는 동시에, 자신이 다른 사람에게 서비스했던 구체적인 에피소드를 기재하는 것이 좋다.

"저희 집에서는 특이하게 이름이 아닌, 부모님께서 지어주신 각자의 애칭으로 서로를 부릅니다. 희망이, 믿음이, 사랑이, 그리고 저 막내딸 '행복이'. 제 애칭이 말해주듯, 저는 어렸을 때부터 때론 재롱으로, 때론 마음을 담은 선물로 가족들에게 행복을 전해주는 존재였습니다.

어린 시절부터, 가족에게 행복을 주던 그 아이는 크면서 자연스레 가족이 아닌 다른 사람에게도 행복을 주는 것이 얼마나 즐겁고, 보람된 것인지를 알게 되었으며, 동시에, 재롱이나 선물이 아닌 다른 사람에게 행복을 줄 수 있는 수단을 찾아야 했습니다. 그렇게 찾게된 답은 바로 서비스였습니다.

저는 학창시절에 청소년 적십자 RCY로 활동하면서, 조직 안에서의 협동과 단체의식을 쌓은 동시에, 아르바이트 및 봉사 활동을 통해 다양한 서비스 경험을 하였습니다. 이런 과정에서, 서비스직을 평생 직업으로 선택하게 되었습니다.

특히, 항공운항학과에 입학하여 서비스 정신, 외국어 등의 전문적인 서비스 교육을 통해 저 자신에 대한 자신감과 책임의식을 갖게 되었고, 여러 실무능력을 키우기 위해 다양한 경험을 쌓으려 노력하였습니다."

[장점]

자신의 장점과 관련해서는, 서비스직을 수행함에 있어서 요구되는 솔선수범, 양보, 배려, 희생 등이 나타내도록 작성하는 것이 좋다.

"전학생 전담", 학창시절 친구들이 저를 부르던 별명입니다, 저는 누구하고든 쉽게 친해지고, 호기심이 많은 성격이어서 어린 시절부터, 전학생이 오면 누구보다 먼저 전학생에게 다가가 말을 걸고, 다른 친구들에게 그 친구를 소개해주는 역할을 했었습니다. 그 외에도 주위 친구들에게 이것저것 챙겨주고 도움 주는 것을 좋아하여 "이 오지랖"이라고도 불렸었습니다. 저는 이 별명들이 무엇보다 제 성격을 잘 나타낸다고 생각하며, 저의 이런 성격은 서비스직에 있어서 큰 장점이라고 생각합니다.

[보완점]

자신의 보완점에 대해서는, 솔직히 기재하되, 자신이 보완점을 해결하기 위해 어떻게 노력하고 있는지에 대해서도 기재하는 것이 중요하다.

"한국 사람들의 고질병이라는 '빨리빨리 병'이 저에게도 있습니다. 저는 성격이 급한 편이라, 제게 주어진 일을 빨리 처리하지 않으면 답답해하는 경향이 있습니다. 항공운항과 시절, 전공 수업 때 과제를 받아도 주어진 마감 시간보다 빨리 끝내곤 하였는데, 가끔은 '조금 더 신경 썼더라면 더욱 좋은 결과를 받을 수 있었을 텐데……' 하고 후회한 적이 있었습니다. 이러한 단점을 극복하기 위해, 과제나 해야 할 일을 할 때는 행동에 앞서 한 번 더 생각하기 위해 노력합니다. 주위 친구들의 조언도 새겨듣고 있습니다. 그 외에도 근본적으로 성격이 급한 것을 고치고자 요가를 배우면서 명상하는 법을 배워, 어려운 일이 닥쳐도 조급해하지 않고 차분히 임하려고 노력하고 있습니다."

[지원동기 및 포부]

앞서 설명했듯이 호텔은 지원자의 서비스 경험을 보다 중점적으로 보기 때문에, 호텔의 지원 동기 및 포부를 작성함에서는 구체적인 아르바이트 또는 봉사 활동에서의 일화를 기초로 작성하는 것이 좋다. 하나의 일화를 소개하면서 지원 동기와 포부를 모두 녹여낼 수도 있겠지만, 둘 중에 하나만을 녹이는 것도 무방할 것이다.

"항공운항학과에 재학하던 시절, 경기장 VIP 의전 아르바이트를 한 적이 있습니다. VIP 의전 아르바이트는 제가 경험했던 다른 아르바이트와는 달리 정장을 입고 고객에게 고품격 서비스를 제공했다는 점에서 가장 기억에 남는 아르바이트입니다. 고품격 서비스를 제공해서인지몰라도 서비스를 하는 사람이나 서비스를 받는 사람 모두 절제하면서도 상대방을 배려하고 존중하는 것을 느낄 수 있었습니다. 그때의 좋은기억이 있어, 절제되면서도 고품격의 서비스를 제공하는 호텔리어가 되고자 OO호텔 서비스 드림팀을 지원하게 되었습니다.

　VIP 의전 아르바이트를 할 당시, VIP 손님 중에는 특히 자주 뵙던 감독님이 계셨는데 그분은 경기장에 오실 때마다 항상 커피부터 찾으셨었습니다. 하루는 멀리서 그분이 들어오시는 것을 보고 미리 커피를 준비해 갖다 드린 적이 있었습니다. 그러자 그 감독님은 놀라시면서 고맙다고 제게 방긋 웃어주셨고, 그 미소에서 저는 큰 보람을 느낄 수 있었습니다.

　제가 OO호텔에서 일한다면, 이처럼 찾아주시는 고객분들을 기억해서 먼저 다가가는 호텔리어가 되고 싶습니다. 아울러 호텔리어는 철저한 프로정신을 갖춰야 하는 전문직이라고 생각하기 때문에 철저한 고객 중심의 사고와 행동으로 고객에게 최고의 가치를 제공하는 호텔리어 OOO이 되겠습니다."

자기소개서 쓰기 예시 : 카지노

카지노는 잘 알려진 직장이 아니라서 자기소개서를 쓸 때 어떤 식으로 작성해야 할지 고민을 많이 하게 된다. 나 역시 카지노 자체가 생소했기에, 자기소개서 작성에 고민을 많이 했었다. 그나마, 내가 지원한 곳은 외국어 실력이 중요했던 외국어 전용 카지노였기에, 외국어와 관련된 에피소드를 들어 자기소개서를 작성했었다.

　내가 지원한 곳의 자기소개서 양식은 기업이 원하는 주제가 적혀 있는 것이 아닌 자유 양식이었다. 그래서 각 부분을 나눠 소제목을 작성해 나만의 개성을 표현했다. 자유 양식이어도 보통 기업에서 요구하는 성격의 장/단점, 지원동기 및 입사 후 포부 정도는 작성하는 것이 좋겠다.

[성격의 장/단점]

'미니마우스'가 될 수밖에 없는 이유

"미니마우스", 호텔에서 근무할 때의 저의 별명입니다. 호텔에서 서비스하면서 힘든 상황에서도 언제나 웃고 있는 저를 보고 선배들이 대단하다며 붙여준 별명입니다. 제 별명이 말해주듯, 어느 상황에서도 항상 밝게 웃으면서 고객을 응대할 수 있는 것이 저의 장점이라고 생각합니다. 만약 제가 귀사에 입사하게 된다면, 카지노에서 만나게 될 수많은 고객에게 항상 웃음으로써 응대할 자신이 있으며, 서비스를 함에 있어서도 특유의 밝은 성격으로 손님들께서 더 기분 좋게 게임을 하시는데 일조할 수 있다고 생각합니다.

저의 단점은 성격이 급한 편이라, 제게 주어진 일을 빨리 처리하지 않으면 답답해하는 경향이 있다는 것입니다. 물론 어느 면에서는 일 처리를 미루지 않고, 미리미리 행한다는 점에서 장점이라 생각될 수도 있지만, 충분한 분석 없이 빨리 처리하려고 했기에 예상치 못한 변수들로 인해 실수할 때가 있었습니다. 저는 이러한 단점을 극복하기 위해 무슨 일을 할 때, 행동에 앞서 한 번 더 생각하는 사람이 되기 위해 노력하고 있습니다.

[지원동기/입사 후 포부]

<u>고객이 만족하실 때까지 지치지 않는 딜러가 되겠습니다</u>

어릴 적 형제들과 '부르마블'이라는 보드게임을 즐겨 하곤 했습니다. 그 게임에서는 누군가 게임 머니를 정리하고 나눠주는 은행을 담당하는 사람이 필요한데, 제가 그 역할을 나서서 맡곤 했던 기억이 있습니다. 적당히 할 수 있는 게임을 해도 꼭 설명서부터 읽고, 정해진 룰대로 진행하는 걸 좋아했고 같이 게임 하던 형제들도 이런 제 스타일을 알아서인지 게임 규칙에 분란이 생기면 항상 저에게 물어보고 제 말을 따르곤 했습니다.

'카지노 딜러'라는 직업은 제게 생소했던 직업이었으나, 결국 제가 어렸을 때 형제들과의 게임에서 주로 맡았던 역할이 카지노 딜러의 역할과 맞닿아 있음을 알게 됐습니다. 그래서 이런 제 꼼꼼함과 철저한 성격을 살려 카지노 내 다양한 게임을 고객들께 안내하는 동시에 정확한 룰에 따라 게임을 진행하여 고객들께 신뢰를 드릴 수 있는 딜러가 되고자 이렇게 지원하게 되었습니다.

카지노 딜러는 전문 교육과 철저한 자기 훈련을 통해 만들어지는 전문직이라고 생각합니다. 만약 제가 ○○카지노에 입사한다면, 입사 이후에도 지속해서 자기계발 등으로 저 자신을 보완하기 위하여 끊임없이 노력하는 것은 물론이고, 언어장벽에 구애받지 않고 손님들께 먼저 다가가기 위해, 다양한 언어를 구사할 수 있는 딜러가 되도록 노력하겠습니다. 또한, 저의 다양한 서비스 경험에 기초하여 귀사의 일원으로서 맡은 역할을 성실하게 수행하는 동시에 고객에게 만족을 드릴 수 있는 최고의 딜러 OOO이 되겠습니다."

[기타]

<u>고객님들께 다가가는 나만의 일등 서비스 비법</u>

"사람들은 자신과 연관된 것으로부터 친근감을 느끼고, 따뜻하고 부드러움에서 안정감을 느낀다고 합니다. 저는 서비스에도 이를 적용할 수 있다고 생각합니다. 제가 그동안 경험한 다양한 서비스에서 느낀 점은 고객을 응대할 때 고객과 연관된 주제로 대화를 하거나, 고객이 외국인인 경우, 조금은 서툴러도 그분의 모국어로 대화를 시도하면 저에게 더 친근감을 표현해주셨다는 사실입니다. 또 불편한 상황에 놓인 고객에게는 따뜻한 미소를 건네며 공감을 시도했을 때 좀 더 안정적인 분위기에서 고객과 소통할 수 있었습니다. 만약, 제가 OO카지노에서 일하게 된다면, 그간의 경험을 살려 고객 입장에서 생각하고, 공감하며, 언제나 밝은 미소로 일관하는 딜러가 되도록 노력하겠습니다. 감사합니다."

마지막으로 입사 지원서 작성과 관련하여, 주의할 사항을 말해주고 싶다. 우선, 쓸 때는 반드시 도입부에서부터 읽는 이의 흥미를 끌어낼 수 있어야 한다. 그리고 또 중요한 한 가지. 이력서상 주제별로 미리 주어진 글자 수가 있다면 너무 적거나 많지 않게 맞춰 쓰도록 신경 써야 한다. 600자 내외로 적으라고 명시했는데 글자 수가 300자 언저리라면 "이 지원자는 회사에 본인을 어필할 점이 그렇게 없나?"라는 생각과 동시에 회사에 합격하고 싶은 간절함이 보이질 않게 될 것이다. 그렇다고 정해진 글자 수를 초과해 버리면 내용이 구구절절해지면서 간결함을 잃게 되어서, 이력서를 보자마자 읽기가 싫어질 것이다. 서점이나 도서관에 가면 이력서 쓰는 법에 대한 책이나 정보가 많이 있으니 이력서 작성 전 미리 찾아보고 참고해서 간결하게 작성해야 하겠다.

서비스직 면접을 준비하는 방법

앞서 설명했듯이, 서비스직의 서류면접은 다른 직종들에 비해 문턱이 낮은 것이 사실이다. 이는 서비스직의 특성상 지원자의 글쓰기 실력보다는 지원자의 실물 이미지와 목소리, 그리고 자세에서 나타나는 분위기나 매너가 더 중요하다고 판단되기 때문일 것이다. 따라서 아마 대부분의 지원자들은 지원한 회사의 서류 면접 합격을 경험하게 될 것이다. 사실 취업을 위한 진짜 준비는 지금부터이다. 그러면 서류 면접에 합격한 뒤 면접장에 가기 전까지 어떤 준비를 해야 할까? 보통 서류 합격자들끼리 모여 면접 스터디를 하기도 하고, 면접을 보는데 필요한 자료를 수집하거나 면접 당일 날 입을 면접 의상 등을 준비할 것이다.

(1) 면접 스터디를 통한 실전 면접 준비

실전 면접에 앞서, 지원자들은 불안한 마음에 인터넷 카페 상에서 면접 스터디를 알아보곤 한다. 면접 스터디는 반드시 해야 할까? 일부 면접관들은 스터디를 하지 말라고 조언하기도 한다. 가뜩이나 비슷한 20대 여성 지원자들이 더욱 비슷한 답변에, 비슷한 모습을 하고 공장에서 찍어낸 것처럼 개성이 없어진다는 이유이다. 물론, 면접 스터디를 할지 말지에 대한 선택은 자신의 몫이다. 나의 경우, 면접 스터디를 했었고, 분명 실전 면접에 앞서 일정 부분 이상 도움이 되었다. 내가 스터디를 추천하고 싶은 이유는 스터디를 통해 다른 사람이 본 본인의 모습에 대한 피드백을 받을 수 있기 때문이다. 본인이 생각하는 자신의 모습과 다른 사람이 보는 나의 모습은 분명 다를 것이다. 즉, 스터디를 통해 다른 사람들로부터 자신의 장단점에 대한 피드백을 받을 수 있고, 또한 실전 면접에 앞서 피드백을 기초로 자신의 단점을 개선할 기회를 얻을 수 있다. 나 역시, 면접 스터디에서의 피드백을 통해 그동안 인식하지 못했던 안 좋은 버릇을 고칠 수 있었다. 또 스터디를 함께 하는 다른 스터디원들을 보면서 스스로 자극받을 수도 있고, 더 열심히 노력할 수 있는 계기가 되기도 한다. 사람마다 장단점이 있듯이, 스터디를 하면서 확실히 내가 갖지 않은 장점을 가진 사람들을 만나 서로 부족한 부분을 배우게 되고, 서로 윈-윈할 수 있을 것이다.

(2) 면접 의상 준비

지원자들이 면접장에 가기 전에 가장 신경 쓰는 부분 중 하나는 면접 의상일 것이다. 어떤 지원자는 면접을 볼 때마다 새로운 블라우스를 사다 보니 집에 흰 반팔 블라우스 종류만 5개가 넘는다고 한다.

승무원 면접은 반팔 블라우스에 스커트를 매치해서 면접을 보게 된다. 지원자들은 보통 흰 반팔 블라우스에 검정 스커트의 조합으로 면접의상을 준비한다. 간혹 항공사 유니폼 비슷하게 디자인된 옷을 면접장에서 입는 지원자도 있는데 면접장에서 분명 눈에 띌지 모르지만, 항공사 일은 조직 내의 단체 업무를 하는 일이기 때문에 개인적으로 지원자가 너무 튀는 복장을 하는 것은 좋지 않다고 본다.

보통 면접 의상으로 많이 선택하는 흰 블라우스만 해도 그 종류가 참 다양하다. 블라우스의 카라 부분이 둥그렇거나 삼각 모양이거나 하는 차이부터 시작해서 어깨 셔링이라든지 단추, 재질의 광택까지 보기에는 비슷해 보이는 데도 직접 입어보면 분명 느낌이 다르다. 요새는 면접 의상만 전문적으로 다루는 곳들도 많기 때문에, 다양한 블라우스 스타일이 준비된 곳에 방문해서 직접 피팅해보고 본인에게 맞는 스타일을 구매하는 것을 추천한다. 나와 같이 면접을 본 지인은 면접 날 어머니가 직접 만들어준 하얀 블라우스를 입고 왔었다. 어깨에 셔링과 목 부분에 장식이 달린 나름 화려한 디자인이었지만, 그 언니에게는 정말 잘 어울렸고 결과적으로 그 언니는 무난하게 실무면접을 통과했었다. 따라서 면접 복장으로 너무 교복 같은 기본 디자인만을 고집할 필요는 없다고 본다.

　호텔리어 면접을 볼 때는 단정한 검정 치마 정장을 입고 면접을 보았었다. 지원하는 회사의 이미지가 중요한데 내가 지원했던 호텔은 보수적이고 고급스러운 서비스를 지향하고 있었고, 이런 호텔의 이미지를 반영하듯 실제 유니폼에도 주로 검은색 계열이 쓰였었다. 호텔도 항공사와 마찬가지로 개개인의 개성보다 조직 내의 단체 생활과 통일성을 중시하기 때문에, 면접 복장에서도 최대한 단정하면서도 깔끔하게 준비하는 것이 포인트다.

　카지노 딜러 면접에서는 각자의 개성이 드러나게 옷을 입고 면접장을 오라는 요구를 받아서, 항공사 및 호텔과는 다른 접근이 필요했다. 화려하면서도 세련된 딜러의 이미지와 내 열정을 표현하기 위해 나는 빨간 스커트에 스카프를 나비 모양으로 매고 면접장으로 향했다. 승무원이나 호텔리어는 협동하며 서비스하는 일의 특성상, 면접장에서 조직 속의 한 구성원으로 잘 어우러지는 모습을 어필해야 했다면, 카지노 딜러는 공통의 서비스보다는 딜러들 각자의 개성이 더 드러나는 직업이었다. 이렇게 면접 복장은 지원하는 회사의 성격에 맞게 선택하여 입는 것이 중요하다.

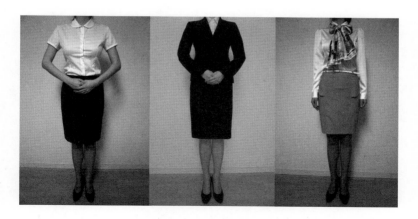

〈항공사 면접 당시 입었던 의상, 호텔리어 면접 당시 입었던 의상,
카지노 딜러 면접 당시 입었던 의상〉

(3) 면접 당일 메이크업

면접 당일 메이크업을 어떻게 할지도 지원자들이 고심하는 부분이다. 면접 당일, 수많은 지원자들 사이에서 어떻게 하면 나를 더 돋보이게 할 수 있을까?

항공사 면접 때는 항공운항과 선배들이 인기가 많은 메이크업 숍정보를 콕 찍어 알려주곤 했었다. 많은 사람들이 간다는 이대 OO메이크업, 그날 메이크업 받은 사람이 다 합격했다는 신사동 OO메이크업, 값은 비싸지만 제값을 한다는 청담동 OO메이크업. 심지어 무슨 메이크업 숍의 아무개 선생님 이름까지 꼭 집어서 예약을 하라는 팁까지 전수받은 기억이 난다. 2년간 학교에 다니며 이미지 메이킹수업을 듣고 매일 단정하게 머리와 메이크업을 하고 다녔던 연습의 시간에도 불구하고, 심리적인 불안 탓인지 면접이 닥치면 전문가를 찾게 되는 것은 어쩔 수 없는 듯했다.

면접날 전문가의 손길로 메이크업을 받으면 장단점이 있다. 장점은 확실히 전문가의 손길은 다르다는 것이다. 화장이나 머리의 지속력도 좋고 피부 톤도 평소보단 확실히 밝아 보인다. 그러나 이렇게 예쁘게 화장을 받고 간 면접장에서 지원자 대부분이 왠지 모르게 비슷하다고 느껴지는 건 왜 일까? 비슷한 옷을 입은 것도 한 이유겠지만, 유행을 많이 타는 화장 스킬 탓인지 지원자 개개인의 화장과 헤어스타일이 모두 천편일률적으로 획일화되어 있기 때문이다. 유행을 타는 몇몇 인기 컬러 제품을 사용한 화장법은 가뜩이나 비슷해 보이는 20대 여성 지원자들을 더 닮아 보이게 만든다. 따라서 숍에 가서 메이크업을 받기로 결정했다면 그곳 메이크업 선생님들이 해주는 대로 본인을 맡기기보다는 본인이 미리 파악한 자신 얼굴의 장점을 잘 살려서 화장을 받을 수 있도록 꼭 요구하는 것을 추천하고 싶다. 헤어스타일도 머리 가르마라든가 앞머리 볼륨도 적극적으로 요청해서 자신에게 가장 잘 어울리는 모습으로 면접에 임할 수 있도록 하자.

이와 달리, 면접 당일에 본인이 직접 화장을 하기로 결심했다면 평소에 꾸준히 거울을 보고 자기 얼굴의 장점은 강조하고 단점은 가리는 메이크업을 연습해야 한다. 면접관들은 보통 나잇대가 있으신 분들이므로 스모키나 물광 메이크업같이 젊은이들 사이에서 유행하는 화장보다는 보수적이면서 자연스러운 화장을 연습해야 하겠다. 혼자 메이크업을 하는 친구들에게 팁을 주자면, 서비스직 면접에서는 밝고 긍정적인 이미지를 표현하는 것이 중요하기 때문에, 기초와 피부 메이크업에 시간을 들여 밝고 깨끗한 피부 톤을 연출하는 게 중요하다. 그다음 색조 메이크업을 하는데 보통 면접에서 많이 사용하는 아이섀도 색은 핑크, 브라운, 오렌지 정도일 것이다. 다만, 브라운 색상을 선택하는 경우 너무 과한 음영 화장은 자제해야 한다.

'매일 하는 게 화장인데 면접 날 아침에 더 신경 써서 화장하면 되겠지'하는 안일한 생각을 하는 것은 위험하다. 면접 당일 컨디션이나 기술 부족으로 메이크업이 혹여 마음에 들게 되지 않는 경우, 면접 전체에 영향을 끼칠 수 있기 때문에, 미리미리 면접 메이크업을 자주 연습해서 본인에게 제일 잘 맞는 모습을 찾아야 할 것이다.

(4) 지원할 회사 정보 파악

마지막으로 중요한 것은 지원할 회사에 대한 정보 파악이다. 이미 입사 지원서를 작성할 때 회사에 대해 한 번 알아보았겠지만, 면접을 바로 코앞에 둔 지금, 면접장에 들어가기 전까지 최근 회사에 어떤 일이 있었는지 등의 동정을 미리 숙지해야 할 것이다. 회사의 최신 이슈들을 미리 공부해 면접장에서 이를 자신과 연관지어 매력을 어필할 수 있다면 분명 면접관들의 눈이 갈 것이다. 회사의 기사 이외에도 CF 등도 파악하고 있다면 더욱 관심과 열정이 많은 지원자로 보일 수 있다. 어떤 지원자는 면접장에서 그날 회사의 주식 상황을 이야기해서 면접관의 관심을 받았다고 한다. 일반적으로 지원하는 회사의 정보를 제일 먼저 얻을 수 있는 곳은 회사의 홈페이지이다. 홈페이지에는 회사의 역사, 홍보하고 싶은 뉴스, 주력 상품, 지향하는 가치 등이 세세히 나열되어 있다. 여기 업데이트되지 않은 최신 정보들은 최신 기사들을 검색해보거나 회사에 다니는 주변 사람들로부터 정보를 얻는 것도 좋은 방법이다. 적을 알면 백전백승이라고 하지 않던가. 회사가 바라는 인재상이나 요즘 입사하는 사람들의 특징은 어떤지 등에 대해 더 알고 간다면 분명 더 좋은 인상을 줄 수 있을 것이다.

면접 당일, 전해주고 싶은 팁

드디어 면접 당일이 되었다. 그 간의 모든 노력이 면접 당일 그렇게 짧은 시간 안에 평가된다는 사실이 너무 아쉽고 허무하기만 하다. 그 짧은 시간도 같이 들어가는 지원자들과 나눠 써야 하니 실제로 나에게 면접관들의 관심이 집중되는 시간은 5분도 채 되지 않는 것이다. 시간이 짧다보니 실수라도 하면 만회하기가 쉽지 않다. 이런 짧은 시간 동안 실수하지 않고 완벽하게 면접에 임하려면 어떻게 해야 할까?

승무원 면접을 볼 때는 큰 쇼핑백에 준비해 갔던 스타킹이며 반짇

고리며 물티슈까지 여러 준비물을 미리 준비해 갔던 기억이 난다. 당시에는 인터넷에 검색해보고 나서 면접 준비물이라고 하니까 이것저것 준비해갔는데 한 번도 쓴 일이 없고 짐만 되었다. 그래서 그 다음 면접부터는 작은 가방에 면접 답변 정도만 준비해서 면접을 보러 갔다. 그러다가 카지노 딜러 면접을 보던 날, 길어지는 면접 대기시간에 어느 순간인지 모르게 스타킹 올이 나가 버렸다. 그래서 대기하던 짧은 시간 중에 근처 편의점까지 전력 질주로 다녀와야 했다.

면접 준비라는 게 이렇다. 가져가면 필요 없고 안 가져가면 꼭 쓸 일이 생긴다. 준비해 갔을 때의 귀찮음보다 준비하지 않았을 때의 위기상황이 훨씬 더 크기 때문에, 다른 건 몰라도 여분의 스타킹 정도는 꼭 챙기자. 이외에도 꼭 챙겨야 하는 준비물이라면 수험표와 신분증 등이 있겠다. 의외로 면접장에 신분증을 안 가져오는 지원자들이 있었다. 면접을 보러 가다가 면접장 1층에서 집에서 달려오신 부모님으로부터 신분증을 건네받는 지원자의 모습을 목격한 적이 있었다. 본인 자신도 당황해서 면접에 100% 집중하기 어려웠을 것이다. 면접 날 아침에 이런 실수를 범하지 않으려면 면접 당일 집을 나서기 전에 챙겨야 하는 준비물들을 다시 한번 확인하고 면접장으로 출발해야 한다.

면접장에 도착한 후, 면접 대기 장소에서의 에티켓도 중요하다. 몇 차례 면접을 보면서 면접장에서 어이없는 지원자들의 모습을 몇 번 목격한 적이 있다. 다들 긴장하고 있는 대기 장소에서 과자를 먹거나 껌을 씹는 모습을 보았을 때였다. 대기 장소에서 진행을 도와주시는 직원 역시 면접관과 다름이 없다. 실제로 어떤 기업의 면접장에서는 대기 장소에 카메라를 설치해 관찰했다는 말까지 들었다. 면접 대기시간에 지각하는 모습이나, 다른 사람들을 배려하지 않고 긴장감이 풀어진 채로 대기 자세에 임한다면 그 모습을 본 사람들은 '저 지원자는 분명 입사 후에도 그런 모습일 것'이라고 선입견을 갖게 될 수밖에 없을 것이다. 주변 지원자들과 대화하며 시끄러운 모습을 보이거나 핸드폰을 만지작거리기 보다는 그동안 준비했던 자신만의 스토리 노트를 보거나, 가만히 앉아 그동안 노력했던 자신의 모습을 돌아보며 잘 할 수 있다고 스스로 다독이는 시간을 갖도록 하자.

드디어 내 이름이 호명되고 면접의 순간이 다가왔다. 면접장에 들어서는 순간 합격과 불합격이 절반 이상 결정된다고 한다. 지원자 입장에서는 뭔가 억울하다고 생각할 수 있으나 면접관들은 오랜 기간 수많은 지원자들을 지켜보며 평가해온 나름의 노하우가 있다. 첫인상에서 면접관들에게 좋은 인상을 주기 위해서는 단정한 용모와 눈빛, 걸음걸이, 자세를 미리 연습해야 한다. 사소한 버릇도 면접에서는 중요한 탈락요인으로 작용할 수 있기 때문이다. 특히, 대답할 때 목소리가 작은 것이나 불안한 시선 처리는 지원자의 자신감이 부족하게 보일 수 있다. 이런 버릇들을 사전에 스터디나 연습을 통해서 개선해야 한다. 면접을 볼 때 중요한 점은 자기소개서를 쓸 때와 비슷하다. 면접관의 질문 의도를 파악하고, 면접관이 듣고 싶은 말을 해야 한다.

물론 사람이 면접을 볼 때 긴장하게 되면, 질문 속에 담긴 면접관의 의도와 전혀 상관없이 자기가 하고 싶은 이야기로 대답하게 되는 경우가 있다. 그러므로 질문을 받으면 바로 대답하기보다는 한 템포 쉬고 천천히 말을 이어나가야 실수할 가능성이 작아진다.

면접은 외국어 실력 테스트같이 특별한 경우가 아니면 보통 다수 대 다수로 면접을 보게 된다. 한 팀은 보통 6명에서 8명 정도의 지원자들로 구성된다. 그렇기 때문에 내게 주어진 시간보다는 다른 지원자들의 답변을 들어야 하는 시간이 더 길 수밖에 없다. 따라서 면접에 있어 다른 사람의 말을 경청하는 태도 역시 중요하다. 항공사 면접을 볼 때 같이 들어간 친구가 대답을 하다 소위 '삑사리(음이탈)'가 난 일이 있었다고 한다. 그 순간 옆에 있던 친구가 살짝 웃었는데 '삑사리'가 난 친구는 합격이었고, 웃은 친구는 탈락하였다고 한다. 서비스직을 지원하는 만큼 대답하는 다른 사람도 배려하는 모습을 보여야 한다는 건 잊지 말아야 한다.

보통 면접에서는 지원자별로 한 번씩 질문에 답할 기회가 주어지고, 그 답변에 따른 개별적인 추가 질문을 받을 때가 있다. 면접이 끝나면 인터넷 취업 카페에 추가 질문을 받은 것이 좋은 것인지, 왜 면접관이 자신에게는 추가 질문을 하지 않았는지 물어보는 글들이 올라온다. 내 주위를 보면, 추가 질문을 받아도 떨어지는 사람이 있고, 공통 질문 2개만 받아서 관심을 못 받았다고 생각했는데도 합격하는 경우가 있었다. 우연히 면접관이셨던 분께 추가 질문을 하는 의도에 대해서 듣게 된 적이 있었는데, 추가 질문은 면접관이 합격시킬까 말까 고민하는 사람에게 하거나, 개인적으로 아무 의도 없이 순전히 궁금해서 물어보는 것이라고 하셨다. 작은 것에도 불안한 지원자의 마음을 잘 알지만 너무 작은 부분까지 연연하지 않았으면 한다. 또 한 번 질문을 받게 된다면, 다시 한번 자신을 어필할 기회가 온 걸 감사히 여기고 성의 있게 대답하면 되고, 추가 질문을 받지 못하더라도 실망하지 말고 면접의 끝까지 성실하게 임해야 할 것이다.

입사하고 나서 필요한 자질

입사한 뒤, 현장에서 일하며 후배들을 몇 번 받게 되었다. 함께 일하다 보니 확실히 더 마음이 가고 챙겨주고 싶은 몇 명의 후배들이 생기게 되었다. 똑같이 교육받고 올라온 후배들인데 왜 후배들 중 누구는 마음이 가고, 누구는 마음이 가지 않게 되는 것일까?

회사와 선배들이 회사에 갓 들어온 신입사원들에게 당장 업무 차원에서 갖는 기대는 그리 크지 않다. 일도 아직 익숙지 않고 회사에 적응하는 것 자체도 힘든 신입사원 시절을 모두 겪었기 때문에 후배들의 일 처리가 미숙한 것에 대해서는 어느 정도 관대한 눈으로 지켜보게 된다. 그러나 아무리 신입사원이라 하더라도 일 이외의 회사 내 예절 등에 있어서는 주의해야 할 것이다.

우선, 신입사원들에게 제일 중요한 것은 바로 '먼저 인사하기'이다. 내가 처음에 입사했을 때 나에 대한 선배들의 호불호는 꽤 심했다. 게임을 진행하는 콜을 하는 게 중요하다고 해서 누구보다 열심히 콜링을 했고, 목에서 피 맛이 나 뱉은 침에서는 피가 섞여 나오기 일쑤였다. 그렇게 잘하고 싶어 하는 내 노력을 좋아해 주는 분들도 많았지만, 혼자 오버한다며 싫어하는 선배들도 많이 있었다. 불려 다니기도 많이 불려 다녔고, 눈물이 쏙 빠질 정도로 고생도 했지만 내가 다짐했던 건 하나였다. 바로 인사 잘하기. 나를 좋아해 주는 선배든 싫어하는 선배든, 일단 마주치면 상대가 인사를 받아주든 받아주지 않든 무조건 먼저 인사했다. 쉬는 시간이 같으면 종일 한 사람에게 10번도 넘게 인사하게 되고, 그러다 보니 "아까 인사했잖아."라고 말하는 선배들도 간혹 있었지만, 점점 노력하는 모습을 좋게 봐주기 시작하셨다.

흔히 신입사원들이 들어오면 큰 소리로 열심히 인사하고 다니는 소리에 한동안 휴게실이 울릴 지경이다가도, 어느 정도 시간이 지나면 휴게실은 조용해지고 그때의 열혈 신입사원들이 인사도 하지 않고 지나가는 경우를 보게 된다. 그런 모습을 보면 선배들끼리 누가 인사를 잘 안 한다고 말하는 경우는 종종 있지만, 누구 후배는 인사를 너무 많이 해서 싫다고 말하는 사람은 지금까지 한 명도 보지 못했다.

신입 사원 때는 일을 못하는 게 어떻게 보면 당연하다. 일도 못하는데 인성도 별로인 후배로 찍히고 싶지 않으면 회사에서 열심히 인사하면서 자신을 알리고 좋은 인상을 남기는 것이 중요하다. 인사는 돈이 드는 것도 아니고 말 한마디 먼저 건네는 것뿐인데도 인사에 인색한 사람들이 많이 있다. 먼저 인사를 함으로써 주변의 평가 역시 상냥하고 싹싹하다는 좋은 평을 받을 수 있을 것이다.

그 다음으로 말하고 싶은 건 '초심 잃지 않기'이다. 지금 일하는 회사에 존경하는 딜러 차장님이 한 분 계신다. 그분은 항상 까마득한 아래 후배들에게도 존댓말로 말씀하시고, 누구든지 마주치면 웃으면서 먼저 인사하신다. 쉬는 시간이 되면 당연히 휴게실에 조금이라도 빨리 쉬러 올라가고 싶으실 텐데, 교대자가 오더라도 손님이 배팅을 하시면 교대를 하지 않고 한 번 더 게임을 진행하고 자리에서 일어나시곤 한다. 사실 너무나 당연한 일 같지만, 어느 정도 연차가 차면 이런 기본적인 것들이 잘 지켜지지 않는다. 나이가 어린 후배한테 말도 편하게 하게 되고, 교대가 오기도 전에 모니터의 시계를 보며 빠르게 교대할 준비를 하는 자신을 발견하게 된다. 그런 상황에서 남들과 조금만 다르게 기본에 충실한 모습을 보이면 열심히 하는 직원으로 인식될 수 있다. 사소한 차이이지만 이런 걸 잘하는 사람이 일 잘한다는 말을 듣는 것이다.

다른 직업도 마찬가지이겠지만, 서비스직에서는 특히 근태가 중요하다. 만약 승무원이 비행시간에 지각하게 되면 정시 운항이 생명인 항공사에서는 얼마나 큰 손해이겠는가. 항공사뿐만 아니라 그 승무원을 기다리게 되는 승객들은 그 상황을 어떻게 생각하겠는가. 실제로 학교 친구 중 한 명은 항공사에서 인턴 승무원으로 근무할 때 무단 지각을 몇 번 하는 등 근태에 문제가 있어 결국 정규직 전환을 하지 못하고 회사를 떠나게 되었다. 직장인이 제대로 시간 엄수를 하지 않는 것은 단체로 움직이는 서비스직에서는 특히나 자질이 없다고 판단될 수밖에 없다. 이는 본인에게 큰 마이너스 요인이다. 그 친구는 결국 다른 직종으로 재취업을 하긴 했는데, 항공사 승무원으로 일하던 때를 그리워하며 지난날을 후회하고 있다.

카지노 딜러 일이나 호텔리어도 당연히 근태가 중요하다. 이 두 서비스 직종은 타임별로 팀원을 구성해서 운영되고 있으며, 대부분 업장에 투입되기 전에 조회 등을 거쳐 그날의 공지 사항을 전달받게 된다. 따라서 본인이 근무에 늦게 되면 별도로 그날의 공지 사항을 확인해야 함은 물론, 회사에 도착하고 나서도 다른 팀원들에게 죄송하다고 여기저기 사과드리면서 아쉬운 소리를 해야만 한다. 만약 무단결석이라도 하게 되면, 빈 자리를 출근한 사람들이 메꿔서 일해야 하기 때문에 동료들의 근무 강도가 상대적으로 세질 수밖에 없다. 그렇게 되면 주변 사람들도 그 사람을 좋게 볼 수가 없을 것이다.

인사하기, 초심 잃지 않기, 그리고 근태. 이 3가지는 꼭 서비스직이 아니어도 사회 초년생이라면 반드시 잊지 말고 지켜야 할 것으로 당부하고 싶다.

넘어졌을 때 진짜 인생이 시작된다

사실, 나를 서비스의 길로 이끈 항공운항과 수시 면접 합격을 제외하고는 내 인생은 언제나 재수생 인생이었다. 꼭 시행착오의 순간이 있었다. 학창시절에 졸업을 앞두고 호텔에 지원하는 친구들을 따라 소위 묻지마 지원을 하면서 호텔 면접을 봤었고, 그즈음 카지노 면접을 보러간다는 친구를 따라 카지노도 지원해 본 적이 있었다. 두 군데 모두 뭘 하는 곳인지, 내가 뭘 하고 싶은지도 모르고 단순히 남들 따라 지원했었고, 그 결과는 모두 탈락이었다. 심지어 카지노 딜러는 당시 토익 860점이라는 점수를 가지고 있었는데도 서류에서 탈락했었다.

'친구 따라 강남 간다'는 말이 있다. 자신의 열정 없이, 남들이 하니까 또는 좋아 보이니까 따라 하는 지원의 결과는 불 보듯 뻔할 것이다. 아무리 자신을 잘 포장하고 심지어 거짓말을 그럴듯하게 한다고 해도, 그동안 수많은 지원자들을 보고 평가해 온 회사에서는 실제 지원자가 어떤 사람인지 모를 리 없다. 그런 지원자로부터는 열정이 느껴지지 않을 것이고, 그 지원자를 뽑을 이유도 당연히 없을 것이다. "친구 따라갔는데 합격했어요."라는 말은 가수 보아처럼 진짜 능력 있고 예쁜 사람에게 희박하게 일어나는 일이지, 보통의 평범한 사람에게는 일어나지 않는 일이다.

그때는 진심으로 그 일들이 하고 싶어서 지원한 것이 아니라 친구들이 하니까 따라가서 지원한 것이었기에 전혀 타격은 없었다. 그러나 나중에 항공사 최종면접에서 탈락하며 승무원은 내 길이 아닌 걸 알게 된 순간, 호텔리어라는 직업에 대해 진심으로 생각하고 응할 수 있었고, 결과는 합격이었다. 어깨부상 때문에 호텔리어를 그만두게 되고 다시 한번 진로를 진지하게 생각해보고 지원한 카지노 딜러도 열심히 노력한 결과, 결국에는 합격해 딜러로 현재까지 근무할 수 있게 되었다. 이렇듯 한 번에 합격한 것이 아니었기 때문에 나를 뽑아준 직장에 더 감사했고, 이는 내가 더 열심히 일하는 원동력이 되었다.

지난 인생을 살면서 나는 넘어져도 다시 일어나는 법을 배우게 되었고 실패와 좌절의 순간에도 내일을 위해 오늘을 열심히 살았다. 나는 진심으로 응하지 않았을 때 실패한 경험이 있기 때문에 서비스직을 희망하는 후배들이 나처럼 실수하지 않기를 바란다. 그래서 부족하지만, 용기를 내 이 책을 쓰게 되었고, 그들에게 조금이나마 도움이 되길 바란다.

 앞으로도 나는 지금껏 해왔던 대로 진심으로 앞을 보며 걸어 나갈 것이다. 분명 앞으로도 가야 할 길이 남았기에 수많은 난관을 마주치며 다시 넘어질 수도 있다. 그러나 실패에서 좌절하지 않고 앞으로 나아가면 더 좋은 일을 만나게 되는 경험을 해봤기 때문에 언젠가는 다시 일어날 수 있을 것이다.

그대 마음이 있는 곳에

그대의 보물이 있다는 사실을 잊지 말게

그대가 여행길에서

모든 것들이 의미를 가질 수 있을 때

그대의 보물은 발견되는 걸세

— 파울로 코엘료의 「연금술사」

 누구나 어린 시절 꿈꾸던 직업이 있다. 자라는 과정에서의 다양한 변수에 의해 자신의 의지로 꿈을 바꾸기도 하고, 자신의 의지와 상관없이 주변 여건에 의해 꿈이 바뀌기도 한다. 내가 위의 글을 좋아하는 이유는 단 하나다. 꿈을 이루든 이루지 않든, 자신의 마음이 있는 곳에 보물이 있다는 것이다. 이 책을 읽은 후, 독자들이 꿈을 찾는 과정에서 많은 경험을 하고, 본인 인생의 여행길에서 다양한 의미를 발견할 수 있길 바란다.

이 책을 읽는 독자들은 아직 학생일 수도 있고 취직에 한 번, 두 번 실패했을 수도 있다. 어떤 경우이든 항상 자존감을 잃지 않고, 용기를 내길 바란다. 이 책을 읽는 모든 독자들의 건투를 빈다.

현업 선배들의 꿀팁
서비스직으로 먹고살기

초판 1쇄 발행 | **2018년 7월 1일**
초판 2쇄 발행 | **2020년 11월 11일**

지은이 | 이보옥
발행인 | 김명철
발행처 | 바른번역
디자인 | 서승연
출판등록 | 2009년 9월 11일 제313-2009-200호
주소 | 서울 마포구 어울마당로26 제일빌딩 5층
문의전화 | 070-4711-2241
전자우편 | glbabstory@naver.com

ISBN | 979-11-5727-167-2

정가 16,000원